逆時偵查 4

錯位時空的終結

張小貓　著

主要人物介紹

路天峰A

精英刑警，擁有感知「時間迴圈」的能力，在與陳諾蘭的腦電波實驗時，意外進入另一個平行世界B，接手追查一樁連環綁架撕票案的凶手。

路天峰B

另一個平行世界的路天峰，職業仍為刑警，但不是時間感知者，故偵察工作表現不如路天峰A優秀，但仍熱愛警察工作。

黃萱萱B

在另一個B世界中並未身亡，是路天峰的妻子，身份仍是刑警。

陳諾蘭B

在B世界中，是一位D城大學生物醫學專業學生，因在校時與某位老師傳出不倫戀情的醜聞，並未完成學業，選擇出國改學藝術設計，從此人間蒸發，再沒有入境記錄。很可能是「鯨魚專案」的頭號嫌犯。

章之奇

私家偵探，電腦高手，尤其擅長以駭客技術偵查犯罪，能進入各單位的大型資料庫搜尋相關資料，是路天峰的得力幫手。

童瑤

路天峰在警隊的搭檔和下屬，在追緝案件的過程中，與路天峰相互支援與配合，聯手偵查工作。

舒展顏

B世界中的人物。綁架案「鯨魚專案」的行動組長，T城警察局心理分析中心主任，年輕優秀的女性警方人員，和路天峰A有相似的思維邏輯與辦案技巧，是其偵查綁架案的有力幫手。

彭啟城

B世界中的人物。赫赫有名的油畫家，一對可愛的雙胞胎女兒淪為綁架案的人質。妻子因產後憂鬱症而自殺，獨自帶大兩個女兒，並視之為掌上明珠。其畫作《傳說》是國寶級藝術巔峰之作，也是綁架案歹徒勒索的目標。

目錄

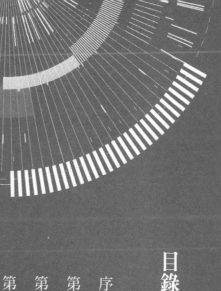

你相信世上有命運嗎？

不相信？那很好，你就是那少數的幸運兒。因為命運並不是身處我們這個世界的人能夠影響的東西哦，既然你不相信命運的存在，那就不會試圖去改變它，不需要面對被命運之輪碾壓的無奈和痛苦……

什麼？你不相信命運，是因為你覺得自己能掌控自己的未來？

這……我不知道該怎麼回答你。

也許不知道真相，對你而言會更幸福一些。

因為真正的答案，是你所無法理解和接受的命運——

序章　夜深

如果不看東邊那面牆壁，這裡就是一個尋常人家的客廳，大概六坪大小，擺放著餐桌、沙發、小櫃子和運動休閒風的地毯。

只是那面雪白的牆壁上，卻掛著九個顯示器，排列成九宮格形狀，每個顯示器都播放著不同的畫面，有的畫面是電梯內部，有的畫面是消防樓梯，還有一個顯示器播放著空無一人的天台景色。

「滴滴——」電子提示音響起，緊接著是一個電腦合成的男聲。

「外送員已經進入電梯。」

電梯內部的畫面自動放大，變成由九塊顯示螢幕組成的大幅圖像。外送員的臉部附近出現了一個紅色的框框，紅框在閃爍了數秒之後，變成了綠色。

「外送員王順義，一年零九個月外送工作經驗，有固定居所，無犯罪記錄，級別評定為安全。」

王順義完全不知道自己正被暗中分析，拿著外送的冰咖啡，走出電梯，順著走廊大步邁向送貨目標位址。

走廊上，另外一個監視器鏡頭開始運作。

畫面切換，紅色的框框對準了王順義手中的咖啡袋子，片刻後，光框變成了綠色。

「食物包裝和封條完好，品項判斷為咖啡，共四杯。沒有灑漏現象，體積和品質正常，級別評定為安全。」

「叮咚，叮咚。」王順義按下了門鈴。

「您好，您的外送到了。」

「辛苦了哦。」陳諾蘭打開大門，接過冰咖啡，對外送員報以一個禮貌的微笑，然後很快地將門關上。

玄關處還擺放著一台分析儀器，陳諾蘭將咖啡逐一靠近儀器，直到四杯咖啡全部亮起綠燈後，再拿到客廳內。

「抱歉，讓各位久等了。」

童瑤動作幹練地拿起兩杯咖啡，將其中一杯遞給章之奇，順帶調侃了一句，「奇哥，這套保全系統也太誇張了吧，比我們警局裡用的還要高級。」

「那當然。」章之奇得意洋洋地說：「阿峰說過了，這裡需要確保安全，以免天時會的傢伙上門鬧事。一旦出現可疑人物，系統立即報警並反鎖所有出入口，就算對方用暴力強行破門，也得花費好一番功夫。」

顯然這套複雜的高科技保全系統出自章之奇之手，而他對自己的作品非常滿意。

「奇哥，童瑤，這段時間有勞你們多多擔待了。」路天峰微笑著，看了看自己手中咖啡杯上的標籤，發現是低糖配方的，於是體貼地跟陳諾蘭手裡的杯子調換了一下。

「舉手之勞罷了，都是我們應該做的。」章之奇擺擺手，說：「不過話說回來，未來之光號那樁事已經過去大半個月了，天時會的那幫人卻像是人間蒸發一樣，徹底銷聲匿跡。阿峰，你覺得他們會不會已經停手了？」

「我們根本不知道天時會背後還有多大的勢力，但我知道，他們絕對不會就此甘休。」路天峰非常肯定地說。

九月初的「未來之光事件」，徹底改變了路天峰等人對「時間」的認知，原來時間體系不僅會產生單日迴圈、時間倒流等現象，也會化為完全不可控的瘋狂漩渦，將整個世界捲入混亂，甚至有可能陷入永劫不復的閉環。萬幸的是，路天峰在未來之光號郵輪之上，竭力打破了時間的閉環，讓時間秩序回歸正常，但誰也不敢斷言，類似的事件到底會不會再次發生，而下次會不會是更為棘手的狀況。

有鑑於此，路天峰和陳諾蘭達成共識，決心要攻克操控時間的祕密。既然其他人能研究出影響時間體系的辦法，那麼陳諾蘭相信自己同樣也能做到這一點。於是兩人分別提出了辭呈，閉門不出，共同潛心鑽研手中的資料，以期取得突破性進展。章之奇自然也沒閒著，替兩人設計並安裝了一套保全系統，可以透過監控，分析每個接近住處的陌生人是否有可疑之處，並提前發出警報。至於童瑤，則依然留在警局內部，成為他們可靠的消息來源。

上週童瑤為了追查一起綁架案，夜以繼日地加班工作，直到昨天終於順利逮捕嫌犯，任務告一段落，於是她回家補眠了一整天，直到入夜時分，才神采奕奕地上門拜訪路天峰和陳諾蘭。這是她第一次來到「改造」之後的路天峰家中，自然顯得格外好奇。

「原來你們主要使用的工具就是電腦呀？」童瑤走進兩人的臥室，略帶驚訝地說：「我還以為研究時間迴圈、時間倒流這類超越科學的東西，需要動用特別先進的高科技設備呢。」

確實，這個由臥室改造而成的「實驗室」看起來還不如客廳那套保全系統來得高級，只是桌面上並排擺放著幾台電腦主機而已，乍一看更像是網咖；桌子的一旁是堆積如山的參考書籍，從地面開始一直疊到了比人還高，其中有不少是外文書籍；房間的另一面牆壁上，掛著一塊碩大的白板，上面寫滿了公式和算式，還有各種字跡潦草的筆記，旁人根本看不懂是什麼。

「哈哈，要不然妳以為需要用到什麼等級的設備啊？」陳諾蘭拉著童瑤的手，招呼她在床邊上坐下來，這房間本來就不大，現在堆滿了各種資料，除了兩張電腦椅之外就沒有任何能坐的地方了。

「我以為會用到新聞裡那種對撞機、粒子加速器之類的。」童瑤說著，自己都忍俊不禁地笑了，她雖然是門外漢，但好歹知道這種設備占地面積極大，維護成本更是天文數字，若不是國家頂尖的科學研究機構，根本不可能擁有。

沒想到陳諾蘭聽了這句玩笑話，卻露出了嚴肅認真的表情來，「你們可別忘了，我並不是物理學家，而是一名生物醫學研究人員。大家有沒有思考過，為什麼科技發展日新月異，人類卻依然參不透關於時間的奧祕？」

童瑤歪著頭，冥思苦想起來，而章之奇接過話頭說：「大概是因為人類所認知的世界是三維的，但時間處於更高的維度之上？」

「愛因斯坦曾經提出時間屬於第四維度的理論，但有意思的是，人類實際上沒有任何辦法去測量時間，真正能夠感知到時間存在的，只有人類本身。」

童瑤和章之奇兩人的臉上，不約而同地露出了迷惑的神色。

「諾蘭姐，我不太明白這句話的意思，鐘錶不就是時間的測量工具嗎？」童瑤問。

「對啊，人類目前的計時工具已經能精確到一萬年誤差不超過一秒了，怎麼還說我們沒有方法測量時間？」章之奇也補充道。

一旦討論進入學術領域，陳諾蘭就聚精會神起來，微笑之中帶著自信和沉穩，不慌不忙地說：「可是大家有沒有想過，假設人類並沒有發明時鐘，時間還是會依現有的規律運作嗎？」

眾人不語，沉思片刻後，童瑤才說：「應該是會的吧？」

「如果人們將一天劃分為三十個小時，每小時劃分為五十分鐘，那麼時間的尺度會產生變化嗎？」陳諾蘭接著問。

「呃，這個……」童瑤有點答不上來了。

章之奇若有所思地說：「人類衡量時間的尺度會發生變化，但真正的時間運作規律卻沒有受影響……」

「對呀，所以其實時間只是對人有意義，如果沒有人類的存在，時間的感知和流逝就沒有任何價值了。」陳諾蘭眼見二人似乎腦筋轉不過來，不由得向路天峰求助，「峰，你能不能用通俗易懂的語言來解釋一下？」

路天峰笑了笑，這套理論他一開始也沒聽懂，但最近每天跟陳諾蘭一起研究關於時空的祕密，終於也能說出個所以然來了。

「簡單來說，所有計時工具都只是按照人類的設計意圖運作而已，它們並不能真正測量和感知時間，而僅有人類自身才具有感知時間的能力，因此我們可以說是人類定義了『時間』這個特殊的概念。」

「難道沒有人類，就不會有時間的概念？」童瑤瞪大了眼睛，難以置信地反問：「不可能呀，時間一直是客觀存在的啊。」

「這樣說吧，如果今天生活在這個星球上的是另外一種思維形態的生物，那麼關於時間的定義可能就完全不一樣了。正因為有了人類，才有了如今我們所認知的時間概念。」路天峰耐心地說。

「所以我們不可能去改變世界的運作規律，只能改變我們的思維方式。」陳諾蘭操作著電腦，螢幕上出現了一個人類大腦的剖面圖，圖片上密密麻麻的，全是各種色彩斑斕的標記和符號，「不少科學家認為，我們所處的時空並不是唯一的，理論上應該會有無數個平行時空，而我們卻只能感知到其中一個，並且只能按照特定的時間順序去感知。」

「如果能想辦法改變感知的順序，或者說能夠感知另外一個時空……」章之奇好像慢慢理解了陳諾蘭的意思。

「這就是一般人所謂的時間倒流，或者穿越時空。自人類文明誕生以來，時空穿梭的神話或傳說，一直是世界各地不同民族共同的經典故事主題。」陳諾蘭切換著操作介面，現在螢幕上顯示的，是一大堆關於時空旅行題材的小說列表。

「也許一切並非純屬虛構的故事，而是某種特定條件下發生的奇遇。」路天峰放下手中的冰咖啡，「就像我一樣，也像其餘感知者和干涉者一樣。」

童瑤總算明白路天峰和陳諾蘭正在研究些什麼了，她說：「所以你們想改變的東西，並非時間，而是……」

「而是我們思維的方式。」兩人異口同聲地回答。

「更準確地說，是改變我的思維方式。」稍後，路天峰又補充了一句。

房間內的四人陷入了短暫的沉默，路天峰這句話的意思非常明確了，他是能夠感應到時間迴圈和時間倒流等異動的感知者，當然也是一名最理想的實驗對象。然而，任何嘗試影響時間的實驗會帶來的後果完全是未知數，一旦出現意料之外的情況，路天峰很可能會徹徹底底地從這個世界上消失。

「其實我們已經討論出幾種不同的實驗方案，在正式開始實驗之前，我想跟大家再見一面。」路天峰的語氣依然很平靜，眼內流露出堅定的神色。

「什麼時候開始實驗？」章之奇問。

「就在今晚，準確的說，是明天凌晨零點開始。」

「原來如此——」章之奇輕輕歎了一口氣，舉起了咖啡杯，「祝你一切順利。」

「萬一出現了什麼意外，替我照顧諾蘭。」兩位男人拿著外送的冰咖啡碰了碰杯。

「這……會不會風險太大了？」童瑤猶豫不決地問。

「沒辦法，我們都知道已經有人研發出不成熟的時間機器，引發時空動盪了，要是我們不能搶先掌握時間的祕密，那麼下一次再出現問題時，也許被影響的不僅僅是一艘郵輪，而是一座城市、一個國家，甚至整個世界。」

曾經身處時間漩渦中心的他們，都很清楚路天峰的話並非危言聳聽。

總有一些人會選擇冒險與挑戰，犧牲與奉獻。也許這就是路天峰的宿命，又或者說，是他的使命和責任。

第一章　凌晨

A世界

九月二十六日，凌晨零點十五分

陳諾蘭將一個銀色金屬製成的頭盔，戴到路天峰的頭上，然後細心地替他調整好頭盔的位置。路天峰的頭皮處傳來一陣冰冷的觸感，同時也有若有若無的溫熱感覺。

「準備好了嗎？」陳諾蘭輕柔地問。

「沒問題。」

「那麼我再重複一次實驗注意事項。腦電波干涉儀啟動之後，會刺激你大腦內部的特定區域，可能帶來刺痛與不適感。另外我還會替你注射藥劑，加強你的腦部活躍程度，因此痛感也會比正常狀態下更加強烈……」陳諾蘭的聲音情不自禁地顫抖起來。

路天峰伸出手，握住了陳諾蘭的小手，安慰道：「沒關係的，放心吧，這總不可能比我們在未來之光號上遇到的情況更糟糕吧？」

「我不知道，峰，這種開拓性實驗的風險完全是不可控的。」

「妳不是跟我仔細分析過了嗎？最可能的實驗結果，是什麼都不會發生，而實驗對象死亡的機率微乎其微。」

「可是……」陳諾蘭有點哽咽，說不下去了，只能幽幽地吸了一口氣。

「我一定會平安無事的。」路天峰的身子往前一俯，親了親陳諾蘭的額頭，「開始吧。」

這個親吻似乎帶給陳諾蘭許多勇氣，她用力點了點頭，開始操作腦電波干涉儀，在儀器內部輸入自己早就準備好，並且已經反覆檢查過的實驗方案。

「初步具備可行性的方案共有三套，我會逐一嘗試，每套方案的執行時間均不超過一分鐘，一套方案順利執行完畢後，會讓你休息五分鐘再進行下一套方案。實驗過程之中，如有任何身體不適，你可以按下手邊左右兩旁任意一個紅色按鈕，中斷儀器的運作。」陳諾蘭的語速有點急，但情緒卻越來越穩定。她明白自己作為這次實驗的主要負責人，絕不能因為慌亂和緊張而犯下任何錯誤。

「完全明白，可以開始了。」路天峰眨了眨眼，向陳諾蘭比劃出一個「ＯＫ」的手勢。

陳諾蘭果斷地按下了「啟動」按鈕。

腦電波干涉儀發出輕微的滋滋聲響，路天峰只覺得頭頂漸漸發熱，但沒什麼難受的感覺，就像做頭部按摩一樣。於是他那顆懸著的心也放鬆了不少，呼吸變得更平穩了。

「妳看，果然沒什麼反應。」

「嗯，會覺得痛嗎？」陳諾蘭關切地問。

「完全不會。」

一分鐘的時間轉眼就過去了，陳諾蘭按計畫停掉儀器，讓路天峰脫下頭盔休息了一會兒，然後又再小心翼翼地幫他重新戴上。

「第二套方案，試試看？」

「我準備好了，開始吧！」

然而這一次還是沒有任何反應，路天峰心裡油然升起一股失落感，甚至提議陳諾蘭可以嘗試加強儀器的輸出功率，但被陳諾蘭斷然拒絕。一次實驗失敗不算什麼，她不願意為此貿然冒不必要的風險。

路天峰被說服了，乖乖休息了五分鐘之後，再接受第三套方案的測試，結果也正如兩人預想的那樣，毫無進展。

「難道是我的設計思路出錯了嗎？」陳諾蘭看著滿螢幕的測試資料和路天峰平穩無異常的腦電波，咬著嘴唇沉吟道。

「諾蘭，我們是不是太保守了？照妳之前的說法，這幾套方案有可能讓我感知到十分鐘左右的時間倒流，但實際上連一秒鐘的效果都沒有。」

陳諾蘭搖搖頭，說：「我也不知道，就讓我——」

其實人生之中許多重要的，甚至是生死攸關的事件，在發生之前毫無徵兆，根本不像小說一樣事先有足夠的鋪陳和伏筆。

路天峰只聽見陳諾蘭說出的前半句話，就突然覺得眼前一黑，整個人如同跌入虛無的黑暗之中。

B世界

九月二十六日，凌晨零點三十分

墜落，失重，驚愕，恐懼，然後背部落在了軟綿綿的東西上。

似乎只是短短的一秒鐘，又彷彿過了很久很久。

「不！」路天峰失聲驚呼，然後坐起身來。

四周仍然是一片黑暗，但並非剛才那種虛無的、絕對的黑暗。眼睛漸漸適應了昏暗的光線之後，就能隱約辨認出房間裡各式家具的模樣。窗簾沒有完全拉好，留下了一條細細的縫隙，有那麼一丁點月光通過縫隙鑽入屋內，讓路天峰能夠慢慢看清楚更多的東西。

這是一個完全陌生的房間，路天峰記不起自己曾經在這樣一個房間內過夜，而他身上穿著的睡衣，雖然尺寸合身，但卻是自己並不喜歡的淺白色。而陳諾蘭則躺在自己的身邊，穿著一套他沒見過的鵝黃色睡衣，背對著自己，睡得非常沉，鼻子裡發出輕微的鼾聲。

「現在是什麼時間啊？」路天峰習慣性地往床頭櫃伸手，果不其然抓到了自己的手機，手機螢幕亮起的瞬間，他的心頭一涼。

還是同一年，九月二十六日的凌晨零點三十分，他和陳諾蘭一起做實驗的時間。

他們的實驗並沒有改變時間，卻改變了空間？不可能吧？路天峰首先想到的是應該叫陳諾蘭起床，兩人好好商量一下對策。

「諾蘭、諾蘭。」路天峰溫柔地拍了拍身旁女子的肩膀。

「嗯？你說什麼？」女子迷迷糊糊地轉過身來，並未睜開眼睛，而當路天峰藉助手機螢幕的微光，看清了她的容貌時，不禁嚇得瞬間渾身直冒冷汗，整個人愣在原處。

因為一段時間沒有操作，手機螢幕自動暗了下來，路天峰坐在黑暗之中，大口大口地深呼吸，然後再次點亮手機螢幕。

是的，他並沒有認錯人。

這位跟自己睡在同一張床上的女子，並不是陳諾蘭，而是早已死去多時的黃萱萱！

「這……怎麼可能……」路天峰拿著手機的右手，無法控制地微微顫抖起來。

難道自己已經死了，這裡就是地獄？但自己明明還有呼吸，眼前的黃萱萱也是活生生的一個人，甚至還能聞到她身上傳來的淡淡體香……

要不然就是在夢中吧？路天峰捏了捏自己的手臂，痛得他呲牙裂嘴，而所謂的夢境卻沒有結束，他仍然坐在這陌生的房間裡，睡在一個並不陌生的女人身旁。

「這是……另外一個世界？」路天峰的太陽穴開始隱隱作痛，感覺有點像陷入時間漩渦時的身體狀態。

因為某些未知的緣故，他進入了另外一個平行時空，成為了另外一個路天峰？這是看起來最可能的推測了。

路天峰躡手躡腳地爬下床，靠手機的手電筒功能照明，一路摸索著走出臥室，來到客廳。這是一個布置得很溫馨的小家，所有家具都是暖色調的，桌上還插著一瓶雛菊。正對臥室門的那面牆上掛滿了大小不一的相框，其中最顯眼的就是那幅居中擺放、起碼有四十吋的巨幅婚紗照——新郎西裝革履，意氣風發，臉上洋溢著幸福而自信的笑容，新娘子則身穿一套雪白的露肩婚紗長裙，小鳥依人的姿態，頭靠在新郎的胸膛上，兩人站在油菜花田裡，遠處背景是高聳入雲的雪山。這一對神仙眷侶般的男女，正是路天峰和黃萱萱。

「我們結婚了嗎？」路天峰的腦袋越來越暈，如果黃萱萱和自己結婚了，那麼陳諾蘭呢？難道在這個世界上，路天峰和陳諾蘭並不相識？

如果找不到陳諾蘭，他又怎麼回到原來的世界？

路天峰不敢再多看那張幸福滿溢而出的婚紗照，轉而走向客廳的另外一邊，那裡還有一扇門，應該是通往其他房間的。他試著扭了扭門把，發現並沒有上鎖，輕輕推門進去一看，原來這裡就是書房。房間的面積大概只有兩坪多，兩個高至天花板的木製書櫃靠牆而立，櫃子裡的書塞得滿滿當當，還有一些書實在放不下了，就隨意堆放在書桌上，仔細一看，大部分是刑事偵查學、法醫和法律等專業領域的書籍。而書櫃正對的那面牆上，掛了一塊碩大的白板，幾乎霸占了整個牆面，白板上貼著一張張人物大頭照，還有錯綜複雜的線條連接和密密麻麻的文字板書，一看就知道是某個案件的分析筆記。而白板上最顯眼就是四個紅色大字：「綁架？巧合？」

「看來這個世界的我，仍然是一名刑警。」

路天峰小心翼翼地踱步走近白板，想仔細看看上面的案情分析，沒想到「啪答」一聲，腳下踩到了什麼硬邦邦的東西。於是他蹲下身子，用手機的手電筒照亮地板，發現了孤零零躺在地板上的刑警證件，證件的外殼被人踩爛了，上面留著明顯的腳印。

D城刑警隊第七支隊，路天峰。

原來有些東西，即使跨越時空，也不會發生改變啊。

路天峰滿心感慨，撿起爛掉的警察證件，鄭重其事地擺回桌面上。他覺得證件很可能是原本身處這個世界的路天峰破壞的，難道他在查案過程中遇到了什麼不順心的事嗎？

他突然很好奇，到底自己能不能理解處於這個世界的自己——為了方便思考和區別，路天峰決定將自己原來的世界稱為A世界，而如今這個新的世界稱為B世界，所以自己的身分應該叫路天峰A，而原本生活在這個世界的那個男人，就叫路天峰B好了。

所以問題變成了，路天峰A到底能夠理解路天峰B嗎？

也許——

門外傳來了窸窸窣窣的腳步聲，路天峰心生警覺，下意識地關掉了手機的手電筒功能。緊接著，虛掩的書房門被推開，然後書房的燈光亮起。

溫暖的黃色調光線，在路天峰眼中卻如此刺眼，他不由自主地倒退一步，舉起右手擋住眼睛。這個房間，和這個世界的一切，瞬間就變得更加真實了。

「峰，你怎麼了？」黃萱萱的語氣是溫柔而關切的，令路天峰完全不敢直視她的雙眼。

進入另一個平行時空的奇遇，當然讓路天峰的內心充滿了焦慮和不安，但他還是能夠控制住情緒，冷靜思考下一步對策。而真正讓他覺得恐懼和彷徨的，是應該如何面對B世界裡那一個個活生生的人，比如眼前這位，對他充滿真摯愛意的黃萱萱。

他無法回應這份愛意和關懷，只能再後退了一步，撞上書桌的邊緣處。

無路可退了。

「我……」路天峰開口只說了一個字，就結結巴巴地說不下去了。

黃萱萱的眼神單純而清澈，只是憂心忡忡地看著他，按捺住心中的疑惑，輕聲細氣地說道：「親愛的，你是不是又失眠了？」

這句話的語氣太柔軟了，柔軟得跟路天峰印象中的黃萱萱完全不符，他用力吞了吞口水，嘴唇動了動，卻無法給她任何回應。因為他不知道，路天峰B平日是怎麼稱呼自己妻子的，是叫她「萱萱」，還是有更親暱的稱呼？

黃萱萱身子微微前傾，似乎想要走近他，但他立刻本能地向後縮了縮。這個細微至極的小動作被黃萱萱敏銳地捕捉到了，她的臉上閃過了一絲愕然，露出受傷的表情，不過只持續了不到一秒鐘，就勉強換上了笑臉。

「峰，我知道你為這案子花費了許多時間和精力，現在卻被莫名其妙地踢出行動組，肯定會覺得非常不開心，但你千萬別把這些負面情緒悶在心底，可以直接跟我說的哦。」黃萱萱說著說著，眼眶竟然有點泛紅了，「畢竟我是你的妻子，無論如何都會一直支持你的……」

黃萱萱越是真情流露，路天峰就越是揪心，他感覺四周的空氣都凝結了，胸口陣陣作痛。不知道該說什麼才對，如果站在這裡的是路天峰B，那麼他會怎麼說，又會怎麼做呢？他是不是應該給妻子一個溫暖有力的擁抱，安撫她的情緒，讓她不要擔心？

但現在路天峰的身體完全僵住了，四肢冰冷，他連一個最簡單的，可以表達善意的動作都做不出來，甚至無法直視黃萱萱的眼神。

黃萱萱歎了一口氣，身子倚靠在門框上，慢慢垂下頭，目光盯著自己的拖鞋。她也察覺到路天峰不願跟自己四目相對，自怨自艾地低聲說道：「或者讓你一個人安靜一下，會更好吧？對不對？」

「對……對不起……」路天峰硬生生地擠出幾個字來。

「沒關係的，那我先回去睡了。」黃萱萱努力翹起嘴角，無力地笑了笑，然後退出書房，還順手輕輕地帶上了門。

「砰——」

門扉闔上的同時，路天峰感到心頭壓著的那塊大石也消失了，他終於可以恢復正常的呼吸節奏。

「天啊，這感覺實在太難受了……」路天峰扶著書桌，大口地喘著氣，與此同時，他注意到書桌上擺放著一個小號的相框，裡面是自己和黃萱萱身穿警服的照片，大概是工作中的跟拍，兩人都沒有看鏡頭，但彼此之間有一種自然而然的默契感。

路天峰很清楚，黃萱萱所關心和愛慕的，是照片裡的這個男人，而不是此時此刻的自己，鳩占鵲巢的他，絕對不能隨意傷害這份真心的情感。

話說回來，路天峰B到底去了哪裡？他還存在於B世界之中嗎？

他一直苦苦追查，又被人踢出行動組的這起案件，到底又是怎麼一回事呢？

路天峰雖然無法直接面對黃萱萱，但是說到查案，依然還是駕輕就熟的。

「兄弟，要不這個案件，就讓我來幫你一把？」

路天峰走到白板前，本來只是想隨意地瀏覽一下案情，沒料到卻越看越入迷，越看越心驚膽戰。

他萬萬沒想到在B世界遇上的這個案件，竟然讓自己有一種似曾相識的感覺！

九月二十六日，凌晨一點三十分

凌晨一點半，路天峰放下手中的案卷資料，揉了揉發痠的眼睛。

總算快速地把基本案情梳理一遍了，雖然其中還有不少疑點，但不得不稱讚一下路天峰B，他工作非常認真細緻，對證據和線索歸類分析得井井有條，觀點頗有見地。

這些資料其實是三起綁架案的資訊匯總，其中前兩起案件尚未偵破，但已經併案調查，迄今為止，仍未查出綁匪的真實身分，暫時以內部代號「鯨魚」表示；而第三起案件發生在三天前，目前正處於前期偵查和準備贖金交付的階段，警方內部對於第三案的綁匪是否也是之前連續犯案的「鯨魚」，尚未有一致定論。

第一起案件發生在C城，時間是去年的十二月，一名從事外貿行業，叫胡迪之的人報警。稱自己剛上大學不久的獨生子胡昊明在校園附近突然失去蹤影，音訊全無，懷疑是被人綁架了。由於沒有接到綁匪的勒索電話，加上警方調查發現胡昊明高中時代也有數次離家出走、聚眾賭博、滋事鬥毆……等不良少年的經歷，所以接獲報案後只按照一般失蹤人口的流程來處理，引發了胡迪之及其家人的強烈不滿。

而胡昊明失蹤整整一週後，綁匪才寄來一個包裹，裡面有一張光碟，寄件地址在千里之外的其他城市，地址是假的，光碟裡則是胡昊明被囚禁和虐待的錄影檔案，拍攝時間在三天之前。奇怪的是，綁匪並沒有提出任何關於贖金的要求，胡迪之也只能乾著急，為了準備金額未定，但肯定數目驚人的贖金，他只能盡快將手頭上那些跨國合作的生意結算，以便收回資金。

時隔數天，當胡迪之湊到了大概兩千多萬的流動資金後，綁匪寄來第二個包裹，包裹寄送的地址換成了另一座相隔甚遠的城市，寄件地址同樣是查無此地，而包裹中的光碟裡有一段新的影片，影片中的胡昊明已經非常虛弱了，但綁匪卻仍然沒有任何索要贖金的舉動。正當警方納悶不解時，胡迪之於收到包裹的當天深夜透過網路完成了一宗跨國訂單交易，交易金額高達兩千萬，而警方直到第二天上午才注意到這筆異常交易，這時候，兩千萬已經全部轉到境外某公司的帳戶上了。

後來警方才發現，在第二個包裹內除了光碟，綁匪還夾帶了一封給胡迪之的信件，信中明確告訴胡迪之，他報警的事已經暴露了，如果想要兒子活著回來，就按照信件的指示，盡快完成特定的跨國訂單交易。

要不是胡迪之的職業和身分，跨國轉帳兩千萬的鉅款並非易事，但胡迪之為了方便自己的外貿業務，之前就打通了許多走灰色地帶的轉帳管道，結果反而被綁匪完美地加以利用，更是巧妙地騙過了辦案人員的常規監視和審查。

當警方察覺到事態不對勁時，除了狠狠地呵斥胡迪之，還立即展開了對收取兩千萬匯款那家境外公司的追查工作，嘗試透過國際刑警的協助，鎖定該筆資金。只可惜對方根本是個空殼公司，那兩千萬到帳後立即化整為零，轉入了超過兩百個匿名的境外帳戶之中，再追查下去發現那兩百多個匿名帳戶正迅速地註銷中，證明綁匪將資金再轉手了一次，然後立即銷戶，根本無跡可尋。

就這樣，高達兩千萬的贖金竟然被綁匪透過網路交易的方式，大搖大擺地鯨吞下去，只留下極其有限的零散線索，幾乎沒有繼續偵查的價值。更令人髮指的是，綁匪徹底銷聲匿跡，而胡昊明並沒有平安回家，警方又花了五天的時間，才透過蛛絲馬跡找到遠郊一座廢棄的工廠廠房，在那裡面發現了胡昊明慘不忍睹的屍體。

狡詐而殘忍的作案手法，加上利用了網路跨國交易、匿名帳戶分批轉帳等方式來逃避追查，最終還毫不留情地撕票，不留任何破綻，這起綁架案最終震驚了警方各級部門，當初的辦案人員被究責，而案件也交給了特別成立的專案組深入調查。

「鯨魚」這個代號也正是專案組替綁匪起的，因為這名綁匪如同大海中的鯨魚一般，一口吞下無數的魚蝦，然後深潛到海底，根本找不到蹤影。專案組認為，綁匪一定認識並瞭解胡迪之，甚至對胡昊明也很清楚，否則不可能不著痕跡地帶走胡昊明，也不可能安排了一套「量身訂做」的贖金交易方式。

然而根據人際關係進行的深入排查，卻沒有得取得預期進展，胡迪之的生意做得很大，難免有一些跟他發生過衝突和摩擦的競爭對手，其中還有黑道分子，可是專案組將胡迪之的關係網來回篩選了很多遍，也沒有找到特定的嫌犯。至於胡昊明的社會關係就更加簡單了，這個性格不羈的富家公子哥確實也得罪過不少人，但基本上是年輕人之間常見的口舌之爭，最嚴重的事件大概是搶走別人的女朋友，如果說因此被揍一頓是有可能的，上升到綁架和謀殺就太不可思議了。

專案組夜以繼日地追查了兩個月，也沒太多實質性進展，而第二起案件就隨之發生了。

這次的案發地點在T城，距離C城不到一百公里，彼此之間往來交通便利，不僅有高速公路和鐵路相連，更是共用同一座機場，有緊密的地緣關係。

今年的二月十五日，西方傳統情人節的第二天，T城珠寶商人蘇步一報案，稱自己就讀大學三年級的獨生女蘇懷玉於二月十四日清晨離開家中後，就一直處於失聯狀態。蘇步一的口供表示，蘇懷玉曾經告訴他十四日晚上去同學家參加聚會，但蘇步一懷疑女兒是找藉口和男生約會去了，出於關心和擔心追問了幾句，卻引發了蘇懷玉的強烈不滿，父女二人吵了一架。

在二月十四日這一整天之中，蘇步一多次致電蘇懷玉，然而女兒的電話一直處於無法接通的狀態，一開始他只覺得女兒和自己鬥氣，但漸漸覺得事情不對勁，就開始聯絡女兒的同學和身邊熟悉的朋友，竟然沒人知道蘇懷玉的下落，也沒有打聽到當晚有誰在家裡舉辦聚會的消息。

心急如焚的蘇步一隔天一大早就跑到警局報案，而就在當天的傍晚時分，蘇步一收到一個快遞包裹，裡面只有一張光碟，光碟的內容自然就是蘇懷玉被綁架和虐待的錄影畫面。蘇步一幾乎要暈死過去，而T城警方也非常重視，一方面立即通知正在追查「鯨魚」下落的專案組，另一方面開展了大規模的排查行動。

鑑於第一起案件之中，綁匪巧妙地利用了當事人的職業之便來收取贖金，因此警方認為這一次綁匪很有可能會透過貴重珠寶進行贖金交付，於是重點監控市內各大珠寶市場，在排查社會關係時，也著重徹查了跟蘇步一有生意來往和商場矛盾衝突的人。

然而過了兩天，綁匪都沒有動靜，蘇步一卻突然告訴警方，他已經按照綁匪要求交付了贖金，綁匪承諾在二十四小時之後放人，但蘇懷玉一直沒回來。辦案的警察被氣得不輕，再一追問才知道，原來蘇步一有透過網路在境外下注賭球的習慣，而且賭注還頗大，綁匪似乎早就知道了這點，透過一個賭徒專用的聊天群，以匿名網友的身分加蘇步一為好友，並要求他在某個不知名的境外賭球網站上分批下注，總金額為三百萬美金，否則蘇懷玉必死無疑。

那位匿名網友準確地說出了光碟中的內容，讓蘇步一對對方身分深信不疑，救女心切的他，只好想辦法匯集自己所有的流動資金，湊齊了三百萬美金，悉數轉入指定賭博網站的帳戶內，但結果依然是竹籃打水一場空。警方提前準備的各項工作徒勞無功，只好匆匆忙忙展開了對蘇步一提及那個賭博網站的偵查，然而綁匪沒有留給警方任何機會，網站是匿名註冊設立的，伺服器位於非洲大陸，而網站帳戶上的資金已經全部轉移到數百個不同的個人帳戶之內，這一批收款帳戶也在陸續地註銷當中……

綁匪幾乎是用一模一樣的方法，完成了第二起案件的贖金接收，而蘇懷玉的結局也跟胡昊明一樣悲慘，當警方透過大規模地毯式搜索找到她時，這名如花似玉的女孩，已經變成了一具冷冰冰的屍體。

綁架，勒索，撕票，然後逃之夭夭，「鯨魚」再度犯案，成了專案組成員心頭那根拔不掉的刺，然而即使大家對這名殘酷的綁匪恨之入骨，卻依然找不到任何有效線索，甚至是男是女都無法確定。

專案組認為「鯨魚」一定不會就此甘休，並將其列為高度危險人物。可是那傢伙的行為模式實在是難以捉摸，在蘇懷玉一案之後就完全沒了動靜，足足蟄伏了半年以上，直到三天前發生在D城的「彭家姊妹花失蹤案」，才讓辦案人員又一次看見了「鯨魚」的影子。

彭啟城是國內赫赫有名的油畫家，他的故事堪稱傳奇——年輕時離家出走，堅持要學畫畫，後來娶了一位同校學妹為妻，作品也在畫壇嶄露頭角，可謂前途無量；再後來妻子為他生下一對可愛的雙胞胎女兒，但卻因產後憂鬱症而自殺，一時之間，各種質疑和譴責撲面而來，不少人認為彭啟城沉迷作畫，忽視了妻子的感受，才導致悲劇發生。

妻子去世之後，彭啟城並未續弦，也沒有正面回應輿論的指責，他隱姓埋名，在公眾眼中消失了十八年，再度出現於新聞媒體報導中時，他公開了閉關創作的一系列油畫，連續斬獲國內外多項重要的油畫大獎，單幅畫作的拍賣成交價已經突破一千萬美金。與此同時，他的兩個女兒也已經長大成人，姐姐彭羽瓊繼承了父親的才華，考上D城美術學院，專修油畫學習，並曾經在青少年油畫大賽中獲得冠軍；而妹妹彭羽瑤則是考上了國外頂尖的設計學院，明年正式入學，她的夢想是成為一位平面設計師。

案件發生在九月二十二日晚上，當天彭羽瓊前往朋友的畫室「397藝術工作室」，參加了一場小型油畫展的開幕儀式，彭羽瑤陪同姐姐一起出席，開幕儀式結束後，幾位相熟的朋友在附近找了家口碑不錯的西餐廳，與彭家姊妹一同吃飯聊天，話題也都是很普通的家常閒聊而已。大概晚上九點左右，彭羽瑤接到了一通電話，接著跟彭羽瓊竊竊私語了幾句，兩人隨即表示要先行離開。因為當晚兩人並未喝酒，一切表現也沒有異常之處，朋友們自然沒有多想，各自道別後就散場了。

詭異的是，彭羽瓊和彭羽瑤離開餐廳後，就徹底失去了蹤影，兩人最後一次出現在監視器畫面裡，是在餐廳往地下停車場的通道上，之後就人間蒸發了。

九月二十三日下午，彭啟城還沒意識到女兒們的失蹤，就收到了一封匿名的電子郵件，郵件中表明彭家姊妹在自己手裡，並附上了彭羽瓊、彭羽瑤兩人被五花大綁、衣衫凌亂的照片和錄影。彭啟城這時才發覺自己已經聯繫不上女兒了，在最初的慌亂過去後，彭啟城判斷女兒確實已經身陷險境，於是在第一時間報警。

警方接獲報案後，自然立即展開行動，進駐彭啟城家中，並著手排查彭啟城、彭羽瓊和彭羽瑤三人的社會關係。九月二十三日深夜，彭啟城再次收到電子郵件，綁匪要求他準備至少三千萬的資金，並報名參加於九月二十六日晚上在T城舉辦的一場藝術品拍賣會，拍賣會的主辦方為當地最大的拍賣行嘉華盛世。

由於綁匪沒有說明具體情況，嘉華盛世又是知名的拍賣行，操作流程正規可靠，參與拍賣時只需繳納一定金額的保證金而已，警方猜不透綁匪要如何透過這場拍賣來獲取贖金，只能派人去拍賣行提前布局準備。幸好彭啟城在圈內的名氣足夠大，畫作深受市場歡迎，雖然他手頭上並沒有那麼多現金，但他很快就透過友人，將自己的幾幅作品打折後快速出售，在二十四日晚上，就已經湊齊了綁匪所需的三千萬，並向嘉華盛世繳納了一百萬的保證金，報名參加拍賣會。

直到二十五日上午，警方內部依然為了此案能否與「鯨魚」犯下的前兩起綁架案併案調查而爭論不休。主張併案處理的人，以路天峰B為代表，他堅持認為，綁匪行事詭異，處處難以猜透，正是「鯨魚」作案的手法特點，而且涉案金額跟前兩案均為同一等級，可能是因為綁匪慣於處理這個金額範圍內的黑錢洗白工作，因此極有可能是同一人作案。

但更多的辦案人員認為，這起案件只是模仿「鯨魚」作案，罪犯另有其人。畢竟前兩起案件媒體也有不少報導，而這起案件的多個特徵與「鯨魚」手法並不相符，比如之前的受害人家庭都是經商的，而這一次是藝術世家；之前會以快遞光碟的方式寄送受害人的錄影檔案，但這一次是透過電子郵件；最明顯的差異之處，是之前兩次交付贖金都利用了網際網路和跨國轉帳，無法追查，這一次則要求在國內的拍賣行中進行交易，資金流動難以逃避監管。

二十五日中午，「鯨魚」專案組作出批覆，對彭家姊妹失蹤一案，暫時不作併案處理，但要求D城警方高度重視，謹慎行事，必要時可調配更多的警力加入調查。路天峰B對這個結果頗為不滿，申請直接與專案組聯絡討論，遭到了上司程拓的嚴詞拒絕，兩人發生激烈爭論。爭論的內容並沒有詳細記錄下來，路天峰看到的只是程拓發給路天峰B的處理結果：路天峰因不服從上級命令，情緒失控，對案件偵查有負面影響，強制性休假三天，後續處分待定。

路天峰看到這裡，突然想起了在A世界中，同樣發生過一起跟嘉華盛世關係密切的驚天大案，嫌犯與「鯨魚」極其相似，善於利用網路技術和假身分，總是神不知鬼不覺地完成犯罪——櫻桃，一個路天峰絕對不會忘記的名字，一位非常可怕的對手。（詳情參見《逆時偵查3：未來之光》）但A世界裡的櫻桃已經灰飛煙滅，B世界之中還會有這個人存在嗎？

無論如何，路天峰同意路天峰B，也就是同意「自己」的結論，這三起案件應該是同一人所為，至於「鯨魚」準備如何透過正規的拍賣行完成贖金交易，就得趕緊去調查了，如果不能比綁匪想得更多、研究得更深，警方是不可能找出破綻的。

「不對啊，我為什麼要在這裡研究案子？」路天峰突然醒悟過來，自己優先要處理的，是找到重返A世界的方法，而不是在這裡埋頭苦讀案卷，準備接替路天峰B的工作吧？

但是，怎麼樣才能返回自己的世界呢？去找陳諾蘭嗎？

B世界裡還有沒有陳諾蘭這個人？就算有陳諾蘭B存在，她也許根本不認識路天峰B，也許根本沒有從事生物醫學研究工作，更不懂怎麼樣才能穿越時空……

哎，頭痛啊。

路天峰信步走出書房，來到客廳，卻被倒在沙發上的那個黑影嚇了一大跳。原來黃萱萱並沒有回臥室，而是半坐半躺在沙發上，懷裡緊緊抱著一個靠枕，昏昏沉沉地睡了過去。

路天峰走近一看，黃萱萱的臉上還有兩道乾涸的淚痕，從她的位置和姿勢來推斷，在入睡之前，她應該是一直看著自己正前方的牆上，那一幅洋溢著幸福笑容的婚紗照。

那是他和她最美好的一瞬間。

路天峰突然覺得鼻子有點酸酸的，原本生活在這個世界的路天峰B去哪裡了？如果自己無法重返A世界，那麼路天峰B所擁有的一切美好回憶，是否就此煙消雲散？

路天峰有一種親手殺死了自己的罪惡感。

他輕輕地坐到黃萱萱旁邊，溫柔地慢慢伸出手，想替她擦拭臉上的淚痕。

就在這時候，一股莫名的黑暗襲來。

A世界

九月二十六日，凌晨一點四十分

光亮很快就回來了，那是街燈、汽車尾燈，和路邊招牌的霓虹燈。

「呼呼——」

路天峰發現自己在深夜的街頭奔跑著，但他為什麼要跑？不記得了。

他漸漸放慢腳步，扶著人行道的欄杆停下來，舉目四顧。

這是什麼地方？

路天峰努力分辨著招牌上的字樣，終於看到了一家自己熟悉的店名，從而確定自己位於離家大概十五分鐘腳程的地方。

他注意到自己滿頭大汗，呼吸急促，心跳比往常快了許多，甚至有一種心臟馬上要蹦出胸口的感覺，似乎剛才是一口氣衝刺了頗長一段距離。

呼吸慢慢理順了，但胸口依然有異樣的感覺，路天峰終於反應過來，並不是自己的心跳出了什麼問題，而是放在上衣內袋的手機一直在振動。

「喂？」路天峰的手微微顫抖著，掏出手機，按下了免持通話鍵。

「峰，你終於接電話了！」那頭是陳諾蘭緊張而焦急的聲音。

「我……剛才發生了什麼？」

陳諾蘭的語氣中同時混雜著喜悅和悲傷，「我不知道，腦電波實驗沒有明顯效果，但你突然之間就像變了一個人似的，跟我說著一些前言不搭後語的話……我和你無法正常溝通交流，然後你就大喊大叫著，衝出門外，我完全不知道怎麼回事。」

「我似乎去了另外一個世界，成為了另外一個路天峰。」路天峰歎了歎氣，「難道是處於平行時空的兩個我，剛剛相互交換位置了？」

「有這種事？」陳諾蘭再度緊張起來，「峰，理論上而言，平行時空即使存在，也是絕對不會產生相互干涉的，你會不會搞錯了些什麼？」

「我說不清楚，現在我的腦子裡亂成一團。」路天峰揉了揉自己的太陽穴，他不但說不清自己為什麼會穿越到B世界，更加無法解釋為什麼能重返A世界。

他好像也沒做什麼特別的事情啊？難道剛剛經歷的一切，只是自己的幻覺或者妄想症？

一個人腦子有毛病的機率，總比跌入另外一個平行時空的機率要高得多了。

「峰？峰？你還好吧？」電話那頭，陳諾蘭的連聲呼喚讓路天峰回過神來。

「沒事，等我回家再說。」

「要不我去接你吧？你現在在哪？」

「我在——」

在哪裡呢？

剎那間，手中的電話消失了，街燈、道路、招牌，所有光亮都被黑暗吞噬。

路天峰還來不及驚訝，就回到了另外一個世界。

B世界

九月二十六日，凌晨一點四十五分

溫熱的身軀，滾燙的淚水，壓抑的悲泣，芬芳的髮梢……

路天峰驚覺自己正緊緊抱著黃萱萱，任由她趴在自己的胸前哭泣。

「哎呀——」路天峰的動作頓時僵住了，原本他應該是用右手輕輕拍著黃萱萱的後背以示安慰，但現在他的手懸在半空中，好不尷尬。

該推開她嗎？

路天峰腦海裡浮現的問題還沒有確切答案，懷裡的黃萱萱已經察覺到他的不對勁了，她猛地推開路天峰，坐直身子，抬起手臂狠狠地擦乾了臉上的眼淚。

「路天峰，你今天到底是怎麼回事？說話顛三倒四、莫名其妙的！」她明顯是被惹火了，眼眶紅通通的，滿臉怨氣。

「呃……萱萱，妳聽我解釋……」路天峰話說到一半，才發現自己順口就喊出了在另外一個世界裡對黃萱萱的稱呼，好在她並沒有什麼激烈反應。

「那你倒是說呀！」

路天峰小心翼翼地說：「那麼，我可以先問妳一個問題嗎？」

「問！」

「我剛才對妳說了些什麼？大概就是幾分鐘之前……」路天峰想確認一下，路天峰B是不是跟他一樣，短暫返回了自己原先所屬的世界。

黃萱萱瞪大雙眼，先是迷惑不解，然後露出了心灰意冷的表情，「峰，你幹嘛呢？剛說過的話，轉眼就忘了？你不是一向都對自己的記憶力引以為傲的嗎？」

「我只是想確認一下……」

「夠了，不想說就算了，別搞這些裝神弄鬼的東西。」黃萱萱吸了吸鼻子，似乎又想哭了，但她硬是忍住淚水，轉身往臥室走去。

「萱……」路天峰望著黃萱萱憤怒離去的背影，本想出言挽留，但仔細一想，就算她肯留下來聽自己解釋，他又能說些什麼呢？

反倒是黃萱萱在關上臥室門之前，還回頭拋下一句話：「路天峰，不要以為你自己總是對的。」

砰！

震耳欲聾的關門聲不知道會不會吵醒熟睡的鄰居，路天峰彷彿看到牆上掛著的婚紗照輕輕地晃了晃，搖搖欲墜。

他不禁搖頭苦笑，「這下子就更難辦了……」

但無論多麼困難，他也只有一條路可走。反正臥室是不可能進去了，乾脆就去書房吧，正好抓緊時間整理一下紛亂的思緒。

第一步，需要盡快在這個世界裡找到可以信任的人。

路天峰坐在書桌前，啟動電腦，打開瀏覽器，首先輸入了「陳諾蘭」。然而搜尋結果令人失望，雖然找到好幾個叫「陳諾蘭」的人，但並沒有「生物學家陳諾蘭」或者「陳諾蘭醫生」，甚至連跟科學研究沾上邊的都沒有，年齡、居住地等資訊也都完全不符合，不可能是他想要找到的那位「陳諾蘭」。

對了，為什麼不直接使用警務資訊系統呢？路天峰B也是一名警察啊！

路天峰拍了拍大腿，熟練地打開警務資訊系統的介面，輸入密碼，然而螢幕上彈出了一個大大的紅叉，並提示：密碼錯誤。

「還以為你的風格會和我一樣呢……」路天峰慣常使用的密碼是以父母生日日期組合而成的一連串數字，據說絕大部分人都會用自己或配偶的生日作為密碼，另外有一些人會以孩子的生日來設置密碼，只有非常少數人會使用父母的生日。

既然猜不到路天峰B設置的密碼，那就暫時無法利用警務資訊系統來搜索資料了，於是路天峰開始翻查書櫃和抽屜，看看路天峰B有沒有可能將密碼用紙筆記下來——坦白說，這就不像是路天峰B會做的事情。

果然，一無所獲。

這時候，一陣清脆悅耳的音樂聲響起，路天峰愣了愣，才反應過來是手機鈴聲。他連忙挪開桌面上的資料，找到了跟A世界自己所用相同款式但不同顏色的手機。

來電顯示是「章魚哥」，讓他想起童年時看過那部卡通片裡的丑角。

「喂？」再三思量後，路天峰還是接通了電話。

「嘿，峰哥，有沒有吵醒你呀？」熟悉的聲音，卻帶著油腔滑調的語氣，電話那頭的人竟然是章之奇！

「奇哥？」

「別別別，不敢當不敢當，峰哥你不要給我戴高帽啊！」章之奇連聲拒絕，低聲下氣的姿態讓路天峰不禁懷疑他在B世界裡是不是從事某種非法勾當，因此特別怕警察。

聯想起「章魚哥」這個通訊錄裡的名稱，路天峰微微翹起了嘴角，看來兩人之間的關係還不錯嘛。

「那麼晚打電話給我，是有什麼要緊的事嗎？」路天峰問。

「咦？還能是啥，就是峰哥你吩咐我去辦的那件事啊！你再三叮囑了，只要有結果，就得第一時間通知你啊！」

路天峰撓撓頭，這肯定是路天峰B吩咐章之奇去調查或處理的某件重要事情，但他怎麼會知道呀？於是只好繞著圈子打探底細，「好吧，直接說正事。」

「明天晚上……哦，準確來說應該是今天，二十六號晚上，嘉華盛世藝術品拍賣會的細節安排已經查到了，你猜得沒錯，除了正常公布的拍賣品目錄之外，還有幾件作為串場彩蛋的特殊拍賣品。」

「特殊拍賣品？」路天峰頓時明白了，一定是路天峰B已經研究過今晚的拍賣品目錄，沒發現什麼問題，就拜託章之奇去調查更詳細的情況。

「沒錯，NFT你聽說過嗎？」

「你說什麼？」

章之奇嘿嘿一笑，彷彿早就料到路天峰答不上來，「要不這樣吧，你到我這裡一起喝點小酒，吃頓燒烤，我詳細解釋給你聽？」

「這……好吧。」考慮到整晚待在家裡也有點尷尬，不如去找章之奇聊聊天，一起想想辦法。沒想到電話那頭陷入了奇怪的沉默，良久，章之奇才說：「峰哥，你今天怎麼了？」

「什麼怎麼了？」路天峰被問得一頭霧水。

「大家都知道，你一旦過了零點，就絕對不會再出門喝酒的呀！因為你說這樣會影響第二天的工作狀態！但剛才你居然……」

「別扯這些有的沒的，地址發一下給我。」路天峰怕再說下去會糾纏不清，連忙打斷了章之奇。

「地址？」

「你的地址。」

「峰哥，你不知道我住在哪？」章之奇又沉默了半晌，然後小心翼翼地開口：「請問，你到底是不是路天峰警官？」

「少廢話，趕緊把地址發給我！」路天峰發現，跟這個章之奇說話不能太客氣，越是咄咄逼人越有效果。

「行行行，沒問題，等會兒見啊。」果然，只要路天峰語氣凶一點，章之奇就讓步了。

路天峰掛斷電話後不到半分鐘，手機就收到一個定位資訊：群賢大廈，章之奇偵探事務所——這不就是在A世界之中，兩人第一次碰面的地方嗎？（詳情參見《逆時偵查2：時間的主人》）

真不知道這是巧合，還是命運。

九月二十六日，凌晨兩點二十分
群賢大廈，章之奇偵探事務所。

路天峰之前覺得，A世界的這個房間已經夠凌亂了，沒想到B世界的版本更加誇張：這根本就不像偵探事務所的辦公室，而像一家網咖，空調溫度調得極低，視線範圍之內有數個大大小小的主機堆疊起來，各種電線電纜橫七豎八地分割著並不寬敞的空間，偏偏在房間正中央還擺著一張餐桌，桌上是一大堆零食和幾個空啤酒瓶，更顯得寸步難行。

「峰哥，那麼快就到了？」螢幕後方，章之奇笑咪咪地站起身，歡迎路天峰的到來。章之奇B的相貌跟章之奇A完全一模一樣，但氣質上的差異還是很明顯的，他的臉上掛著毫不掩飾的假笑，流露出一股油膩和圓滑，目光則如同狐狸般狡黠。在這雜亂無章的環境之中，他卻偏偏穿了一件嶄新的深藍色西裝外套，而且還是價格不菲的名牌，看起來有種說不出的詭異。

而當路天峰在上下打量章之奇的同時，章之奇也在默默地觀察著路天峰。兩人似乎有點相互戒備，不約而同地察覺到對方跟自己原本認識的那個人有著微妙的區別。

路天峰將啤酒和烤羊肉串放在餐桌上，章之奇瞄了一眼，撇撇嘴說：「奇怪呀，你不是一直嫌棄羊肉的騷味嗎？」

「你喜歡就好。」路天峰不動聲色地說。

「峰哥，你今天實在是太奇怪了。」章之奇抓起一串熱騰騰的烤羊肉，以優雅而迅速的動作吃個精光，然後舔了舔嘴邊的油漬，「是遇上什麼煩心事了嗎？被強制休假？還是跟嫂子吵架啦？」

這些都有，但都不是關鍵的。路天峰一邊在心裡嘀咕著，一邊說：「奇哥，還是說正事吧，我請你調查的那些資料——」

「對對對，差點忘了，你今天不是為了來吃宵夜的。」章之奇哈哈大笑著，從廢紙堆裡抽出了一張皺巴巴的A4紙，遞給路天峰。

「這是什麼？」路天峰看見紙上是一幅由粗糙顆粒組成的圖畫，他知道最近流行這種風格的東西，叫「像素復古風」。畫面裡出現了人、建築物、山川和河流，勉強算是個風景畫吧，但看不出有什麼更深層的含義。

「看到右下角那個QR Code了嗎？掃描QR Code，你可以查看這張畫擁有者的資訊——換句話說，我雖然可以列印、展示甚至張貼這幅畫，但在數位產權領域，這幅畫真正的主人並不是我，而是A國的一位數位藝術家，Alex Shawn。」

路天峰皺眉道：「這就是所謂的NFT？」

「NFT，Non-Fungible Tokens，通常翻譯為『不可同質化代幣』，是區塊鏈技術的一種應用形式，由於任何一枚NFT代幣都是獨一無二的，所以就有人想出了利用NFT代幣來記錄數位藝術品所有權的技術——比如你眼前的這幅畫，其數位產權就在三個月前拍賣出五百萬美元的成交價。」章之奇一旦說到這些技術問題，那可是頭頭是道，津津有味。

路天峰卻聽得有點頭大，「等等，你的意思是，有人花了五百萬美元之後，什麼實質性的東西都沒有獲得，只得到了這幅畫所謂的數位產權？這數位產權到底有什麼用啊，既然是電子檔圖片，不就是可以隨意複製使用嗎？」

「這你就不懂了，數位產權可是在數位藝術品領域身分的象徵，屬於無可替代的稀有資源，複製版和原版完全是兩碼事好嗎？」此刻章之奇看向路天峰的眼神，有點像中學老師看著課堂上什麼都聽不懂的小屁孩一樣。

「言歸正傳吧，你在電話裡說過，嘉華盛世的拍賣會上，會出現彩蛋拍賣品，又是怎麼一回事？」

章之奇劈劈啪啪地敲打著鍵盤，很快旁邊的印表機就吐出了一張紙，「峰哥，這件事也就只有我能幫你查出來了，別人都辦不到……」

路天峰狠狠地瞪了章之奇一眼，讓他頓時不敢繼續耍嘴皮了，趕緊進入正題，「今天晚上的拍賣會，不僅僅有目錄上列出的傳統藝術品，期間還會穿插四件ＮＦＴ數位藝術品，以驚喜彩蛋的形式進行拍賣。你也很清楚，目前國內大眾對ＮＦＴ數位藝術品的認知度並不高，很多人就像你一樣，無法理解和接受數位產權為什麼能賣出天價，因此這幾個加入拍賣的ＮＦＴ數位藝術品，更像是一次宣傳和推廣活動。」

聽到這裡，路天峰心裡突然明白了什麼，如果綁匪想要靠ＮＦＴ數位藝術品拍賣來交付贖金，不正符合「鯨魚」一貫的作案風格嗎？路天峰B的猜想是對的，這一次的綁匪很可能也是「鯨魚」，只不過手法更加隱蔽，更具迷惑性而已。

「能不能查到這四件ＮＦＴ數位藝術品的賣家資訊？」

章之奇滿不在乎地敲著鍵盤，說：「查過了，都是長期生活在國外的數位藝術家，其中有知名的網紅，也有默默無聞的新人，ＮＦＴ這種東西有個好處，就是誰都可以藏在螢幕背後，一夜暴富而無人知曉。」

「我想要這四個人的全部資料，越詳細越好。」

「峰哥，這很有難度啊，需要另外付費……對了，上次那起案子的尾款你還沒結算呢，加上這一次，你看是不是應該先給點訂金，嘿嘿……」章之奇皮笑肉不笑地說。

路天峰心想，我倒是想先給你錢，但我不知道信用卡的密碼啊！

「奇哥，你也知道這起案子十萬火急，別扯我後腿了！趕快去辦！」

「啊？什麼案子？你只是要我查資料，我可不知道你在辦什麼案子呀？」章之奇一臉懵然。

路天峰自知失言，也不再多說，本來還想拜託章之奇幫忙調查陳諾蘭的，現在看來，還是讓章之奇先查一下那幾個數位藝術品背後擁有者的來歷，比較順理成章，至於陳諾蘭，他得親自動手去調查。

「對了，奇哥，你能不能破解一下警務資訊系統的登錄密碼？」

「峰哥，你懂我的，違法犯罪的事情我從來不會做！」章之奇的反應非常誇張，一看就是演技嫻熟的實力派。

路天峰拍了拍他的肩膀，「放心吧，絕對不違法，因為你只需要破解我個人帳號的登錄密碼。」

「你自己的帳號？你忘了密碼？」章之奇難以置信地看著路天峰。

「是的，因為一些暫時不方便詳細說明的原因……」

「你是不是被砸到腦袋了？短暫失憶了？我就說，今天的你怎麼跟以前有點不一樣，原來是這樣啊……」

「奇哥，抓緊時間，人命關天啊！」

九月二十六日，凌晨兩點四十五分

章之奇果然厲害，破解警務資訊系統的密碼可謂不費吹灰之力，十分鐘不到就解決問題了，還是在一手吃著烤肉串，一手打字的情況下完成的。

於是兩人各操作一台電腦，章之奇在尋找四位國外數位藝術家的背景資料，路天峰則順利進入警務資訊系統內部，根據他所知的陳諾蘭相關個人資訊，開始搜索她的下落。

結果比想像中的要順利得多，因為他想要找的這位陳諾蘭，在警方資料庫中留下了檔案和記錄。

八年前，正在D城大學就讀生物醫學專業的陳諾蘭，與學校的某位老師傳出了不倫戀情的醜聞，這段捕風捉影的醜聞在網路上發酵，越演越烈，最終學校不得不公開進行調查，調查結果是醜聞並不存在，純屬謠言。

但當事人的生活已經受到了嚴重影響，那位老師隨之藉故調離了D城大學，結果導致新一輪的流言蜚語，有網路言論認為，陳諾蘭和老師之間一定有不可告人的事，只不過校方沒有徹查清楚，才被兩人蒙混過關，你看，老師已經急匆匆地離開D城了，還不能證明他們做了虧心事嗎？

事發後，陳諾蘭曾經前往警局報案，認為自己受到了誹謗和詆毀，但此事似乎不了了之，警方最終沒有給陳諾蘭一個滿意的答覆。後來，陳諾蘭申請休學一個學期，並有去醫院心理諮詢門診就診的記錄，病歷中顯示，她情緒低落，有輕生念頭，被診斷為中度憂鬱症，需要藥物和心理輔導治療。

休學整整一個學期之後，陳諾蘭並沒有復學，而是選擇了出國讀書，申請就讀的是B國的某家現代藝術設計學院，簡稱為TMAC。從檔案記載內容中，很難推斷陳諾蘭為何跨專業跑去學習設計，而且這也是陳諾蘭在官方記錄裡的最後一次現身。她的護照有前往B國入學時的出境記錄，但再也沒有入境記錄。

一年後，D城大學發生了一起奇怪的命案，當初曾經與陳諾蘭同宿舍的一名女學生，在深夜失足跌落荷花湖，雖然湖水只有不到一公尺深，但她卻淹死在湖裡，警方懷疑她摔下去時剛好撞到了頭，昏迷後溺斃。

這名女生去世之後，警方在調查整理她的遺物時才發現，她的筆記型電腦上有不少跟蹤偷拍陳諾蘭的照片，另外還有好幾個不為人知的社交平台帳號，都發表過大量抹黑陳諾蘭，舉報所謂師生不倫戀的文章，其中最早一篇「曝光文」就是出自她之手。

由於遇害者與當年事件的種種關聯，警方一度認為陳諾蘭有報復殺人的動機，於是對其展開了調查，結果發現陳諾蘭出國後半年左右就徹底與國內失去了聯繫，不但沒有繼續讀書，連人都不知道去了哪裡。很快，案件就以意外事故結案，而陳諾蘭的名字，也就漸漸被人們所淡忘……

「峰哥，你怎麼在這裡偷偷摸摸地看美女的資料呢？」章之奇突然說話，把路天峰嚇了一大跳，原來章之奇早就把腦袋湊過來窺探他這邊的螢幕了。

「說什麼呢，我這是在光明正大地查案！」路天峰沒好氣地瞪了他一眼，心想還是章之奇A比較討喜一點。

「這種幾年前就結案的小案子，也值得峰哥親自出手調查嗎？我不信。」

路天峰哭笑不得地說：「誰要你相信了，快回去查你那邊的東西！」

「我已經查好了……哎呀？那麼巧？」章之奇忽然大呼小叫起來，不斷用手拍打自己的額頭。

「有話直說。」路天峰有點接受不了如此浮誇的章之奇。

「四位數位藝術家當中，有三位的資料已經查得清清楚楚，剩下的一位網名為『CNN』，是一直保持匿名的神祕藝術家，相關資訊少得可憐，唯一已知的資料，是那傢伙自稱住在B國，畢業於設計領域的名校TMAC。」

陳諾蘭留在警方資料庫裡的最後一張照片，正是她穿著TMAC的校服，站在教學大樓的正門外，似笑非笑地看著鏡頭。

「這只能算巧合，並不能說明什麼吧？」路天峰心底有股隱隱的擔憂，所以嘴上這樣說著。

「我也沒說什麼呀，峰哥你幹嘛那麼緊張？」章之奇打開一罐啤酒，咕嚕咕嚕地喝了起來，還自然而然地瞟了他一眼。

那一瞬間，路天峰明白了，章之奇B雖然一副插科打諢，說話沒點正經的樣子，但事實上他和章之奇A一樣，總能穿過紛繁複雜的表象，精準察覺到問題的本質。

章之奇也開始察覺到陳諾蘭身上的疑點了。

「看一下吧，這就是那位『CNN』參與拍賣會的作品。」章之奇若無其事地將列印出來的彩色圖片遞給路天峰，順手替路天峰打開了另一罐啤酒。

那是一幅抽象藝術畫，畫面的主體是以漸層色組成的雙螺旋圖案，一看就讓人想起生物學的DNA結構；而在雙螺旋的周邊，有許多個以簡筆劃手法勾勒而成的小人，小人都是成雙成對地出現，雖然畫得很簡單，但可以清晰地判斷出每一對小人都是一男一女。

「這畫的都是些什麼東西啊？」路天峰輕輕喝了一小口冰涼而苦澀的啤酒，然後忍不住問。

「不知道，大概我們看不懂的東西才叫現代藝術吧。」

路天峰端詳著那幅畫，他彷彿看到了另外一個時空之中的另外一個人，他最為熟知的陳諾蘭A。在最近這段日子裡，兩人朝夕相處，路天峰也學習了不少關於生物醫學和基因工程的入門知識。

他清楚地記得，陳諾蘭A對他說過，人類的DNA雙螺旋結構就像一件頂級的藝術品，每一個細節都值得回味，每一段曲線都能迸發出無數的生命火花。

她說：「對我而言，DNA的雙螺旋結構，就是世界上最傑出的畫作。」

再仔細想想，CNN這個網路化名，不就是陳（Chen），諾（Nuo），蘭（lan）三個字的縮寫嗎？由此路天峰幾乎可以百分百肯定，藏在這張抽象畫背後的那個人，就是陳諾蘭B。

但她為什麼銷聲匿跡了那麼多年？難道她就是那個殺人不眨眼的冷血綁匪「鯨魚」嗎？

按照目前手頭上的證據和線索，完全沒有一條合理的邏輯鏈可以指證陳諾蘭，或者將其列為重點嫌犯，但跨越兩個世界的路天峰本身就是一個不合理的存在，因此他能夠以超越常理的思維，如同偷看考試卷答案一般，直接鎖定藏匿於茫茫人海之中的陳諾蘭。

不過，就算找到陳諾蘭B的下落又如何呢？這個世界的她並不是科學家，肯定也不懂什麼穿越時空的理論，即使能將她逮捕歸案，也對路天峰想要重返A世界毫無幫助。

或者應該抓緊時間，去做點別的事情？反正自己也被強制休假和踢出調查小組了，繼續參與這起綁架案，無論對哪一個路天峰而言都只是多管閒事而已。

若已經自顧不暇，誰還有空理會旁人的生死？

「我猜峰哥正在查的，應該是這起案子吧？」章之奇將他的電腦螢幕轉向路天峰，原來他剛才不聲不響地登錄進警務資訊系統，已經翻出了彭家姊妹失蹤綁架一案的卷宗。

路天峰對章之奇能找到這起案件毫不意外，畢竟最近跟嘉華盛世拍賣行有密切關聯的案子，也就這一起了。另外他還注意到，章之奇登錄系統時使用的似乎是D城警察局局長的帳號——

這傢伙還真是肆無忌憚啊。

螢幕上，是彭家姊妹的生活照，彭羽瓊和彭羽瑤身穿一模一樣的白色襯衫，配牛仔連衣裙，手牽手站在遊樂場的旋轉木馬前，面對鏡頭，露出雪白的牙齒和滿臉青春燦爛的笑容。

章之奇拿起一根牙籤，在嘴裡挑了挑，表情是滿不在乎的，說出來的話卻重若泰山：「我所認識的那位路天峰，無論面對多麼困難的案件，無論承受著多麼大的壓力，從來不會輕言放棄。因為他知道，每一次偵查案件、逮補罪犯的過程，都是在盡力拯救生命。」

章之奇在說話間，已經使用了第三人稱，他。

路天峰苦笑著說：「我並不想放棄，可是……」

「沒有什麼可是不可是的，你要是不想放棄，就繼續查下去。」章之奇又喝了一口啤酒，「我不管你是誰，擁有什麼不為人知的特殊身分，但看來眼前的這起案件，也只有你能解決了。」

「你憑什麼對我那麼有信心？」

「就憑專案組調查了大半年都沒有進展的案件，居然被你找到了突破口。」章之奇看著螢幕的目光似乎有點出神，「雖然我不太明白你是怎麼樣做到的。」

「這個……其實我自己心裡也沒底。」路天峰只有一個模模糊糊的猜想，確實不敢肯定陳諾蘭B就是綁匪，但很顯然，她與這一系列案件有著千絲萬縷的關聯。

「哎，先睡一覺，天亮了再說吧。」章之奇伸了伸懶腰，同時打了個大大的呵欠，「我可快要撐不住了，峰哥你不睏的嗎？」

說來也奇怪，路天峰由於時不時就經歷時間倒流和時間迴圈，身體狀態異於常人，經常能夠連續幾十個小時不闔眼而絲毫不覺疲累，因此進入B世界後也一直處於興奮狀態，精神滿滿。然而聽章之奇這樣一說，路天峰才發現自己的四肢已經有點乏力了，大腦運轉速度也開始變慢，眼皮越來越沉重。

「那我先回家了……」

章之奇嘿嘿一笑，「都三點多了，別來回折騰了吧，在這沙發上將就睡一睡？」

「我睡沙發，那你呢？」

「你知道的，我辦公室裡頭還有另外一張沙發。」

路天峰本想出言拒絕，他覺得自己還有許多事情需要趕緊處理，根本不想浪費時間在睡覺上面，但自己在B世界的這具軀體似乎有點熬不住了，渾身上下每一塊肌肉都在呼喚他趕緊躺下來，睡一會兒。

牆邊那張殘舊的破沙發，也散發出前所未有的吸引力。

那就睡一會兒吧。

只是打個盹就好。

路天峰慢慢地閉上了眼睛，耳邊原本有各種電腦設備運作所發出的嗡嗡微響，一下子也都全部消失了。

他多麼希望，再次睜開眼睛時，能夠回到原來的世界啊。
剛想到這裡，路天峰就徹底跌入了夢鄉。

第二章　破曉

B世界

九月二十六日，清晨六點

路天峰彷彿做了一個極其漫長的夢，在夢中看見了許多人和事，但不知道為什麼，連一點依稀的印象都沒留下來。

他從夢中驚醒，卻沒有馬上睜開眼睛。

因為他聽見身邊有一男一女正在對話，於是決定繼續裝睡。

「……剩下的事情就交給你們跟進處理吧。」這是章之奇的聲音。

女聲則顯得有點不耐煩，「章之奇，你說話沒頭沒尾的，也不把來龍去脈說清楚，讓我無從下手啊。」

這居然是童瑤的聲音！B世界的這兩個人之間也有聯繫嗎？

「抱歉啦，我無法解釋這傢伙為什麼就像換了個人似的，我試探過他，說話邏輯嚴謹，思維清晰，不像是精神分裂症。我只知道，他可能掌握了關於『鯨魚』的關鍵線索。」

「你這條線索也完全不可靠啊，無憑無據就讓我去追查一個在國外失蹤多年的女孩子，我該怎麼跟上級長官彙報？」童瑤B說話的語速比A世界的自己要快不少，自帶一股雷厲風行的氣場。

「怎麼跟上級彙報，那是妳要考慮的問題，而我身為偵探，只負責搜集資訊。」

「所以你就丟給我這個燙手山芋，還讓我大清早跑來你這破地方？」童瑤的聲音變得更清晰了，應該是因為她看向了路天峰，「這人信得過嗎？」

言下之意，童瑤B並不認識路天峰B。

「我怎麼知道，這不就請妳來審問他了嘛。」章之奇笑嘻嘻地回答。

審問？真是莫名其妙。

路天峰覺得繼續裝睡也沒什麼意思了，於是慢慢睜開了眼睛。

「早安啊，童瑤。」

童瑤B留著齊耳短髮，黑衣白褲，一身幹練的衣著打扮，跟A世界的她相比，顯得更為成熟一點。

童瑤愣了愣，「你為什麼知道我的名字？」

她說話時瞄向了章之奇，很明顯是懷疑章之奇先前說過些什麼，但後者聳聳肩，攤開雙手，一臉無奈地搖搖頭。

「這個說來話長……咦？」路天峰想要活動一下自己的雙手，才發現右手被人用手銬銬在了餐桌的桌腳上。

「我接獲熱心群眾報料，說這裡發現了一個形跡可疑的人，身上可能有關於一起綁架案的重要線索，而且有冒充警務人員的嫌疑，所以就先銬起來了。」由於被路天峰直接喊出自己的名字，童瑤的戒心變得更重了，她來回打量著路天峰，目光就像刀鋒一樣銳利。

路天峰想起了入睡前章之奇遞給自己的那罐啤酒，將零散的資訊碎片連成一線，終於想通了——章之奇早就對自己起了疑心，看準機會在啤酒裡面下了安眠藥，所以他才會突然有了睡意，直接倒在沙發上睡了過去。

「奇哥，你下手可真狠啊。」路天峰哭笑不得地說。

「因為我認識的那個路天峰，從來都不會喊我『奇哥』。」章之奇換上了一副嚴肅的臉孔，此時此刻他身上的西服就不顯得突兀了，「另外，他面對案件時，也絕對不會露出心灰意冷的表情。」

「而且真正的路天峰也不可能一見面就喊出我的名字，因為我們根本不認識。」童瑤同樣是冷冰冰地追問，「所以，你到底是什麼人？」

「我……我是路天峰……」

只不過，我不是你們這個世界裡的路天峰。

這句話，該怎麼樣說出來他們才會相信呢？無論怎麼樣胡謅一個藉口，也比自己是來自另外一個時空的人要更可信吧？

對了，可以這樣說！

「其實答案很簡單，D城每一位在職警察的指紋資料，都會記錄在警務資訊系統裡，你們只要比對一下指紋資料，就知道我確實是路天峰本人。」路天峰主動伸出了沒被銬住的左手，「至於最近我為什麼表現得不同尋常，這涉及到保密任務，不能向你們透露。」

「這……」章之奇和童瑤面面相覷，最後還是童瑤忍不住出言質問。

「難道有什麼保密任務跟人格分裂有關嗎？」她說。

章之奇附和道：「警察局不是電影學院，不可能有這種奇奇怪怪的安排。」

路天峰笑而不語，不再正面回答，反正指紋資料一定是他本人的，童瑤根本查不出任何破綻，只能選擇相信他。

畢竟案情緊迫，她不可能花費太多時間來和自己糾纏……

然而意外就在這一刻發生了。

A世界

九月二十六日，清晨六點零五分

路天峰眼前一花，景象瞬間切換，上一秒還在章之奇那破破爛爛的偵探社，下一秒映入眼簾的已經是熟悉的天花板和壁紙。

他再次回到了A世界。

路天峰立即注意到自己是仰面朝天，平躺在床上，身子軟綿綿的沒一點力氣，手腳竟然全被約束帶緊緊綁住，動彈不得。

好不容易才回到自家的臥室，怎麼反而被綁得更緊了呢？

一定是路天峰B在這邊惹出了什麼麻煩吧？

「諾蘭……」路天峰開口叫喚道，他的嘴唇乾裂了，聲音也有點沙啞。

「嗯？」陳諾蘭就坐在床頭的椅子上打盹，一聽見路天峰的呼喊，立即精神抖擻地站了起來，「峰，是你嗎？」

「是我……原來的我……」

「你終於回來了。」陳諾蘭抓住路天峰的手，淚水在眼眶裡打轉，「你們……我是指處於兩個平行時空的路天峰，似乎真的交換了身體。」

「對……我把那個世界稱為B世界……唉……我怎麼渾身乏力……」

陳諾蘭有點不好意思地說：「因為另外一個你的情緒很不穩定，一直在大吵大鬧，我是讓奇哥和童瑤一起幫忙，好不容易才把你制服的，還給你注射了一點鎮定劑。」

「原來如此……」路天峰覺得現在連說話都很費勁，喘著大氣說：「告訴另外一個我，冷靜下來……彭家姊妹的案件……我會替他辦好的……」

「彭家姊妹是誰？」陳諾蘭疑惑地問。

「諾蘭……妳要讓他相信……另外一個時空的存在……讓他幫忙解決這邊的問題……」不知道為什麼，路天峰總覺得自己留在A世界的時間非常有限。

陳諾蘭的手握得更緊了，「峰，別擔心，我會想到辦法的！兩個平行世界之間既然產生了互動，就一定有辦法——」

有什麼辦法？

陳諾蘭準備怎麼做？

這一切路天峰都不得而知了，因為正如他所預料的一樣，他的意識很快就跳躍到B世界的路天峰身上。

B世界

九月二十六日，清晨六點十分

章之奇偵探事務所。

驚愕，詫異，難以置信，目瞪口呆。

這就是路天峰重返B世界後看見章之奇和童瑤臉上的表情。

「我剛才……說什麼了嗎？」他小心翼翼地探問。

童瑤長歎一聲，搖搖頭，對章之奇說：「算了，你等會兒帶他去醫院掛個號吧，我先回局裡了。」

「不要啊，大姐，這事我可處理不了，妳請警局派人來接走他啊！」章之奇哭喪著臉，連連擺手拒絕。

糟糕，剛才路天峰B可能說了一些關於兩個世界啊、平行時空啊之類的東西，現在眼前這兩個人絕對已經把他當作精神病人來看待了。

「我沒病，我能替你們找到彭家姊妹的下落，還能抓到『鯨魚』。」

章之奇和童瑤交換了一下眼色，目光裡全是哀歎與憐憫。不用他們倆開口，路天峰都能讀出兩人心底的潛台詞：這傢伙病得不輕啊！

這時候，童瑤的手機響了起來，稍微化解了現場的尷尬氣氛，只見她拿起手機，一直嗯嗯哦哦地應答，不時將目光投向路天峰，然後沒說什麼就掛斷了電話。

童瑤很謹慎，不想在路天峰面前透露過多的資訊，但也讓路天峰猜到這是關於彭家姊妹綁架案的重要情報。

「我先走了。」童瑤竟然不再理會路天峰和章之奇，匆匆忙忙地轉身就走。

「這……」路天峰剛想說點什麼，童瑤就回頭了。

「差點忘了這個。」童瑤解開路天峰的手銬，然後把它拿走。

路天峰終於恢復了人身自由，但他心裡沒有絲毫喜悅的感覺，因為自己完全被童瑤無視了。是啊，在B世界之中，路天峰只是一名普普通通的刑警，他沒有感知時間迴圈的超能力，因此也沒什麼屢破大案的輝煌經歷，所以別人憑什麼要聽他的呢？

他們沒把他拉去醫院掛號看病，已經是最大限度的寬容了。

「峰哥，你看你是不是應該先回家睡一覺？」童瑤離開後，章之奇又恢復了那副說話戰戰兢兢，客客氣氣的樣子，禮貌地下了逐客令。

「不用了，我會以我的方式去查案。」

「那……需要幫忙嗎？」

路天峰冷笑一聲，「奇哥，拜託了，你只要不從中作梗，就等於幫了我一個大忙。」

章之奇憨笑起來，擺出一臉無辜的樣子，路天峰也不再跟他瞎扯，大步流星地離開偵探事務所。

從現在開始，必須爭分奪秒。

在之前的兩起案件當中，綁匪都是在收到贖金之後才動手撕票的，那麼如果路天峰判斷無誤，今晚拍賣會結束之前找不到彭家姊妹下落，她們就凶多吉少了。

可是路天峰對自己能夠破解「鯨魚」布下的謎局信心滿滿，畢竟他擁有來自另外一個世界的思維和視角。

陳諾蘭B，如果妳真的是「鯨魚」，那麼妳絕對不會想到，妳已經被我盯上了——

清晨的街頭車流稀少，路天峰花了五分鐘才攔下一輛計程車，上車後，他對司機報了個地址，「司機大哥，麻煩去Light & Magic西餐廳。」

「啥？小夥子，這家餐廳中午十二點才開門哦。」大概因為這是一家網紅餐廳的緣故，計程車司機對其營業時間相當熟悉。

路天峰淡淡一笑，答道：「沒事，我只是去逛逛而已。」

九月二十六日，清晨六點四十八分

Light & Magic西餐廳，地下停車場。

這家西餐廳名氣很大，它所在的建築物是某外資銀行的原址，已經有上百年的歷史。通常這種老房子都沒有地下停車場，但偏偏這棟建築的設計很特殊，不但有面積寬敞的地下金庫，還留了一條專用通道，方便當年的運鈔車能夠直接駛入地底，搬運貴重物品。因此在翻新改造時，設計師也異想天開地設計了一個地下停車場，雖然車位數量有限，但畢竟是一大特色，吸引了不少好奇群眾前來打卡拍照。

據說晚上店裡生意最火爆的時候，這裡連拍個照都要排隊，但當然了，現在這個時間停車場裡頭空蕩蕩的，鴉雀無聲。

路天峰的腳步聲，在略顯幽暗的空間內迴盪著。

「怎麼監視器那麼少呢？」他一邊喃喃自語，一邊觀察和計算著監視器的數量，沒想到這地下停車場僅有四個角落各安裝了一台監視器，而拍攝角度也受到了很大的限制，每個監視器鏡頭的視野範圍都會被柱子擋住一部分。

路天峰仔細地在地下停車場裡轉了幾圈後，就大致清楚了狀況：這裡畢竟是老建築，當年的建造技術較為落後，為了保證地下部分的安全和穩固，不得不使用了大量的柱子，如果想要讓攝影鏡頭沒有死角，得安裝十幾二十個監視器，不但成本高，牽線路也頗為麻煩，於是貪圖省事，隨便裝幾個應付了事。

綁匪選在這個地方帶走彭家姊妹，一定是經過深思熟慮的決定，絕非偶然，但綁匪是怎麼知道彭家姊妹會在這裡吃飯的呢？她們又是如何神不知鬼不覺地離開停車場的呢？

最簡單的答案，自然是兩人在監視器死角處上了某一輛汽車，躲在車裡頭離開。但警方已經調查過事發前後各十二個小時進出停車場的所有車輛，都沒有發現可疑目標。而且更奇怪的是，這地方雖然沒有監控，但人來人往不算什麼偏僻場所，綁匪要在確保不驚動路人的情況下，同時帶走彭家姊妹，並不是件容易的事。

除非……彭家姊妹認識綁匪，甚至跟綁匪達成了某種合作協議？

路天峰的眼睛先是一亮，但很快又黯淡下去，他相信以童瑤為代表的D城警隊精英的辦案能力，他們肯定不會忽視這個重大疑點，應該已經根據彭家姊妹的人際關係層層篩查過嫌犯了。但既然至今仍未找到可疑對象，證明這條路可能也是走不通的。

即使彭家姊妹與綁匪相識，她們之間的交集也一定是警方的思維盲點，所以才一直沒有取得突破性進展。

「喂！這位先生，誰讓你進來的啊？」一個粗魯的老男人聲音從背後響起，路天峰回頭一看，是一名頭髮花白的保全人員，看起來年紀已經不小了，身上的制服被洗得發白，卻依然穿戴得整整齊齊。

「大哥您好，這裡是您負責的嗎？」路天峰本想喊對方「老伯」的，話到嘴邊及時改了過來，畢竟禮多人不怪嘛。

「對呀，大白天的，你鬼鬼祟祟的想幹嘛呢？」

「我是來調查案件的，前幾天發生的綁架案……」

「去你的！」沒料到保全老伯突然爆了一句粗口，「你們警察辦事就是靠不住，我說了你們又不信！」

警察怎麼得罪他了？但路天峰決定暫時不深究這個問題，轉而旁敲側擊地說：「大哥，我不是警察，我只是一名私家偵探。」

「偵探？福爾摩斯那種？」

「對，差不多就是那種。」路天峰笑容燦爛，心裡卻在想著，向來只聽說過私家偵探假扮警察去套話，還沒聽過警察假扮私家偵探的。

「案發當天，哎喲不對，是第二天，我就跟警察說過啦，那兩個小女孩根本沒有從地下停車場的出入口離開過。」

「什麼？」路天峰大吃一驚，那麼重要的資訊，怎麼案卷裡面並沒有記載？

「可是他們不信我啊，說我什麼年紀大了，老眼昏花，看錯人了。呵呵，開玩笑，我這雙眼睛怎麼可能看錯人？」

「這車來車往的，車上後座坐的人是誰，您也不可能看清楚吧……」說實話，與其相信這位保全老伯，倒不如相信自己的同事們，如果證詞可靠，早就寫入案卷了。

保全老伯嘿嘿一笑，「小夥子，要是男的，我可能會看得不仔細，這兩個小妞那麼年輕貌美，怎麼可能看走眼啊？」

「那我倒是想要請教一下，如果她們沒有從停車場出入口離開，那麼她倆到哪去了呢？監視器錄影明明看到她們走向停車場的呀。」

「那我就不知道了，可能她們只是想要誤導警方吧？」保全老伯用猜測的語氣說。

路天峰皺起眉頭，這名保全的證詞確實不可靠，充滿了主觀臆測，但有一個切入點倒是很有意思——如果彭家姊妹確實是和綁匪合謀上演這齣消失戲碼，那麼她們可能根本沒有進入停車場，一切都只是誤導而已。

問題是，彭家姊妹為什麼要這樣做呢？

路天峰真的很想打電話給童瑤，問問她案情的最新進展，但他隨即意識到B世界的兩人並不相識，自己應該沒有她的聯絡方式。

這時候，手機突然響起，來電顯示上是兩個字：萱萱。

路天峰歎了歎氣，走遠幾步，接通了電話。

他知道逃避終究沒有意義，也許在這個世界當中，黃萱萱反而是更值得信任的一個人。

所以他要好好地跟她談一談。

「路天峰，你在哪裡?!」沒料到電話那頭的黃萱萱火氣極大，劈頭就是一聲怒喝。

「我？我在工作……」

「你已經被勒令強制休假了，還到處亂跑？程隊再三叮囑不能讓你干擾辦案，你還去案發現場幹嘛？」黃萱萱的聲音聽起來快氣哭了。

「妳怎麼知道我去了現場？」路天峰納悶了。

「你別管了，趕緊回家！」

路天峰想了想，說：「是章之奇？他從偵探事務所的窗戶看見我乘坐的計程車車牌號碼，然後透過交警系統搜索了車輛定位……」

「停！不要再推理了！」黃萱萱幾乎是在怒吼，尖銳的聲音震得路天峰耳膜發痛，「路天峰，不要以為只有你是聰明人，別人都是傻子！你天天做夢想當名偵探，看什麼亂七八糟的推理小說，還不如認真負責地完成自己的本職工作！」

路天峰啞口無言，他沒想到路天峰B在黃萱萱的心目中居然只是個走火入魔的推理小說迷。

黃萱萱似乎強行壓抑著自己情緒，但悲泣嗚咽的聲音還是時不時傳入路天峰的耳中。

「峰，回家吧……」最後，黃萱萱軟弱無力地說了一句。

「萱萱，對不起，但我知道我在做些什麼。」路天峰說罷，果斷掛了電話。

雖然還是沒得到任何人的支持，但剛才這通電話讓路天峰想到了另一個關鍵點。

案發當晚，彭羽瑤接到的那通電話，到底是誰打來的呢？路天峰不記得案卷裡有詳細的情況說明，於是趕緊用手機登入警務資訊系統……卻失敗了。

系統提示：該帳號已被停用，請聯繫管理員。

路天峰懊惱地跺跺腳，想了想，覺得這時候也只有一個人能幫上忙了——不管那傢伙願不願意，都得扯上他才行！

九月二十六日，上午七點二十六分

群賢大廈，章之奇偵探事務所。

凌晨時分折騰了一大圈，把章之奇累得精疲力盡，他正趴在沙發上不顧形象地呼呼大睡著呢，突然腦袋就被重重地敲了一下，一時之間，他分不清是夢還是現實，嚷嚷大叫起來：「誰啊，那麼缺德！」

「是我。」路天峰似笑非笑地看著章之奇。

「峰哥？我不是鎖了門嗎？你怎麼……」

路天峰把手裡斷成兩截的軟鎖隨手一扔，說：「我不是警察嗎，開個鎖還不容易？」

章之奇定睛一看，無奈苦笑道：「哥，你這叫砸鎖不叫開鎖。」

「你倒是夠義氣啊，一轉身就向黃……我的……妻子通風報信，害得我的警務資訊系統帳號被上級下令停用了。」路天峰還是覺得將黃萱萱稱作「太太」或者「老婆」會很彆扭，但直呼其名也顯得很奇怪，所以說話難免結巴了一下。

「峰哥，你這病情真的是可大可小，不容忽視，我沒把你交到醫生或者警察手裡，也總得通知一下你的家人吧？」

「你通知了我的家人，不就等於通知警察了嗎？」路天峰狠狠地瞪了章之奇一眼。

章之奇打了個呵欠，巧妙地避開路天峰殺氣騰騰的目光，然後才問：「如果你不想和警察打交道，那麼我還是帶你去看醫生吧……」

路天峰打斷了他的話，「奇哥，幫我一個忙，非常重要。」

「你說吧。」

「我想要看案卷，彭家姊妹一案和『鯨魚』之前犯下那兩起案子的資料，我要全部認真再看一遍。」

章之奇露出為難的神色來，「大哥，你這是又逼著我去破解警方的系統啊……」

「兄弟，人命關天，你覺得我會輕言放棄嗎？」

章之奇的嘴唇動了動，似乎想說點什麼，但最終沒說出口。他唉聲歎氣地開始敲打鍵盤，同時發問：「你想看關於哪一方面的內容？」

「嗯？」

「我來替你精準搜索，效率會更高一點。」

路天峰滿意地笑，「我要看關於彭羽瑤接到電話，然後離開餐廳的那一段證人證詞。」

「啊？難道你懷疑彭家姊妹那幾位朋友的證詞有問題嗎？」

路天峰沉吟道：「證詞應該沒問題，但我覺得還有某個真相隱藏在細節之中。」

「好吧，她們的口供都在這裡了，大同小異。」章之奇將螢幕轉向路天峰，相關的口供和證詞已經標記為紅色，一目了然。

一共有四名證人向警方提供了證詞，既然內容大同小異，那麼差異之處可能就是關鍵所在。路天峰瞪大雙眼，逐字逐句地斟酌她們的證詞。

「晚上九點左右，彭羽瑤接到一通電話……」

「晚上九點前後，有人打電話給彭羽瑤……」

「我們邊吃邊聊，彭羽瑤似乎接了個電話……」

「九點鐘剛過，彭羽瑤的電話鈴聲響起……」

路天峰指著第四位證人的證詞，說：「能不能想辦法聯繫上這位證人？」

「有名有姓的當然能聯繫上，但到底為什麼呢？」章之奇也看了一遍證詞，並不覺得其中有什麼值得注意的問題。

「因為她的描述跟別人不一樣，她說的是『電話鈴聲響起』，而不是『彭羽瑤接到一通電話』，這兩者之間可是有微妙差別的。」路天峰拍了拍章之奇的肩膀，「警方事後並沒有從電信業者處查到這個時間點的通話記錄，因此推斷彭羽瑤可能是通過某個語音通訊軟體來跟對方進行對話的，但實際上還有另外一種可能。」

章之奇恍然大悟，「沒有任何人找她，她只是自己故意設定了電話鈴聲？」

「對呀，這個細節非常關鍵，能夠徹底改變我們調查的方向。」路天峰抬起手腕看了一眼手錶，「只可惜留給我們的時間不多了。」

章之奇嘴角微翹，「沒問題，給我三分鐘時間，我約她見面。」

九月二十六日，上午七點四十五分

霞光路，３９７藝術工作室。

曾經有不少人好奇地問，「３９７」這個名字到底有什麼特殊含義，工作室的負責人——插畫師方嘉筠總是風輕雲淡地笑一笑，從來不作正面回應。

因為真正的答案簡單又俗套：這間由獨棟別墅改建而成的工作室，其整體建築面積恰好就是３９７平方公尺。與其給出這樣一個答案，不如讓大家留點懸念和遐想。

和大部分從事藝術創作的人一樣，方嘉筠也是個夜貓子，彷彿在萬籟俱寂的深夜裡，她會有更豐富的創意靈感。因此當一通莫名其妙的電話毀掉了她的美夢，逼迫她在早上七點多就匆匆忙忙起床，來不及化妝就得接待客人時，她滿肚子都是怨氣。

然而電話裡那個男人說的話，卻令她無法拒絕。

「現在只有妳才能救彭羽瓊和彭羽瑤了，妳願意幫助她們兩姊妹嗎？」

她的回答是當然願意，畢竟彭羽瓊是她的好閨蜜，更是彭啟城的女兒，而彭啟城是每個年輕畫家都想攀上的高枝，許多人想拜入他門下學藝，卻鎩羽而歸，現在有一個跟彭啟城打好關係的機會，誰會不珍惜呢？

所以她要是不答應，就顯得太奇怪了。

當路天峰和章之奇推門而入時，方嘉筠強壓住打呵欠的衝動，面帶笑容地迎接兩位來訪的客人。

「方小姐，謝謝妳的配合，我是刑警隊的路天峰。」路天峰一進門，就客氣地打招呼，然後目光游移到玄關處掛著的那幅油畫上。

「這是我臨摹彭老師的名作《傳說》，比原作差遠了。」方嘉筠不動聲色地說。

「恕我眼拙，身為門外漢的我根本區分不出原作和臨摹的區別。」路天峰說了句大實話，他注意到方嘉筠似乎想笑，但還是忍住了。

「兩位警官一大早找上門來，不知道有何貴幹？」方嘉筠將兩人邀請到大廳處接待，並且很自然地把章之奇也當成了警察，而章之奇也懶得糾正她。

「在彭羽瓊和彭羽瑤失蹤當晚，妳和她們在一起，對嗎？」

「是的。」方嘉筠點點頭。

「從幾點鐘開始？我是指，她們是幾點鐘到這裡參加畫展開幕式的？」

「啊？」方嘉筠有點意外，之前警方提問的焦點，集中在晚上九點那通神祕的來電上，並沒有深究她們之前的行動。

於是她想了想，才說：「大概是下午五點鐘左右吧，小瓊和小瑤來到工作室，我們當時見面聊天的地方就是這裡，一樓大廳……順帶說一句，我跟小瓊比較熟絡，和小瑤只是點頭之交。」

「好的，那麼請問妳們在下午五點碰面之後，就一直一起行動嗎？」

「嗯……那天來的客人很多，我是東道主，忙著招呼大家，沒有太注意每個人的行動。」方嘉筠努力地回憶著，「對了，小瑤好像消失了好長一段時間，我記得直到開幕式快要開始時，才再次看見她的身影——順帶一提，開幕式是在晚上七點整。」

路天峰繼續追問，「那麼在七點鐘之前，彭羽瑤去了哪裡，妳知道嗎？」

「不知道。」方嘉筠連連搖頭。

「彭羽瑤跟妳並不熟，所以她應該很少來這裡吧？」

「是的，她只是跟小瓊來湊個熱鬧而已，沒記錯的話，她是第一次到我的工作室來。」

「初來乍到，人生地不熟的，她幹嘛不跟姐姐呆在一起，而是一個人開溜？」路天峰雖然用了疑問句，但似乎並不期待方嘉筠能回答。

方嘉筠想了一會兒，才說：「抱歉，之前我跟警方說並沒有察覺到異常狀況，但現在被你這樣一問，我又覺得小瑤那天的舉動挺奇怪的……」

「沒關係，相信之前警方也沒問得那麼細。」

路天峰很瞭解綁架案的辦案流程，保障受害人的安全是最關鍵的考慮因素，而受害人最後一次出現的地點、最後接觸的人群才是偵查的重點，警察不可能在極短時間之內，面面俱到把受害人出事之前的所有行動軌跡都查得一清二楚。

路天峰認為，這起綁架能夠成功的關鍵並不是西餐廳的那通電話，那甚至很可能只是一個障眼法，而真正的關鍵細節，發生在這棟小別墅之中。綁匪利用這幾個小時的時間差，成功逃出了警方最為嚴密的追查範圍。

「我需要那天來參加畫展開幕式的全部人員的名單，還有當天別墅周邊的監視器錄影。」路天峰進門之前就已經注意到，工作室的周邊安裝了一整圈的監視器鏡頭，基本上沒有拍攝死角。

「這個……」方嘉筠露出了尷尬的神色，「賓客名單可以給兩位一份，但有一個問題，那天的畫展是公開參觀的，雖然進場的總人數不多，不到一百人，但並非每一位都有登記姓名，受邀前來的賓客大概就是三十多人，其餘都是一些聞訊前來參觀的美術系學生或愛好者。」

「沒關係，只要有監視器錄影就行。」一直沒開口的章之奇說道。

「呃，但是那天的監視器出現故障。」方嘉筠苦笑起來，「也不知道是怎麼回事，開幕式結束後，我才注意到監視器主機的電源燈沒有亮，不知道是不是被誰踢掉了插頭，後來我重新開機，並下意識地檢查了一下錄影，發現一整天的錄影全部沒了。」

路天峰和章之奇對視一眼，兩人都心知肚明，這怎麼可能是巧合，綁匪一定曾經在這裡現身，所以才需要在監視器上動手腳。雖說綁匪已經刪掉監視錄影，但畢竟還是露出了一絲破綻，章之奇不得不感歎，路天峰這傢伙看起來越來越瘋狂，但還是必須承認他腦洞清奇的推理讓他們找到了新的突破口。

「這個監視器的硬碟，我能借用半天嗎？」

章之奇想嘗試救回資料，而方嘉筠很樂意配合警方辦案，毫不猶豫地同意了。

路天峰突然就像想起了什麼似的，說：「啊，方小姐，我差點漏了一個非常重要的問題。在案發後，警方對妳作筆錄時，妳說過一句話——彭羽瑤的電話鈴聲響起，對嗎？」

「呃，我……大概是這樣說的吧？」方嘉筠實在記不清那麼細節的措辭，「反正她是接了一通電話。」

「不對，妳說的是『鈴聲響起』，而不是『接了一通電話』。」路天峰緩慢地搖了搖頭，「能否請妳回想一下，為什麼當時妳會這樣說？」

「我……嗯，讓我想想。」方嘉筠用力眨了眨眼，眉頭緊鎖，似乎在很努力回溯當時的某些細節，「對了，我只是聽到鈴聲響起，然後小瑤拿起手機，放到耳邊，不知道為什麼，我覺得她的動作不像是在接聽電話，而是……嗯，怎麼形容才對呢？」

「而是假裝在打電話？」

「對，就是這種感覺！」方嘉筠一下子開竅了。

路天峰和章之奇再次對視，彭羽瑤的行為舉止，細細分析之下就變得很可疑了，難道她是綁匪的同夥？又或者，她就是綁匪本身？

「下一步，想辦法搜集周邊的監視器資料，進行分析，看看接近過這裡的人是否可疑；另外，嘗試一下救回監視錄影檔案，希望能有收穫……」

「峰哥，等一下！」章之奇壓低了聲音，貼在路天峰耳邊，「如果只有我一個人，那麼多事情肯定處理不過來啊，要不你申請警隊支援吧？」

「這……我要是能動用警力，還請你來幹嘛？」路天峰也低聲答道。

「那怎麼辦呢，我也不是神仙呀。」章之奇攤開雙手。

「讓我想想辦法……對了，『鯨魚』專案組是不是還沒正式接手這起案件？」

章之奇查了查最新的案卷狀況，才回答：「是的，目前案件仍然由D城刑警隊負責，負責人是第七支隊的程拓和特別行動組的童瑤……」

「那我們可以直接把線索上報給『鯨魚』專案組，促使他們併案處理。」路天峰靈機一動，「這可能是抓住『鯨魚』的最好機會了，他們一定不會錯過的。」

「好吧，我試試看。」章之奇說著，突然眉頭一皺，「咦？最新的任務指示？」

「是什麼——」路天峰才說了三個字，眼前的一切瞬間消失了。

該死，又被扯回去了嗎？

A世界

九月二十六日，上午八點

這是什麼地方？

路天峰發現自己坐在某張桌子前方，手裡拿著簽字筆，正在一本硬皮筆記本上奮筆疾書，但他當然不知道接下來該寫什麼了，於是紙上的筆跡戛然而止。周邊的環境很陌生，泛黃的白色牆紙，黯淡的灰色地毯，簡易樸素的家具，還有兩張單人床，看起來應該是某家酒店的客房。

陳諾蘭正和衣睡在其中一張床上，輕輕地打著呼，似乎是累壞了。

路天峰低頭看了一眼筆記本，下意識地翻到第一頁，上面用非常潦草的大字寫著：「如果你回來了，趕快讀這個！！！」

連續用了三個驚嘆號，可見路天峰B寫下這幾個字時心情有多激動。

時間有限，而筆記本上的內容並不算少，於是路天峰快速瀏覽起來。

九月二十六日，上午

陳諾蘭跟我說了很多關於時間理論的東西
我終於相信了
我沒有病
這一切也不是幻覺
……
認識了另外一位章之奇，還有童瑤
如果能夠重返之前的世界
我想重新認識他們
……
中午
自己一直持續停留在這個新世界之中
沒有發生切換現象
切換結束了嗎？
……
下午

經過一整天的補課，終於搞清楚天時會的故事
沒想到那麼快就會跟他們交手
陳諾蘭說，是兩個世界之間的互動誘發了強烈的時間波動
所有感知者都會察覺到異常
……

傍晚
陳諾蘭提議用筆記本寫下我的遭遇
希望另外一個我有機會讀到
市內連續發生數起重大刑事案件
童瑤認為這可能是敵人行動的前兆
她猜對了
……

晚上
敵人採用的進攻方式如此簡單粗暴
在一樓斷電，點煙，觸發火警警報，然後整棟樓的人緊急疏散
在混亂之中，有人帶著武器接近我們
我確實是低估了他們的殘忍和可怕
陳諾蘭為了救我，身負重傷，危在旦夕，童瑤也受了傷

當時我以為完蛋了，自己也會死去

但我沒想到，還有第二次的機會……

讀到這裡，路天峰已經大概猜到了，九月二十六日這一天發生了時間迴圈現象，而陳諾蘭等人因此得救。但A世界裡的時間迴圈竟然沒有影響B世界嗎？他一時搞不清楚其中的關聯，於是繼續看下去。

下面的字跡雖然同樣潦草，但記錄的內容更加詳細，也寫下了更準確的時間點。

九月二十六日

零點

為什麼時間又重新回到了這一天的凌晨？

所有的記錄都沒有了

趁我還記得

得趕緊重新寫一遍

陳諾蘭告訴我，這是時間迴圈現象

這個世界的路天峰曾經多次經歷

我暗自慶幸，如果不是恰好遇上這種特殊現象

我們可能都要死掉了

而現在，我們有了更加充分的時間做準備

零點三十分
這理應是兩個世界之間第一次交錯的時間點
但沒有任何特別的事情發生
另外那個我，再也不會回來了嗎
而我也不知道怎麼樣才能回去
陳諾蘭說，總會有辦法的，但我認為首要任務是順利活過這一天
她安慰我，畢竟我們還有好幾次嘗試的機會
我卻比較悲觀，因為敵人同樣有好幾次殺死我們的機會
我們一致同意，還是應該先離開家裡，避一避風頭

兩點十五分
章之奇和童瑤都趕過來了，跟我們會合
童瑤建議我們去住警方的安全屋
章之奇則覺得，透過私下管道找某些小旅館可能更安全
最終經過一番討論，我們還是搬入了小旅館
畢竟天時會可能在警方內部安插了間諜
……

後面還有好幾段記錄，但路天峰匆匆看了一眼，並沒有特別關鍵的資訊，而且他怕時間來不及了，

於是馬上拿起筆，在筆記本最後的空白處寫下幾行字：

面對天時會，不能一味躲避，要主動出擊！

攻擊他們，尋找他們的破綻！

記住，只有第五次迴圈才能真正影響未來，因此你可以大膽嘗試！

請諾蘭不用擔心我！

彭家姊妹的案件已經有進展了，你也不用擔心！

我們——

「我們就通過筆記本來聯絡對方吧！」這一句話，路天峰沒來得及寫完。

眼前的世界消失了。

B世界

九月二十六日，上午八點零八分

路天峰坐在汽車的副駕駛座上，手裡拿著一本嶄新的筆記本，和一支藍色水性筆。

「我……回來了？」

「峰哥，你……恢復正常了嗎？」坐在駕駛座的章之奇憂心忡忡地看著他。

「我剛才說了些什麼？」

同樣的問題章之奇今天聽到好幾次了，之前並沒有正面回答，但現在他意識到，這個答案對路天峰而言意義重大。

「你剛才臉色一變，然後就要我趕快準備紙筆。方嘉筠的工作室裡剛好有這個筆記本，於是你一手搶過筆記本，狂奔上車。我跟上來，看到你在筆記本上寫了些什麼，然後整個人愣住，沒一會兒，你就恢復正常了……」章之奇言簡意賅地把這幾分鐘發生的事敘述了一遍。

「原來如此。」

路天峰翻開筆記本，發現路天峰B只寫了短短幾行字。

去找彭啟城
他知道一些東西
但沒有對警方坦白
……

字跡中斷之處，還有一個沒寫好的字，只能勉強辨認出左邊是「耳」字旁，看來路天峰B寫到這個字時，兩人又交換了世界。

有意思的是，路天峰B並沒有提及任何關於平行世界的事，甚至並不擔心自己個人的安危，他唯一關心的，就是案件本身。

真是一位純粹得不能再純粹的警察。

路天峰對另外一個自己心生敬意，他決定下一步的行動就是去找彭啟城談談。

「走吧，先送我去彭啟城家，然後你再回去分析監視器的資料。」路天峰在閱讀筆記本時，並沒有刻意迴避章之奇，因為他需要以信任換取信任。

「但現在彭啟城並不在自己家裡。」章之奇說。

「那麼他在哪？」

「在趕往機場的路上。」章之奇將手機遞給路天峰，螢幕上顯示的是彭家姊妹綁架案的最新指示。綁匪要求彭啟城親臨T城，在今晚舉辦的拍賣會上交付贖金，因此童瑤等人也立即買了同一航班的機票，整裝待發。

飛機的起飛時間是十點半，而從他們所在之處趕往機場，大概需要一個小時左右。

「那我自己叫車去機場，你回去分析資料，有什麼發現就第一時間通知我。」

「可是你總不能在機場大搖大擺地直接跟彭啟城接觸吧？他身邊一定有便衣刑警監視和保護……」

「沒問題的，我來想辦法就好。」

「有什麼好辦法嗎？」

「現在還沒有，但一定會有的。」路天峰看著筆記本上的半截留言，低聲說道。

九月二十六日，上午九點十二分

D城機場，T1航廈，國內航班候機大廳。

彭啟城手裡拿著一個黑色皮箱，一臉嚴肅地走向安檢通道。在通過X光檢查機時，他小心翼翼，半蹲下身子，輕輕地將皮箱平放到輸送帶上，拍了拍結實的外殼。

「先生，請問這裡面是什麼？」安檢人員皺著眉頭問，X光掃描的結果顯示箱子裡有一整塊特殊的金屬板。

「我自己畫的畫。」

「畫？」安檢人員好像沒反應過來，「麻煩打開箱子讓我檢查一下。」

彭啟城面無表情地點點頭，「好的，沒問題。」

他彎下腰，從輸送帶上拿起箱子，放在桌上，每一個動作都小心得過分。其中一個原因是箱子裡的東西價值連城，另一個原因則是綁匪指定他將這幅畫帶到T城去。

箱子打開了，裡面竟然還有一層牢固的合金結構，再次打開後，是被緩衝墊和收縮膜層層保護得極其周密的一幅油畫，看似以抽象的筆觸亂塗亂畫，但不知道為什麼，大部分的中國人一看見這些奇怪的線條，腦海裡浮現出的就是女媧補天，后羿射日，大禹治水——可是沒有人能合理地解釋，為什麼會霎時間就想起這些遠古的傳說。

這就是彭啟城的成名作——《傳說》。這幅作品雖然從未進入交易市場，但以彭啟城其餘已成交的作品來評估，有不少人認為它一定可以賣到一億以上。

「這是……《傳說》？」安檢人員再看了一眼機票上的名字，彭啟城，沒錯了。

他果然就是那位在D城家喻戶曉的名畫家啊。

安檢人員拿起通話器，不知道說了些什麼，很快就有另外一名身穿工作人員制服的中年男人一路小跑過來。

「彭老師您好，麻煩您到這邊來一下好嗎？」中年男人說話的語氣特別客氣，但同時也帶著一股不容拒絕的權威。

彭啟城略感不快地反問：「怎麼啦？我的隨身行李有問題嗎？」

「當然不是，彭老師，您的隨身行李極其貴重，請走我們的VIP通道。」

「不用了，我習慣了低調行事。」

「還請老師多多包涵，這國寶級的藝術品要是在機場弄丟了，我們可承擔不起責任。」中年男人繼續禮貌而堅決地說。

彭啟城下意識地扭過頭，看了一眼正在通過旁邊安檢通道的童瑤，而童瑤彷彿完全沒注意到發生了什麼事情似的，甚至連目光都沒有飄向這邊。

彭啟城想起了童瑤的叮囑，警方便衣全程不能暴露身分，若有什麼突發情況他必需自己隨機應變。於是他只好提著箱子，跟隨工作人員走向ＶＩＰ通道，畢竟是在機場裡頭，到處都有監視器，童瑤等人也會暗中保護，他沒什麼好擔心的。

彭啟城跟在工作人員的身後，連續穿過幾扇需要刷工作證才能開啟的門，終於來到了一間寬敞明亮的休息室中，而一個並不陌生的身影，端正地坐在沙發上，笑咪咪地看向他。

「路警官？」彭啟城愕然，「你怎麼在這裡？」

「彭老師，我們又見面了。」路天峰站起身來，向彭啟城表示歡迎，「不知道上次曾經問過你的那個問題，現在能給我一個確切的答案了嗎？」

「這個……」彭啟城欲言又止，這時候他注意到剛才帶自己進來的工作人員已經悄悄退出了休息室。

「放心吧，這裡只有我們兩個人，至於那個監視器——」路天峰指向天花板的監視器鏡頭，「也已經被我遮罩掉訊號了。」

彭啟城有點彆扭地坐在路天峰身旁的沙發上，手提箱放在腳邊，但右手依然死死握著箱子的把手，不肯放鬆。

「路警官如果只是想和我見面，犯不著那麼折騰吧？」在最初的驚訝過後，彭啟城也很快恢復了冷靜，「我還以為你不再參與這起案件了。」

「啊，我確實不參與您女兒被綁架一案了，但我加入了另外一個專案組，而專案組正在追查的目標，很可能就是綁架您女兒的罪犯。」路天峰深知說話半真半假，反而會讓人更難分辨是非。

「你的意思是，此案的綁匪是個慣犯？」

「不但是慣犯，而且之前幾次犯案過程中，一旦綁匪拿到贖金，就會撕票，從來沒有留下活口。」

彭啟城的嘴角抽搐了幾下，臉色瞬間變得一陣紅一陣白，額頭上冒出了細小的汗珠。

「我已經……我已經完全按照綁匪的指示去行動了……」

「有些綁匪的行為並不符合一般人的邏輯，所以你要相信警方，提供我們最正確的資訊，不作任何隱瞞。」路天峰的身子微微前傾，緊盯著彭啟城的眼睛，「這樣才有可能救出你的女兒。」

彭啟城被盯得有點心慌意亂，不由自主地往後縮了縮。

「你……到底想知道什麼……我已經將一切都告訴你們了……」

「我想問的還是兩天前那個問題，你跟女兒之間的關係好嗎？」

「很好，非常好。」彭啟城立即坐正了身體，毫不猶豫地回答。

而路天峰注意到，眼前的畫家用力地吞了吞口水。

「現在離贖金交付還有半天時間，如果你繼續隱瞞，你的兩個寶貝女兒可能凶多吉少，到時候就連神仙都幫不了你了。」

「路警官，你這話到底是什麼意思？」眼看路天峰站起來，一副準備告辭的模樣，彭啟城心內的不安迅速瀰漫。他忍不住鬆開了一直緊握箱子的手，同樣站了起來。

「我在尋找真正的犯罪動機。」路天峰慢悠悠地說：「通常綁架案的動機無非是為了錢或者報復，然而這名綁匪喜歡撕票，那足以證明錢並不是最重要的，報復才是。那麼誰會報復你呢？我們排查了你的社會關係，找不到誰會對你有如此強的恨意，而排查的盲點，恰好就是本案的兩名受害人，你的女兒。」

「你是說我的兩個女兒聯手策劃了這起綁架案，目的是報復我？」彭啟城尷尬地乾笑起來，「太離譜了，無憑無據，捕風捉影，你們警察就是這樣辦案的嗎？」

「對警察而言，綁架是偵查時限極短，壓力極大的惡性犯罪案件，因此辦案人員很容易被各種迫在眉睫的事情牽著走，從而忽略了某些雖然看起來並不緊急，但同樣重要的細節。」路天峰像是突然轉換話題似的，說出一番莫名其妙的理論，「就像現在，大家關注的焦點是人質在哪裡，綁匪是什麼人，贖金要如何交付……等等，但我關注的卻是另外一件事——十八年前，你太太服藥自殺一案。」

彭啟城再也控制不住面部表情，臉上的肌肉無法抑制地陣陣抽搐。

「我會去調查清楚的。」路天峰輕描淡寫地留下這句話後，轉身離開。

彭啟城的右手已經攥緊成拳，用指甲來回摩擦著掌心。

九月二十六日，上午九點三十五分

D城機場，T1航廈，工作人員專用休息室。

因為顧忌暴露身分，童瑤花了一點時間換上機場工作人員制服，再戴上帽子和墨鏡，才匆匆忙忙地趕往工作人員專用的休息室。她倒不擔心有人會在人來人往的機場對彭啟城或他隨身攜帶的畫作下手，但目標離開自己的視線太久，總會讓她焦慮。

然而當童瑤走進休息室時，她只看到彭啟城一個人捂住臉坐在沙發上，旁邊放著那個價值連城的箱子。

「彭老師，您還好嗎？畫還在嗎？」

「我沒事，畫也在。」彭啟城抬起頭來，雙目無神，瞬間就像蒼老了十歲似的。

「剛才發生了什麼事？」童瑤心裡有點著急，舉目四顧，卻看不到有任何人在。

「童警官，你們真的能救回我的女兒嗎？」彭啟城猛地站起來，緊緊抓住了童瑤的手臂，力氣出奇地大。

「請交給我們吧……」

「不，不能這樣敷衍我，我需要一個確切的答案！」彭啟城的臉色潮紅，額頭上冒出了青筋，「剛剛路警官跟我說，這個綁匪每次犯案都會撕票，對嗎？」

「路天峰？」該死的，他怎麼來了？童瑤在心裡暗暗咒罵了一句，但表面上還是很平靜地應答道：「請您放心，我們會竭盡全力，確保您的女兒能平安歸來。」

「但是……我可能真的搞錯了……」彭啟城終於鬆開了手，重新一屁股跌坐回沙發上，神情頹然。

「搞錯了什麼？」

一陣響亮得有點嚇人的電話鈴聲從彭啟城的衣服口袋裡傳出來，那是因為他在女兒被綁架後，總是擔心自己錯過綁匪的電話而把鈴聲音量調到了最大。

那是一個陌生的來電號碼。

童瑤打了個手勢，讓彭啟城接聽電話，同時往自己的耳朵裡塞上無線藍牙耳機。出事後，彭啟城的手機已經被警方監聽了，通話內容可以即時分享給辦案人員。

「你好。」彭啟城的聲音裡帶著一點顫抖。

電話那頭是個陰陽怪氣的電子合成音：「彭啟城，你現在在哪裡？」

「我，在機場……」

「那幅《傳說》帶在身上嗎？」對方雖然沒有表明身分，但聽起來顯然就是跟綁匪一夥的。

「當然，我所有事情都按照你的吩咐來做了，能不能讓我聽聽……」

對方卻粗暴地打斷，「可以了，你快要登機了！」

「求求你……」

「哎，對了，問你一個問題哦，如果兩個女兒之間只能留一個，你會選擇救誰？」話筒裡傳來難聽的尖笑。

「我……」

「你只有五秒鐘考慮，如果不回答，你就一個都救不了。」

「我可以……」

「五、四……」對方毫無感情地倒計時。

「別這樣……」彭啟城幾乎是以哭腔在大喊。

但倒計時並沒有停止，「……三、二……」

「我選姐姐！彭羽瓊！」彭啟城嘶吼起來。

「謝謝。」對方低聲說了一句，然後掛斷了電話。

在旁聽著兩人對話的童瑤也不由得皺起了眉頭，綁匪打這通電話有什麼目的呢？之前綁匪一直沒有用電話這種比較容易追蹤的通訊方式，而這次對方既沒有提出新的要求，也沒有更改原定的行程，那什麼事情值得「他」冒險打這通電話呢？

這時候，技術組的同事聯繫童瑤了，「童姐，我彙報一下剛才那通電話的追蹤結果：是透過網路軟體撥打的電話，但軟體的加密等級並不高，因此可以對通話範圍進行追蹤和鎖定。但因通話時間太短，我們只能把範圍縮小到某棟建築物內，就無法繼續追查了……」

「但一棟建築物的範圍已經算很小了啊。」

「問題是，這棟建築物是我們D城的機場航廈，連T1還是T2都沒查出來。」

要知道D城機場是國內客運量名列前茅的機場之一，共有T1、T2兩座航廈，總體建築面積超過一百五十萬平方公尺，在這個範圍內要找一個人，也無異於大海撈針。

「難道綁匪就在機場？」童瑤愕然。

然後她突然想到另一種可能。

「盡快聯繫黃萱萱，命令她立刻將路天峰帶回局裡！」

九月二十六日，上午九點四十分

D城機場，T1航廈，到站大廳。

在一個無人關注的幽靜角落裡，路天峰連聽兩遍剛才的電話錄音，然後滿意地笑了。

在兩個世界的路天峰聯手合作之下，這次的行動成果斐然。首先要感謝的是路天峰B在筆記本上的留言，雖然還沒寫完，但路天峰根據最後那半個「耳」字旁，猜測出原本想寫下來的應該是一個「聽」字。

聽什麼？線索很可能在當今社會人人不可缺少的隨身工具——手機裡頭。

路天峰B想說的也許是「聽一下手機裡的錄音。」

於是他順利地從自己的手機裡，找到了兩天前的一段錄音，那正是路天峰B和彭啟城之間的一段私下對話。當時路天峰B懷疑彭啟城跟女兒之間其實存在某個不可化解的矛盾，於是以聊天的口吻試探了幾句，但彭啟城卻迴避了這個問題。

路天峰B在備忘錄中寫下一行字：懷疑此矛盾與十八年前彭啟城妻子之死有關。

不過接下來路天峰B因為與上級之間的意見衝突被強制休假，無法繼續參與案件調查，自然也就沒有進一步行動。但來自A世界的路天峰才不管那麼多限制與規定，他早就習慣了異想天開，另闢蹊徑。

於是路天峰利用了童瑤等辦案人員不能在機場主動暴露身分的「例行工作守則」，搶先一步聯繫機場工作人員，讓他們在安檢處攔截下彭啟城，並將其帶到一間僻靜無人的休息室內。路天峰出示了如假包換的警察證件，提出的要求也並不過分，機場的各工作人員自然是樂意配合的。

童瑤當然會及時做出應變措施，但這中間畢竟存在時間差，路天峰可以趁此機會，好好地跟彭啟城當面聊一下。交談之中，路天峰察覺到彭啟城和女兒們的關係確實很可能另有隱情，於是又急中生智，想出了另一個刺探的方法。

路天峰故意在休息室內拋下一句擲地有聲的話，勾起彭啟城的心念，然後頭也不回地離開，這讓彭啟城更是坐立不安。接下來，路天峰躲到洗手間裡，用自己手機上的聲音合成軟體，打給彭啟城一通加密的網路電話。

路天峰當然知道這種普通的網路電話軟體很容易被追查來源，所以盡量長話短說，並且在通話中一直沒有表明身分——如果彭啟城覺得來電者是綁匪，那只能說是他誤會了，因為路天峰自始至終沒有說過任何關於綁架案的內容。

這通電話的真正目的更像是一個心理測試，路天峰想知道在彭啟城心目中，彭羽瓊和彭羽瑤的地位是否有區別。一個普通的、正常的父親，在短短五秒鐘之內，應該是不太可能決定要犧牲哪一位女兒的性命的。

可是彭啟城卻迅速地做出了抉擇。

看來在這位大畫家的心中，彭羽瑤遠不如彭羽瓊重要。

為什麼會這樣呢？彭家姊妹是同卵雙胞胎，長相幾乎一模一樣，兩人同時出生，不存在彭羽瑤並非彭啟城親生骨肉的可能性。

那麼彭家父女三人之間，到底還有什麼不為人知的隱情？

路天峰信步走向航廈的抵達旅客候車區，坐上了一輛重返市區的計程車，在車上，他掏出懷裡的筆記本，將自己的調查進展簡明扼要地寫了下來，如果路天峰B切換回來看到這些文字，應該會略感欣慰吧。

對了，有一個地方，也許能夠找到問題的答案。

伴隨著微微的震動，悅耳的手機鈴聲響起，路天峰低頭看了一眼，是黃萱萱的來電，他搖搖頭，歎了一口氣，隨手就把電話設置為靜音。

他還沒有做好面對她的準備，還是暫且選擇逃避吧。

九月二十六日，上午十點十八分

D城郊區，追雲路，雲夢家園。

雖然有一個高雅別緻的名字，但這其實是落成超過三十年的老舊社區。在追雲路的全盛時期，這裡聚集了許多來自天南地北的商人，同一條馬路上有超過五十個大大小小各行各業的批發市場，人聲鼎沸，車流不息。包括雲夢家園在內，附近的幾個社區雖然年代久遠，而且都是沒有電梯的公寓式住宅，卻有無數懷著經商致富夢想的年輕人在此租屋生活。

但隨著網路購物的興起，批發市場這種經營模式日漸式微，追雲路上仍在營業的批發市場不到十個，其餘都改造成電子商業園區，不需人來人往，只需倉庫和物流到位即可，追雲路也漸漸變得安靜下來，甚至有種蕭條落寞的感覺。

路天峰打量著這一排外牆已經斑駁不堪的房子，心中暗暗感慨，彭啟城居然在這種破落的地方隱居了十八年，獨自將兩個女兒撫養成材，然後聯想到目前他居高不下的身價和如日中天的名聲，實在有種非常玄妙的反差。

來這裡之前，路天峰已經拜託章之奇調查清楚，彭啟城在結束了十八年的閉關之後，很快就憑著賣畫所得，買了一棟位於市中心有著豪華裝潢的獨棟別墅，而這間舊屋子就一直閒置下來，並沒有搬走裡面的家具，也懶得出租或轉手。

彭家舊屋的地址是雲夢家園，三棟，八〇一。這是彭啟城的外婆留下來的。

路天峰站在樓下，抬頭看了看，只有不到一半的陽台上有晾曬的衣物，而且大部分集中在較低樓層，三棟的七樓和八樓更是連一戶入住的人家都沒有。

生活機能不佳，女兒們上學也不算方便，為什麼彭啟城偏要選在這裡閉關？除了足夠僻靜之外，實在找不到第二個合適的理由了。

順著黑忽忽的樓梯，路天峰走上了八樓，一路上的感應樓梯燈起碼壞了一大半，樓梯間瀰漫著一股說不出的酸臭味道，雖不刺鼻，但足以讓人無法忽視。

很快，他來到了八〇一的門前，看到了門外的積塵處，有一個淺淺的腳印。

身為刑警的某種直覺，讓他立即提高了警惕。這地方不應該有人來，為什麼會有腳印？即使路天峰並非專業的痕跡鑑定人員，但仍能分辨出這是最近幾天才形成的腳印，如果時間再長一點，灰塵就會把它完全遮住了。

路天峰半蹲下身子，觀察著門鎖。門鎖表面布滿了灰塵，鎖孔位置卻是乾淨的，門框上掛著蜘蛛網，但蜘蛛網卻是破掉的。

這一切說明，最近有人進入過這間屋子。

路天峰懷裡的手機又開始振動起來，來電者仍然是黃萱萱。有那麼一瞬間，他的內心動搖了，是否應該接起這通電話，然後讓黃萱萱通知警方，帶更多的人手來勘查現場呢？

但他很快就否決了這個想法，因為他不確定屋內的情況，更不確定黃萱萱會不會無條件地支持自己。

如果聯繫了她之後，她反而想方設法阻撓自己調查就麻煩了。

想到這裡，路天峰還是決定自己一個人先進去看看情況。

這種簡易而老舊的門鎖，藉助開鎖工具僅需半分鐘就可以打開。

啪答——

是鎖扣彈開的清脆響聲。

路天峰稍稍用力，門往內打開，屋內傳來了一股帶著霉味的不新鮮空氣，同時還有另一種更難聞的味道。

這是——

A世界

九月二十六日，上午十點二十五

這是原來的A世界。

路天峰不知道自己身在何處，四周光線昏暗，地面潮濕而陰冷，他坐在地上，背靠著某種堅硬的金屬物體。

眼睛稍稍適應了世界轉換後的感官混亂，他終於能夠分辨出自己是在某個地下停車場內，而背後倚靠的是一輛白色轎車。

陳諾蘭蹲在不遠處，另一輛紅色轎車的後方，雙手捂住耳朵。

「諾蘭，發生什麼事了？」路天峰剛剛開口，就有一聲破空而過的呼嘯告訴了他答案。

砰——

是槍聲！

哐噹——

路天峰頭頂的車窗玻璃應聲而碎，他咬咬牙，一個箭步衝出去，來到陳諾蘭身邊。身後，另一顆子彈射中地面，濺起塵土。

路天峰摟住因驚恐而顫抖的陳諾蘭，在她耳邊悄聲安慰道：「別怕，我在。」

「是天時會派來的殺手。」陳諾蘭雖然臉色蒼白，但說話依然條理清晰，「我懷疑他們想要在每次迴圈的最開始就殺死我們，不給我們策劃行動的時間和機會。」

「現在還是第二迴圈嗎？」

「你告訴我是的……峰，你回來了？」陳諾蘭抽了抽鼻子，忍住淚水。

「嗯，別害怕。」路天峰摸了摸身上的口袋，沒有任何武器——如果有武器，路天峰B也早就拿出來反擊了。

持槍殺手的腳步聲逐漸接近，但也許是忌憚著他們的反擊，聲音聽起來顯得小心翼翼。

「諾蘭，這是哪裡？」路天峰低聲問。

「我們避難的酒店的地下停車場……」

「所以我們的車呢？」路天峰靈光一現，看到了一線生機。

陳諾蘭指了指身後不遠處，「在那。」

「走！」路天峰拉著陳諾蘭，兩人低頭彎腰，一路小跑。殺手注意到兩人的舉動了，一顆子彈直飛而來，但幸運的是並未擊中他們。

而不幸的是，路天峰和陳諾蘭徹底暴露了行蹤，殺手接近的腳步聲迅速而堅決。

路天峰蹲在自己的車子旁，摸索著找到口袋裡的車鑰匙，輕輕一按，打開了後車箱。

「車裡有槍嗎？」陳諾蘭略帶欣喜地問。

「我是警察，怎麼可能私藏槍支。」路天峰哭笑不得地說：「但裡面還有其他可以幫助我們脫身的東西……」

然而路天峰還是沒來得及把東西拿出來。

B世界

九月二十六日，上午十點三十分

他又回到了B世界。

撲面而來的，是濃烈得化不開的血腥和腐臭的味道。

路天峰發現自己站在客廳處，右手拿著手機。這房子是兩房一廳的結構，客廳裡的家具都用白色的布蓋住了，大門關上了，而其中一個房間的門卻是半掩著的，濃烈的臭味正是從那裡傳出來。

路天峰B很可能已經查看過一次房間了，因為他的雙手都已經戴上了現場取證用的橡膠手套，手機的手電筒功能還處於啟用狀態，但現在他還是要再親自去看一眼。

因為那裡應該就是案發現場。

輕輕推開半掩的木門時，門身發出咿咿呀呀的摩擦聲，讓人聽著渾身難受。門後是一間大概三、四坪大小的臥室，一張雙層床，兩張並排的書桌和一個衣櫃，就占據了這裡大部分的空間。想當初彭羽瓊和彭羽瑤一起住在這裡時，加上衣服、書本、學習用品之類的，房間恐怕會擁擠得有點壓抑。

路天峰將燈光聚焦在房間的正中央，那裡擺放著一張簡易的折疊椅，椅子上坐著一個人，腦袋微微後仰，面容扭曲，雙眼圓睜，無神地望向天花板，地板上是一大灘已經乾涸發黑的血污。血泊當中擺著一把軍用匕首，簡直像是在宣布著自己就是凶器。

齊耳短髮，身穿藍色連衣裙，乳白色長筒襪，黑色皮鞋，手指甲上塗著星空風格的指甲油，還有左耳的鑽石耳釘和右手手腕上的紫水晶手鏈——跟彭羽瑤失蹤時的穿著打扮完全一樣。

「真可憐啊……」路天峰喃喃自語地說。

彭羽瑤手腳都被反綁在椅子上，裙擺和襪子染上了一大片烏黑，看來致命傷口應該是在腹部，有人用利器刺入她的小腹，然後拔出利器，讓她慢慢失血而亡。從屍體的僵硬程度和已經散發腐爛氣味來看，死亡時間可能在一天以上，但準確的死亡時間需要法醫到場後才能判斷。

路天峰歎了歎氣，為了盡可能保護現場完整，他放棄了獨自調查，拿出手機準備報警，這時候他才發現，五分鐘前路天峰B已經打了一通電話給黃萱萱。

「糟糕，忘記提醒他盡量別聯繫黃萱萱。」路天峰苦笑著，趕緊掏出懷裡的筆記本，卻看到上面多了幾個潦草的大字。

相信警方

相信萱萱

「我倒是想相信他們，問題是他們不會相信我啊，大哥！」路天峰搖搖頭，在筆記本上寫上「他們不會相信我的！」幾個大字。

原本只是想來這裡找一下線索的，誰知道會遇上這種事情？萬一警察到場了，路天峰根本無法解釋清楚自己為什麼會跑來這裡。再加上之前打給彭啟城那通電話，並沒有透過專業的加密軟體來操作，遲早會追蹤到自己頭上，搞不好還會直接被當作綁匪的同夥抓起來審訊。

「還是趕緊走吧。」就在路天峰正準備退出房外時，卻注意到了這扇房門的背後似乎有什麼凹凸不平的圖案。

好奇心促使他舉起手機，藉助手電筒的光線查看門背，看清楚之後，心底泛起一陣寒意。

門後有一枚生銹的釘子，從釘子的位置來看，應該是之前有日曆或者掛畫之類的東西掛在這裡，從而遮擋住一片矩形區域。在這片矩形區域之內，是密密麻麻的刀痕，深淺不一，觸目驚心，絕對是用刀子長年累月地不停去戳，才能製造出這樣的痕跡。

這意味著什麼？又是誰留下了這些刀痕？

畢竟是兩名妙齡少女的閨房，彭啟城即使身為父親，也應該懂得迴避，不會時常跑進來，那麼他是否知道自己的女兒曾經做過這種事情？

路天峰用手指輕撫著刀痕，他甚至能夠感受到其中的憤怒與憎恨。

彭家父女的背後，一定隱藏著一個不為人知的故事，而這個故事很可能是如今這起綁架案的真正動機。

遠處隱隱約約傳來了警笛聲，於是他趕緊對準門背，按下手機拍照的按鈕。

九月二十六日，上午十點三十六分

追雲路，雲夢家園。

余勇生跳下警車，稍稍活動了一下筋骨，再抬頭望向這一排老舊的樓房，自言自語地說：「哎，童瑤姐妳真是太愛折騰了。」

身為刑警隊的一員，余勇生原本並未參與此次綁架案的調查工作，而其中一個很重要的原因，就是他和路天峰的私交甚好。余勇生剛入職時就分配到路天峰所在的小組，兩人年紀相仿，亦師亦友，而路天峰在工作中處處提點和照顧余勇生，因此余勇生平日總是稱呼路天峰為「老大」。

彭家姊妹綁架案案發之時，余勇生恰好在外地追捕一起惡性傷人案的在逃嫌犯，所以並未第一時間加入調查，後來路天峰跟隊長程拓起了衝突，被強制休假，程拓就乾脆讓余勇生負責去處理別的案件了，以免小組裡氣氛尷尬。

沒想到今天綁匪突然提出要在T城進行交易，前線指揮官童瑤只能帶人手趕赴T城，路天峰又不聽指令四處亂跑，很可能會干擾調查。為了盡快控制住路天峰的行動，童瑤只好下令讓黃萱萱和余勇生加入調查組，全力負責追查和攔截路天峰。

余勇生接到命令之後，立即駕車飛馳趕往機場，沒料到又接到童瑤的緊急呼叫，說路天峰現在在追雲路的雲夢家園，而且發現了其中一名人質的屍體。這可是讓案件嚴重性升級的大事件，余勇生不敢怠慢，連忙一甩方向盤，奔向雲夢家園。

「三棟八〇一對嗎？老舊社區，透天厝的頂樓，藏汙納垢的理想地點呢。」余勇生口中嘀嘀咕咕說個不停，腳步倒是絲毫沒有放慢，一路疾走前行，還不忘在工作群組裡發個訊息催促法醫和鑑定的同事快點過來。

樓梯間裡一片漆黑，余勇生看到牆上貼著感應燈的標誌，但用力跺了跺腳，燈卻依然沒有亮起。

「這是裝飾用的嗎？只是做做樣子？」

這時候，有人從樓梯上走了下來，這人步伐沉穩，不慌不忙，腳步聲聽起來倒沒有什麼異常，但余勇生卻感到莫名地熟悉。

出於某種直覺與本能，余勇生停了下來，微微側身站在樓梯間的一旁，騰出位置準備讓對方先過。樓梯間裡出現的是一個男人，戴著一頂棒球帽，豎著衣領，在昏暗之中看不清容貌，而且他根本連看都沒看余勇生一眼，就徑直地跟余勇生擦身而過。

余勇生注意到，那個男人的腳步依然平穩如初，絲毫沒有出現任何節奏上的變化。

等那個男人再走下幾級台階之後，余勇生才開口說道：「老大，你的演技太過精湛了，根本不像一名普通市民。」

「哦？怎麼說？」路天峰停下腳步，他回應的聲音並未顯得驚訝，似乎一早就預料到余勇生會認出自己來。

「不管是誰，在黑暗之中遇到陌生人，一定會先愣一下，然後加快腳步離開。」余勇生邊說，邊摸索到腰間的手銬處，「而你為了扮演一名事不關己的路人，表現得過於冷靜了，走路的速度沒有任何變化。」

「看來我教過你的東西，你還掌握得不錯嘛。」路天峰還是站在原地，一動不動，「趕快去現場看一看吧，我們的時間緊迫。」

「老大，抱歉了。」說出這句話的同時，余勇生已經拿出手銬，翻身躍過樓梯的欄杆，撲向路天峰。

路天峰早有準備，幾乎在同一瞬間加速飛奔，避開了余勇生的擒拿招式。

余勇生大喝一聲：「警察！別跑！」

他當然不期望路天峰聽到自己的叫喊就停下來，這一聲怒吼，主要是為了驚動周邊的人注意到這裡有事發生，看會不會有人路見不平拔刀相助。

「搶劫啊，殺人啊！」路天峰也用了同樣的策略，只不過喊出來的內容不一樣。

大家都沒穿警服，圍觀群眾到底會相信誰呢？

兩人先後衝出樓梯間，在雲夢家園的社區道路上一前一後地追逐，狂奔。

在余勇生的心底，激發了一股要跟自己老大好好較量一番的衝勁和拚勁。

九月二十六日，上午十點四十分

追雲路，電子商務園區。

這園區雖然有一個聽起來科技感滿滿的名字，但實際上就是一個類似「辦公室加倉庫」的混合體。由於租金相對低廉，內部空間也比較寬敞的緣故，許多小公司和創業者選擇進駐此地，另外還有類似ＫＴＶ、密室逃脫、劇本殺、電影院等年輕人熱衷的娛樂場所，加上隨之而來的餐飲、酒吧、咖啡店，似乎只要在招牌上寫上「科技」或「網路」字樣，就能毫不突兀地融入這地方。

路天峰感覺自己闖進了一個比購物中心更複雜的迷宮之中，但這反倒是好事，至少更容易甩掉在身後窮追不捨的余勇生。

奇怪的是，進入園區後余勇生的速度似乎減慢了一些，路天峰連續幾次在十字路口急速拐彎，再回頭看，身後竟然失去了余勇生的蹤影。

路天峰當然不會認為自己如此輕鬆就擺脫了追捕，余勇生既然沒緊追上來，證明他一定還有更好的辦法。不妨換位思考一下，如果自己是追擊者，會選擇什麼樣的追捕方案呢？

答案很簡單，先表明警察的身分，再呼叫園區的保全人員，利用無處不在的監視系統確定目標位置，然後直接圍捕。

所以在大路上埋頭狂奔是沒用的，怎麼跑也不可能跑出園區的監視範圍。

唯一辦法，是進入另外一套系統的監視範圍。

於是路天峰推門走進了離自己最近的一家港式茶餐廳，餐廳裡並沒有客人，只有一名服務生正懶懶散散拖著地，眼見路天峰踏上了他剛剛拖乾淨的地板，於是露出了不友善的神色。

「先生，我們還沒開始營業。」

「你們有後門嗎？」路天峰劈頭就問。

「啊？後門？很抱歉，我們的後門不對外……」

「警察，借一下道。」路天峰亮了亮警察證件，也不等服務生答覆，就徑直往廚房方向走去。

他很清楚這種餐廳是不可能沒有後門的，否則食材運輸和垃圾處理都很成問題，而且不會通過園區的例行消防安全檢查。

年輕的服務生被嚇壞了，連阻止的念頭都沒有，就這樣讓路天峰衝進了廚房，他想了想，覺得這件事可能要請示一下茶樓經理，沒想到另外一個男人急匆匆地闖了進來。

來者自然就是余勇生，一聽到園區監控中心報告路天峰進了這家店，他立馬快步趕了過來。

「警察，剛才進來的那個男人呢？」余勇生的語氣有點凶，又把服務生嚇了一跳。

「又……又是警察？」

余勇生瞪了他一眼，「回答我的問題！」

「後……後門……」

「該死的。」余勇生立即衝向廚房，很快就看到了餐廳的後門。推開後門一看，那是一條與周邊店鋪共用的狹窄巷子，用於搬運貨物和清理日常垃圾，巷子裡是沒有監視器的，只有巷子兩端的出入口各有一個。

「監控中心，幫我找一下人跑去哪裡了。」余勇生手中拿著一個對講機，那是剛剛從某個保全人員身上借過來的。

「收到收到，正在排查……」

「嗯？這條巷子還有分叉路口？」余勇生原本以為巷子只有兩個出入口，再仔細一看，才發現其實中間還有岔路。

「是啊，這巷子連通好幾片區域……」

「所以如果嫌犯順著巷子跑到其他區域，再穿過別的店家後門跑出去的話……」余勇生的眉頭打結了。

「警官，給我們一點時間，能找到人的。」

余勇生無奈地放下了對講機，他似乎有點低估了自己的老大，眼睜睜被他從眼皮底下溜掉了。

余勇生正在糾結到底是應該先返回案發現場，還是請求增援搜捕路天峰時，他聽到身後傳來一陣微弱的風聲。

出於警察的本能，他立刻低頭彎腰，做出閃避動作，同時右手下意識地摸向腰間的配槍。

余勇生的動作不能說不快了，但畢竟還是輸在沒有準備之上，另一隻手更迅速地制住了他的手腕，然後用力一扯，余勇生的槍就落入了對方手中。

「這……」原來路天峰根本就沒逃。

「勇生，表現不錯嘛。」路天峰搭著余勇生的肩膀，整個人貼在他身上，兩人親密得就像是勾肩搭背的好朋友一樣，而那冷冰冰的槍眼死死地按在余勇生的後腰處。

「老大，你這是何必呢？」余勇生倒是冷靜，他不相信路天峰會對自己開槍。

「現在你有兩個選擇——放我走，假裝是我自己逃脫的，然後我會努力想辦法救出彭羽瓊，抓住隱藏在幕後的綁匪；當然你也可以秉公辦事，把我抓起來，帶回局裡，畢竟你知道我是不可能扣下扳機的。」

余勇生一臉無奈地說：「老大，我的內心很想相信你，但這起案件不是光憑你一個人就能夠解決的啊……」

「光憑我一個人，就找到了彭羽瑤的屍體，而我有信心下一步還能找到更多新線索。」

「可是你的行為已經嚴重違紀……」

「大不了就不做警察嘛，但我想救人。」路天峰放下了槍，「彭家姊妹是無辜的，她們不應該送命。」

「我不明白，你為什麼不相信程隊和童瑤姐的能力呢？」

「如今是他們不相信我。」路天峰長歎一聲，將槍遞給余勇生，「而且這起案件絕對不能以正常人的思維去理解，用最傳統的辦案方式，一定沒辦法抓到犯人。」

余勇生接過槍，卻沒有出手逮捕路天峰，也沒有多說什麼。他只是默默低下頭，將槍放回槍套，轉身往小巷的一端走去。

「勇生，謝謝你。」

「加油吧，老大。」余勇生頭也不回地說。

九月二十六日，上午十點五十分

T城警察局辦公大樓，「鯨魚」專案組特別行動辦公室。

舒展顏一身灰色套裝，頭髮梳得整整齊齊，戴著斯文的無框眼鏡，手裡拿著一杯冒著熱氣的咖啡，筆直地站在落地玻璃窗前。她看著窗外高樓林立的繁華景象和劃過藍天的那個小白點，深深地吸了一口氣。

剛過而立之年的她，是「鯨魚」專案組的第三任行動組長。雖然仍然有好幾名位高權重的高階長官在專案組內掛名督導，但大家都清楚，行動組長才是一直奮戰在第一線，壓力最大的那個人。

首任行動組長，是一位副局長級的長官，三十多年的刑警經驗，辦事雷厲風行，手中破獲重大案件無數，卻在胡昊明案上面碰個了大釘子，在與「鯨魚」的交手之中全線潰敗，一個多月瘋狂的加班調查卻沒取得絲毫進展，最後灰頭土臉地退位讓賢。

第二任行動組長曾經出國留學深造，並在國外擔任技術顧問期間，協助當地警方破獲了一起塵封十餘年的連環殺人案，名聲赫然的警界未來之星。他接手專案組後不久，就遇上了蘇懷玉案，於是他採用了最先進的犯罪心理分析和大數據追蹤技術，加上國際刑警的協助，倒是找出了不少線索，看似辦案進度遠勝前任組長，但經過了幾個月的努力之後，結果卻同樣一無所獲。

由於「鯨魚」連續犯下兩起案件後，進入了蟄伏狀態，大部分的線索調查進入死胡同後，專案組也漸漸變得無事可做，各部門的精英先後回歸原工作單位，組內常駐人員越來越少，對「鯨魚」的追查實際上陷入了僵局。

就在這時，舒展顏被「破格提拔」，接下了專案組行動組長這如同燙手山芋一般的職位。舒展顏是文職出身，主攻犯罪心理學研究，目前是T城警察局心理分析中心的主任，之前的工作成績也不錯，看起來挺適合負責處理這起案件的。但她心裡卻很清楚，自己在工作中時常會提出一些異想天開的觀點和想法，難免會招人非議，這次加入專案組表面上是一種榮譽和肯定，實際上在案子已進入膠著狀態時才讓她來負責，等於變相地把她打入冷宮。

所以她非常希望自己能在這一系列案件中，找到新的突破口，證明自己並不是只會紙上談兵的無用書生。

D城近日發生的彭家姊妹綁架案，雖然尚未列入「鯨魚」專案組的工作範疇，甚至連正式的併案申請都還沒收到，舒展顏就已經默默關注著這起案件了。

從犯罪行為模式來看，彭家姊妹一案確實跟「鯨魚」之前犯下的兩起案件有頗多不一樣的地方，然而舒展顏深知，犯罪者的行動是會改變和進化的，有時候是主動變化，有時候是被動變化，但絕對不能因為表面現象的改變而忽略了內在實質的相似性。

被綁架者是涉世未深的年輕人，受害者家庭並非傳統意義上的大富豪，卻也具備相當不錯的經濟實力，綁架現場沒有搏鬥痕跡，受害者看似自願跟隨綁匪離去……雖然缺少決定性的證據，但舒展顏的直覺告訴她，這次的綁匪同樣是「鯨魚」。

她放下喝了一半的咖啡，重新坐回辦公桌前，下意識點擊了一下「更新案卷資料」的按鈕——警務資訊系統中的各種案件資料太多了，為了避免資料擁堵，使用者可以選擇若干起不同的案件，然後手動一鍵更新相關資訊。

彭家姊妹綁架案的案卷名字，變成了紅色。

這不但表示案卷資料有更新，而且意味著案情進一步嚴重化了。

舒展顏心裡吃了一驚，緩了緩情緒，再點擊滑鼠，打開案卷，花幾分鐘時間快速瀏覽了一遍，然後第一時間撥通了該案負責人程拓的電話。

「程隊你好，我是舒展顏。」

「舒主任，妳一定是看到了關於案件的最新情況吧？」程拓和舒展顏之前也曾彼此交換過關於彭家姊妹案的意見，所以乾脆省略了寒暄，直接切入主題。

「是的，我想問一下，你們怎麼會突發奇想去了彭啟城以前的住所？」

程拓有點不好意思地答道：「說來慚愧，這線索不是我們查出來的，是我手下的一位刑警不聽從指揮，自顧自找上門去，才偶然發現了彭羽瑤的屍體。」

在舒展顏面前，程拓也沒什麼隱瞞的必要，索性就把關於路天峰被停職，然後違反規定自行調查案件，甚至還特意設局向彭啟城套話等一系列的情況都簡單彙報了一遍。

舒展顏聽完之後，久久沒有說話，程拓甚至以為電話訊號中斷了。

「喂？舒主任？」

「我在。」舒展顏回過神來，一邊將手機切換成免持模式，放在桌上，一邊劈里啪啦地在鍵盤上敲打著，「程隊，我會向上頭申請，要求彭家姊妹案與『鯨魚』案併案調查，你那邊沒意見吧？」

「沒有沒有，辛苦妳了。」事實上程拓即使表示反對，也沒有任何作用，他當然不會說出那種自討沒趣的話來。

「另外，不惜一切方法，盡快找到路天峰。」

「明白，我會將他列為重要涉案嫌犯，全力進行搜捕……」

「不不，你搞錯了。」舒展顏連忙打斷程拓，「我不是要抓他，我是要邀請他加入我的專案組。」

「什麼？」程拓大吃一驚。

「很顯然，目前常規的調查方式已經起不了什麼作用了，我們現在更需要的正是那些不按牌理出牌的破局者。」其實舒展顏覺得，素未謀面的路天峰跟自己似乎是同一類人。

「好的，我明白了。」程拓心裡也許並不認同舒展顏的觀點，但他也很清楚，身為警察，這是他必須嚴格執行的命令。

「你需要多少時間才能找到路天峰？」

程拓心想，路天峰要真的只是想隱藏行蹤，那麼很可能要花幾天幾夜才能找到他的下落，但幸運的是，他現在一定會抓緊時間繼續調查這起案件。

「中午十二點之前，保證完成任務。」程拓斬釘截鐵地說。

九月二十六日，上午十一點十分

群賢大廈，章之奇偵探事務所。

章之奇將397藝術工作室的監視錄影硬碟拿回來之後，足足搗騰了一個上午，才不得不承認自己確實無法救回任何有效的資料。破壞監視錄影的人植入了一個木馬程式，不但對整個硬碟進行了上百次的全盤讀寫覆蓋，而且還採用了粉碎性破壞檔的刪除方式，任憑章之奇的技術再高明，對一個被破壞到近乎完全空白的硬碟也是束手無策。

他只是不願輕易認輸，才找來一些千奇百怪的偏門軟體，死馬當活馬醫地搞了好幾個小時，最後的結論是，死馬畢竟還是死了，活過來是不可能的，只能就地挖個坑埋掉。

十分鐘前，章之奇嘗試打電話給路天峰，想要把這個壞消息告訴他，然而路天峰的電話卻無法接通，傳來的語音是「您撥的電話沒有回應」，也不知道是不是為了逃避警方的追蹤而拆掉了手機SIM卡。章之奇倒不太擔心路天峰會失聯，以他的能力和經驗，一定有上百種方法可以聯繫到自己。

於是百無聊賴的章之奇又隨手登入警務資訊系統閒逛，結果一眼就看到了高度疑似彭羽瑤的屍體被發現，案件升級為綁架殺人案的勁爆消息。

「這……第一個發現屍體的人還是路天峰？」章之奇看著螢幕上的檔案資料，有點難以置信地用力眨了眨眼。

就在這時候，偵探社的大門被某人用力推開，章之奇下意識認為來者就是路天峰，剛換上一副笑臉，站起來準備說話，就已經看見怒氣衝衝的黃萱萱叉著腰，站在自己面前一公尺開外，眼睛瞪得圓圓的，一副要吃人的樣子。

「嫂……嫂子，真是稀客啊！」章之奇笑得比哭還難看。

「誰是你嫂子，禮貌一點，請稱呼我黃警官！」

「是是是，黃警官，失敬、失敬。」

黃萱萱也著實不客氣，一把將章之奇剛剛正在看著的電腦螢幕轉向自己，瞄了一眼就說：「非法入侵警務資訊系統，證據確鑿，移送法辦。」

「別這樣啊黃警官，我只是接受了峰哥……路警官的委託調查而已。」

「有正式記錄嗎？簽合約了嗎？開發票了嗎？交稅了嗎？」

章之奇聽到這裡，怎會不知道黃萱萱就是特地上門找他麻煩的，連忙低聲下氣地說：「黃警官別生氣，妳想要找什麼資訊，我立馬給妳找出來……」

「替我聯繫路天峰，立即，馬上，現在就辦！」

「但我剛才找他，他關機了……」

「廢話，不關機，我早找到他了。」黃萱萱冷冷地哼了一聲，「我告訴你啊，現在路天峰可是通緝犯，你要是敢窩藏逃犯，這罪名可不輕。」

章之奇暗暗叫苦，警方有那麼多先進的設備都找不到路天峰，自己更是束手無策啊，偏偏黃萱萱已經認定自己跟路天峰必定有關聯，還真是百口莫辯。

「黃警官，給我一點時間，很快就好。」

「要多久？」黃萱萱冷若冰霜的臉上沒有半絲笑意。

「呃……」

章之奇還在腦海中尋思著該怎麼編個時間出來應付黃萱萱，他的手機突然響起，螢幕上的來電顯示是一個陌生號碼。

章之奇看了一眼黃萱萱，黃萱萱抬了抬下巴，說：「接電話，開免持。」

他只能照辦，接通電話後，傳來了路天峰那熟悉的聲音，「奇哥，是我。」

「峰哥，怎麼了？」

「我需要查一份舊案卷，十八年前彭啟城妻子自殺案。」

「這個，你稍等……」章之奇一邊敲打鍵盤，一邊抬頭看向黃萱萱的手機螢幕。

黃萱萱在自己的手機上打了一行字：「找藉口約他出來見面。」

章之奇先是面露難色，於是黃萱萱只好拍了拍自己的配槍和手銬，他就立即像搗蒜一般連連點頭。

「峰哥，十八年前的資料，只有少數轉成電子檔了，還有很多缺失的部分。」

「有辦法找到紙本案卷嗎？」

「應該可以，我們等會兒找個地方見面？」

「行啊，你晚點到煙雨路這邊來吧。」

「煙雨路是——彭啟城家附近？」章之奇反應過來了。

而黃萱萱已經在手機上輸入資訊，應該是通知其他同事準備布局抓人。

章之奇心裡泛起一股惋惜之情，哎，路天峰啊路天峰，你聰明一世糊塗一時，怎麼可以隨便暴露自己的位置呢？

「沒錯，晚點聯繫。」話音剛落，路天峰就匆匆掛斷了電話。

章之奇終於鬆了一口氣，後背靠著椅子伸了個懶腰，說：「黃警官，我配合得不錯吧。」

「很好，現在把你的手機交給我，電腦留在這裡，然後跟我走。」

章之奇的嘴角抽動了一下，「什麼？」

「為了確保你不再非法入侵警方系統。」黃萱萱笑起來真誠十足，滿臉陽光，卻讓章之奇覺得她還不如一直板著臉更好，「要不你就跟著我走，要不就去局裡接受審訊，不知道章先生意下如何呢？」

「好吧……」章之奇聳聳肩，垂頭喪氣地跟在黃萱萱身後，兩人一起走出了偵探社的大門。

這棟大樓為了省電，走廊上的燈光總是只亮一半，因此就算是大白天也有種陰森恐怖的感覺。黃萱萱在走廊上剛走了沒幾步，就注意到章之奇並沒有跟上來。

她連忙回頭，只見章之奇呆呆地站在偵探社門外，一動也不動地看向自己。

「怎麼——」

黃萱萱剛說了兩個字，脖子後方就被人重重地敲了一下，她的身子晃了晃，極力想要站穩，但脖子的脆弱部位又再次被重擊，終於還是眼前一黑，整個人癱軟下去。

只不過黃萱萱並沒有摔倒在地上，因為路天峰及時伸手扶住了她，並迅速地將她重新拉進章之奇的偵探社門內。

章之奇對路天峰豎起了大拇指，「厲害，連我都被你瞞過去了。」

路天峰若無其事地說：「要是連你都騙不了，又怎麼騙得過萱萱？」

「剛才的電話內容有什麼破綻嗎？」

「你這種懶鬼，怎麼可能主動提出要出門見面？一定是發生了什麼不對勁的事情。」路天峰笑了笑，「幸好我進門前突然想起，應該先打個電話給你試探一下，否則就糟糕了。」

「不過峰哥……」章之奇看了一眼昏迷不醒的黃萱萱，「你對嫂子下手那麼重，回家真的不會被罰跪榴槤嗎？」

「趕緊辦正事吧，我猜警方很快就會找上門來了。」路天峰不得不提醒章之奇別再插科打諢。他現在迫切想要知道當年那起自殺案的詳情。

九月二十六日，上午十一點十八分

程拓坐在飛馳的警車副駕駛座上，手機貼在耳旁，聽筒裡卻只是迴響著單調的鈴聲。黃萱萱一直沒有接聽電話，這可不像她的辦事風格。

「聯繫總部，追蹤一下萱萱的手機訊號定位。」程拓沉著臉，下令道。

「收到。」坐在後座的下屬答道。

「路天峰那邊有消息嗎？」程拓又問。

「還沒有，他的手機訊號中斷了，一直沒有恢復，應該是拔掉了SIM卡。」另一位下屬回答。

「找到萱萱手機的位置了，在群賢大廈。」

群賢大廈，章之奇偵探事務所。這也正是黃萱萱最後一次彙報行動計畫時，向程拓報告過的目標位置。

「將位置發給特警隊，立即行動。」

原本已經處於超速邊緣的警車，在司機的一腳油門之下，進一步加速狂奔而去。

九月二十六日，上午十一點二十四分

章之奇偵探事務所內，黃萱萱手腳都被捆綁住，側躺在沙發上，她戴著眼罩，嘴裡塞著毛巾，那是因為路天峰知道自己剛才下手時留了餘地，判斷她不會昏迷太久，所以得防止她突然醒過來大聲呼救。

路天峰和章之奇則快速地將當年的舊案卷瀏覽了一遍。章之奇剛才雖然在電話裡只是隨口瞎編了一個理由，卻是一語成讖，那麼多年前的案卷，電子檔的資料果然不太完整，何況這起案件最終以自殺結案，沒有起訴任何人，因此登錄到系統內的資料更為單純，只有警方在現場勘查的情況說明、驗屍報告和最後不予立案的報告等等。

彭啟城與妻子范海英，兩人是美術學院的學長學妹關係，范海英比彭啟城小一歲，他們在大學期間開始談戀愛，范海英畢業之後不到一年，就與彭啟城登記結婚，一年後誕下一對雙胞胎。范海英生完孩子後，應該是得了產後憂鬱症，脾氣變得很暴躁，情緒不穩定，只可惜當年大家對憂鬱症的瞭解並不深，范海英也沒有對症下藥去尋求心理醫生的幫助。

某天中午，趁著彭啟城帶著兩個剛滿周歲的女兒到爺爺奶奶家探親的空檔，范海英將自己反鎖在臥室內，灌下了一整瓶劇毒的老鼠藥。晚飯時分，當彭啟城回家察覺到異常，破門而入時，發現躺在床上的范海英已經氣絕多時。

警方現場勘查的結果顯示，臥室沒有外人入侵的痕跡，門窗沒有異常，家中財物沒有丟失，死者身上並無奇怪的傷痕或與人搏鬥的跡象，衣物完好，沒有受到侵犯……總而言之，沒有任何可疑之處，范海英是自願服下劇毒的。

驗屍結果則顯示，范海英的死亡時間在下午兩點到三點之間，其服下的老鼠藥超過了致死量，而根據范海英的體重推算，她服毒後大概三到五分鐘左右就陷入昏迷，如果不進行洗胃、注射解毒劑等急救措施，會在一小時之內死亡。范海英的死亡原因就是中毒，沒有其餘外傷或疑點。

彭啟城身為死者的丈夫，自然會被警方懷疑，他也接受了審訊和調查，但他的不在場證明牢不可破，更找不到任何殺害妻子的動機，因此很快就被排除嫌疑。在事發三天後，警方排除了刑事犯罪的可能性，全案以自殺結案。

就那麼簡簡單單幾頁的資料，卻看得路天峰眉頭緊皺，愁容滿面。

章之奇打趣道：「峰哥，你怎麼啦？我覺得這案子證據明確，偵查流程和結論沒有疑義，並沒有什麼可疑之處啊？」

「如果案卷裡有什麼可疑之處，反倒能夠印證我的猜測。」路天峰死死地盯著螢幕上那幾頁模糊不清的資料掃描文件，彷彿這樣就能看出更多線索。

「你的猜測是？」

「彭家姊妹其中一位——我覺得更可能是彭羽瑤——認為母親的死並非意外，而是由父親一手策劃的謀殺案，所以她才會聯手『鯨魚』，進行了這一次的綁架行動……」

「等等！你覺得彭羽瑤參與策劃了這起綁架案？那麼她怎麼會在贖金交付前就被殺害了？」章之奇不斷搖頭，完全不能接受路天峰的假設。

「事情曲折離奇，我暫時無法解釋清楚，但這個推論的前提條件是，彭羽瑤基於某種可信的消息來源，發現了當年母親的死亡有疑點，而嫌犯正是自己的父親。」

章之奇總算聽懂了，「但現在官方的資訊就那麼簡單，簡單到連疑點都沒有。」

「那麼彭羽瑤是如何得知母親的死另有內情呢？」

沙發上傳來窸窸窣窣的聲音，大概是黃萱萱快要醒過來了。路天峰向章之奇使了個眼色，示意他去照顧一下黃萱萱，章之奇則是一副無法理解的表情，大概是想說，你自己的老婆為何要我來照料？

就在兩個男人大眼瞪小眼時，只見一個圓滾滾的東西從門外扔了進來，頑皮地在地板上跳動了幾下，最終落在辦公室的正中央，不停地噴出詭異的白煙，還伴隨著嘶嘶的聲響。

路天峰自然認得這是煙霧彈，連忙捂住口鼻，蹲下身子，沒想到在這千鈞一髮的關鍵時刻，他最不願意的事發生了。

路天峰切換回到了A世界。

A世界

九月二十六日，上午十一點三十分

路天峰發現自己坐在一輛SUV的後座上，身旁是臉色青白的陳諾蘭，而前排正在開車的人是章之奇，副駕駛座上坐著童瑤。

那一瞬間他突然覺得，他們四個人還能夠一起行動，是一件多麼幸福快樂的事。

然後，窗外的景色讓他的幸福感大打折扣——原來車子正行駛在崎嶇不平的山路上，而車速似乎有點太快了，難怪陳諾蘭的臉色那麼難看。

D城周邊唯一的山脈地帶，也就只有遠郊的摩雲山旅遊區了。

路天峰說：「我可以提問嗎？」

「問吧。」回答他的是副駕駛座上的童瑤。

「我們為什麼要來摩雲山呢？」

此話一出，陳諾蘭的表情馬上變了，她意識到眼前的人是路天峰A，於是緊緊抓住了他的手。

「峰，你又回來了？」

「是的，時間有限，我們長話短說。現在我們還處於今天的第二迴圈嗎？」

「沒錯，目前我們遇到的難題是，『天時會』的人不知道為什麼一直能鎖定你的位置，無論你躲在哪裡，他們的殺手都會找上門來。我懷疑是你的存在引發了兩個平行世界之間的異動，而他們有辦法檢測到這種異動。」

「所以就要跑到這種荒山野嶺的地方來嗎？」說話間，車子又過了一個急彎，強大的離心力讓路天峰的身體不由自主地偏向一邊。

「然後呢？」

章之奇開口說：「是我的主意，因為我知道摩雲山有一家挺不錯的溫泉民宿。」

「那家民宿只有一條路可以抵達，車子過不去，要徒步走過一段懸在半空之中的吊橋，是個易守難攻的地方。」

「不，千萬不能去這種地方。」路天峰一聽就急了，「要是對方毀掉吊橋，我們就被困在裡面出不來了。」

「但他們也進不去啊？」

「這樣時間就被白白浪費了，我們不能坐以待斃，要主動出擊。」路天峰有點懊惱，其實他之前已經留言給路天峰B了，但來自另一個世界的自己似乎並沒有太重視這個訊息。

「一定要好好利用前幾次迴圈的機會，提前準備和布署要在第五迴圈中進行的作戰計畫，所以大家要想辦法將事情鬧大，盡量跑到人多的地方去，讓天時會對我們的襲擊行動變成社會新聞的頭條，這樣才能藉助警方的力量……」

其實路天峰還有很多關於時間迴圈的經驗和想法，可以向大家分享，幫助他們制定適當的戰術。只可惜，他沒有足夠的時間了。

平行世界之間的切換極其簡單粗暴。

他又一次回到那個陌生的世界之中。

B世界

九月二十六日，上午十一點三十五分

這時候路天峰才感受到，剛才在A世界中坐在SUV的後座體驗山路飆車，其實算得上是不錯的待遇了。

現在的他，雙手被手銬反扣在身後，頭上戴著厚厚的黑色頭罩，又悶又熱，嘴裡塞了一條毛巾或者手帕之類的東西，雙腳也被冷冰冰的腳鐐鎖住，人坐在某輛避震器有點小毛病的車子裡頭，完全是重刑犯的待遇，還不知道要被押送至何方。

在看到煙霧彈的那一刻，路天峰就意識到前來逮捕他的應該是特警部隊，而不是普通刑警了，可見上級對他非常重視，而且也有點忍無可忍了。

更幸運的是，肢體衝突、搏鬥和最終被捕的痛楚，基本上是由路天峰B承擔了，如今的路天峰只是覺得手臂有點痠痛，身體並無什麼大礙。

車子一路上搖搖晃晃個不停，沒有任何人跟他說話，甚至不知道身邊還有什麼人，路天峰眼前一片黑，無聊得發慌，加上凌晨以來一直沒有好好休息，竟然迷迷糊糊地睡了過去。

不知道睡了多久，路天峰的手肘被人撞了一下，然後至少兩個人按住他的肩膀，解開了頭罩上的黑布，讓他能勉強看清楚眼前的路。原來這裡是一個小型機場，不遠處停放著一架警用直升機，路天峰被押解上直升機，有人替他戴上隔音耳罩，再重新蒙上頭上的黑布，讓他無法視物。

既來之則安之，路天峰知道自己完全無法反抗，既然是警方的人，也不至於直接要了他的命，總比「天時會」的傢伙溫和多了。於是他也不管自己會被押送到什麼地方，在直升機螺旋槳的轟鳴聲中又舒舒服服睡了一覺。

路天峰再次醒來時，飛機正在緩緩降落到某棟大樓的頂層停機坪處，他身上的頭套、手銬和腳鐐等各種戒護器具已經全部撤掉，這反而讓他提高了警覺。

「請問，這是什麼地方？」路天峰問身邊那位穿著黑色衝鋒衣的特警。

本來沒期待對方會回答，但那位年輕的小夥子卻說：「這裡是T城。」

「T城？我們飛了一個多小時了嗎？」

特警微微一笑，沒再答話。

飛機剛剛停穩，四周就有人圍了過來，站在最前方的是一名身穿樸素灰色套裝的女子，年約三十出頭，烏黑的秀髮隨風飛揚，相貌看起來文質彬彬，眉眼間卻帶著一股堅毅的氣質，頗有領袖風範。

路天峰既然已經恢復了行動自由，也就大大方方地主動走出機艙，那灰衣女子迎上前，伸出右手，「歡迎你，路警官。」

「長官您好。」路天峰禮貌性地握了握對方的手，敏銳地察覺到她的手部皮膚並不像一線警務人員，倒像是個常年打字的後勤支援人員，不由得有點納悶。

「別那麼拘謹，我叫舒展顏，T城警察局心理分析中心主任，目前兼任『鯨魚』專案組的行動組長。」舒展顏注意到路天峰正暗中觀察自己，而她也毫不客氣地分析和觀察他的一舉一動。

步伐穩重，處變不驚，即使連續遭遇了被特警隊逮捕、被直升機押送到異地等一連串變故，也沒讓他的情緒有太大的波動，舒展顏眼中的路天峰，是一位心理素質極其強悍，難得一見的優秀刑警。

而且在聽到她的職位和頭銜時，絲毫沒有露出驚訝的神色，反而肢體動作透露出明顯的放鬆，這證明他此前一直想接觸專案組的成員，如今終於得償所願。

「舒主任，您好。請問您大老遠找我過來，到底有何貴幹呢？」路天峰畢恭畢敬地問道。

「路警官，不必客氣，我們邊走邊說吧。」舒展顏做了一個「請走這邊」的手勢，「時間緊迫，我就開門見山，不說客套話了。」

「呵呵，您儘管直說，畢竟現在我們已經說了好幾句客套話了。」

「我想請你幫我抓住『鯨魚』。」舒展顏的目光頓時變得犀利無比，「而且要趕在彭羽瓊被殺之前。」

第三章　午後

B世界

九月二十六日，中午十二點五十五分

T城，警察局辦公大樓，「鯨魚」專案組特別行動辦公室。

偌大的辦公室裡有七、八排桌子，起碼可以容納三、四十人同時辦公，如今卻只有五、六個人在這裡繼續工作，大部分的桌面擦得乾乾淨淨，一塵不染，卻更顯冷清與落寞。

舒展顏的辦公區域在最盡頭，是靠著落地窗邊的一個小隔間，這裡倒是一副「警察辦案中」的樣子，檔案堆積如山，零散地攤開在桌面上，桌子旁有一塊碩大的白板，上面寫滿了大大小小的文字和標記圖案，還有許多擦掉、修改、重寫的痕跡，乍看之下凌亂不堪。

「路警官，我們可以利用半小時快速交換彼此所掌握的情報，然後訂定下一步行動計畫。」舒展顏看了看手錶，「我明白時間過於倉卒，但我們別無選擇。」

路天峰的目光鎖定在白板的中央，那幾個用紅筆寫的關鍵字：

女性？

可信任？

理科思維？

藝術氣息？

犯人？

受害者？

舒展顏注意到路天峰被白板上的字所吸引，淡淡一笑，遞給他另一份資料，「這才是正式的犯罪心理側寫報告，白板上的只是草稿。」

路天峰接過來瞄了一眼，那是一份非常官方和正式的報告，對「鯨魚」的側寫畫像是：男，單身，二十五～四十五歲，身高一六五～一八〇公分，高智商，受過大學以上的良好教育，有一定社會地位，經濟能力佳，擁有私人汽車和住宅……

「這份報告過於四平八穩了，沒什麼用處。」路天峰毫不客氣地說：「倒是妳在白板上寫的東西有點意思。」

「哦？怎麼說？」舒展顏的眉頭上挑，露出好奇的神色。她很清楚這份報告的產出過程，不同的專家各抒己見，彼此意見難以協調統一，為了兼顧各方觀點，最終導致這份平庸而不實用的東西出爐，實在有點尷尬。

「要是這玩意兒有用的話，你們早就抓到『鯨魚』了。」路天峰順手翻看了一下在書桌正中央，應該是舒展顏正在研究中的檔案。這是把胡昊明和蘇懷玉兩名受害者的社交關係資料抽取出來，特意裝訂在了一起，「舒主任是在比對調查兩人的社交圈嗎？」

「是的，我總覺得『鯨魚』一定認識胡昊明和蘇懷玉，當然了，也認識現在被綁架的彭羽瓊、彭羽瑤。」舒展顏拿出一疊照片，都是之前兩名受害人的生活照，「受害人有一個共通點，就是喜歡結交朋友——胡昊明的社交軟體通訊記錄中，在他被綁架前一個月，與上千個朋友有過互動交流，聊得比較多的也有上百個；而蘇懷玉則是在某網路短影片平台擁有超高人氣，她的帳號擁有數十萬粉絲，和網友的互動非常多。」

舒展顏一邊說，一邊快速地把一頁頁資料用磁貼貼到白板上，她的動作十分嫻熟，即使需要在不同的文件檔案中尋找特定的一頁，也花不了多少時間，可見她對案情的各種細節確實瞭若指掌。

路天峰看著白板上的資料，沉思片刻後說：「我覺得『鯨魚』很可能會透過網路聯繫受害人，但不一定會使用這些最常見的平台和軟體，所以你們即使再三排查，也找不到特定的可疑對象。」

「是的，在此前兩起案件當中，受害人的手機最終都沒有找到。我懷疑他們的手機裡可能安裝了某個不常見的通訊軟體，『鯨魚』和受害人之間就是透過該軟體來聯繫的。」

路天峰想起彭羽瑤在失蹤之前接聽的那個「電話」，由於找不到通話記錄，所以她也很可能是使用了同一款通訊軟體。

「那麼舒主任為什麼會覺得犯人是女性呢？」路天峰拿著藍色的麥克筆，在舒展顏寫下的「女性？」後面又再加上了一個小小的問號。

「這個問題不能單獨來看，必需和這一點聯繫在一起。」舒展顏拿筆在「可信任？」這個詞上打了個圈圈，「胡昊明和蘇懷玉都喜歡結交朋友，這類型的年輕人性格大大咧咧，看起來似乎很容易上當受騙，但實際上因為見多識廣，骨子裡是個鬼靈精，普通人想騙他們是不太可能的。」

「嗯，我同意。」路天峰點了點頭，他向來都不敢低估現在的年輕人。

「我重點分析了兩人與網友的聊天記錄，胡昊明的性格是對男生嘻嘻哈哈愛開玩笑，對女生會說一些特別甜膩的話，這也是人之常情了；而蘇懷玉對男生總會保持一定的距離感，說話時故意偏成熟穩重一點，面對女生時則會顯得放鬆一些，說話風格更像她這個年紀的小女孩。」

舒展顏說話時，拍了拍桌上那疊堆積得像小山一樣高的Ａ４紙，原來這裡面是足足幾千頁的聊天記錄，也不知道她反反覆覆看了多少遍。

看著那些邊緣磨損嚴重的紙張，路天峰不由得對舒展顏肅然起敬，說話的語調也微微改變了，「所以您覺得，女性會更容易取得兩名受害者的信任，對嗎？」

「是的，當然這只是我個人的判斷，而更多的專家並不認同我的說法，他們認為『鯨魚』殺人的手法極其殘忍，是男性所為。」

「說起這個，我想知道彭羽瑤那邊的現場勘查情況和驗屍結果。」路天峰說話時，眼前浮現出年輕女孩那張慘白色的臉龐。

這份最新資料還沒有列印出來，於是舒展顏打開自己的筆記型電腦，點了點滑鼠，「首先根據齒模比對，可以百分百確定死者是彭羽瑤，而不是經過喬裝打扮的雙胞胎姐姐彭羽瓊；死因為腹部被利器刺穿，失血過多而亡，初步判斷死亡時間在昨天中午十二點到傍晚六點之間，更準確的死亡時間需要進一步解剖。然後……」

舒展顏的話說到一半，突然停頓了，她看著螢幕，情不自禁地皺起了眉頭。

「然後怎麼樣？」

「……彭羽瑤沒有被侵犯的痕跡，但是她的後背卻被人用美工刀之類的利刃劃出了多處傷口，在簡單清洗血跡後，發現傷痕組成了一個意義不明的特殊圖案。」

舒展顏將彭羽瑤的背部傷痕圖案放大，路天峰一看，也不由得愣住了。他去過不少凶殺案現場，自然也看到過一些被損毀後血肉模糊、不堪入目的屍體殘骸，通常他會在受損的屍體上感受到凶手的殘忍、冷血或者變態，但這一次，他的第一反應卻是——

藝術品。

凶手在彭羽瑤的後背上，用刀子畫出了一幅畫。

而且這幅畫他還剛好認得，因為他今天上午才看過一次。

彭啟城的《傳說》。

即使凶手只能以利刃為畫筆，以肌膚為畫布，紅與白兩種單調的顏色當然遠不如彭啟城筆下那般色彩斑斕，絢麗奪目，但竟也能傳遞出原作的幾分神韻。

「這應該是……模仿彭啟城的那幅號稱能賣出一個億的油畫，《傳說》。」

「路警官也有同樣的感覺嗎？雖然筆觸和顏色差別極大，卻能讓人認出是同一幅作品的不同版本，證明凶手還是很有藝術細胞的……」在正式併案之前，舒展顏已經抽空研究過彭家姊妹綁架案的基本案情，因此對彭啟城的作品也有所瞭解。

兩人的目光不約而同地投向白板，落在「藝術氣息」那幾個字處。

「舒主任的分析真是精闢。」

舒展顏卻似乎若有所思，並沒有接話，默然片刻後沉聲道：「好了，路警官，現在該輪到你來回答我的問題了。我很想知道，你為什麼會突然跑去雲夢家園找人？」

路天峰聳聳肩，心想，該來的質問終究是會來的，但至少舒展顏願意聽自己好好解釋，所以他也願意好好地複述一遍自己的思路。

於是他將自己是如何懷疑彭羽瑤與綁匪有交往，如何推測彭羽瑤參與綁架案的動機可能與母親之死有關，如何判斷彭啟城對兩個女兒的態度厚此薄彼，從而懷疑他們父女之間有嫌隙，然後想到了前往他們隱居十八年的房子尋找可能的線索等等，詳細而清晰地說了一大輪。

舒展顏一直沒有打斷路天峰的敘述，她一邊聽，一邊記筆記，時不時點點頭，偶爾又會輕輕搖搖頭，但她完全能夠跟得上路天峰的整體思路。

「很有意思，路警官，如果你有興趣加入我們部門，我這個主任大概就得退位讓賢了。」

「班門弄斧，讓舒主任見笑了。」路天峰想了想，將自己那個更加大膽的猜測也說了出來，「其實我心目中還有一名具體的嫌犯。」

「真的嗎？」舒展顏覺得這簡直無法用常理來解釋了，專案組忙碌了大半年仍然一無所獲的調查工作，竟然被一個小小的普通刑警直接打破僵局，甚至連具體的嫌犯對象都被他找到了？

要是路天峰真有那麼強的能力，不早就應該在D城警察系統內混出名堂了嗎？為什麼至今他還是默默無聞呢？

路天峰說出了陳諾蘭的名字，和她的一些基本資料，舒展顏在警務資訊系統裡面搜索了一番，並沒有新的收穫，但陳諾蘭的曲折經歷、D城大學的離奇命案和不知下落的結局，確實隱隱暗合舒展顏對「鯨魚」進行的心理側寫。

當知道了「陳諾蘭」這個人的存在，然後特意去進行調查之後，會發現她確實有一些值得注意的可疑之處，問題是，這個名字自始至終就沒進入過專案組的調查範圍，也跟這幾起連環綁架案毫無表面上的關聯，如果不是路天峰提出要調查她，就算再給專案組十年時間，也不會查到這名已經人間蒸發的女生頭上。

那麼路天峰又為什麼會對陳諾蘭起疑心呢？

如果他不能解釋清楚這一點，舒展顏對他的信任也要大打折扣了。

而路天峰確實不想解釋，因為他無法解釋，他只能靜靜地看著舒展顏，毫不迴避地迎向她的目光。

舒展顏看不透眼前的這個男人，他似乎擁有一層奇特的保護膜，超然於這個世界的規則之外，因此完全不在乎她的試探和懷疑。

最終舒展顏還是放棄了繼續追問，對她而言，能夠破案永遠是擺在第一位的。萬一路天峰真的有什麼問題，再把他抓起來就是了。

只要案件能破，「鯨魚」能落網，彭羽瓊能活著回來……

最後這一件事情，似乎是最難做到的。

舒展顏不禁回想起胡昊明和蘇懷玉的死狀，還有彭羽瑤背後那一幅由血痕組成的畫。

九月二十六日，下午一點十分

T城，機場高速公路。

童瑤坐在計程車的後座，看著自己的手機螢幕發呆。

飛機飛行途中的一個多小時，她關了手機，然而落地重新開機之後，整個世界都似乎變了模樣。

彭羽瑤不幸身亡，案件升級為綁架殺人案，因此童瑤被直接併入了「鯨魚」專案組，而這一切還要暫時瞞住彭啟城，以免他心態崩潰導致更加嚴重的後果，但事態似乎已經朝著她無法理解的方向發展了。

童瑤又想起了路天峰說過的話，他曾經再三強調，彭家姊妹案應該同樣是「鯨魚」所為，建議併案處理，但沒有得到大家的認同。

而童瑤也是對路天峰持反對態度的人之一，她認為查案需要實事求是，按照手頭上能夠掌握的線索和證據一步一步探尋真相，這過程之中需要想像力，但不能異想天開。

最後結果證明，路天峰是對的，她是錯的。

如果當時自己能相信路天峰，能靜下心來分析一下，嘗試接受路天峰的觀點，案件會不會走到今天這一步？彭羽瑤的生命，又會不會在最美好的年華驟然終結？

如果……但如果是沒有任何意義的。

事實就是事實，已經發生的一切都沒有辦法改變。

她只能盡力做好接下來的事情。

童瑤深深地吸了一口氣，將視線投向車窗外那不斷後退的風景之中，然後閉上眼睛，將車窗打開一條小小的縫隙，涼風與噪音立即湧入車廂，她在一片嘈雜聲中慢慢地調整著自己的情緒。

幾分鐘後，童瑤重新睜開了眼睛，那個充滿自信和行動力的女警花又回來了。她看了看手機地圖上閃爍不停的小黃點，那是彭啟城箱子裡攜帶的追蹤定位器訊號。

目標距離，五百公尺。

為了掩人耳目，彭啟城帶著裝有《傳說》的箱子，獨自乘坐另外一輛計程車，目的地是位於T城市中心的華龍國際大飯店，今晚的拍賣會正是在這家五星級酒店的宴會廳內舉行。

「鯨魚」專案組介入調查之後，華龍國際大飯店裡裡外外都會布署便衣警察，童瑤只需要安全地將彭啟城護送到酒店，就算完成此行的主要任務了。

因為視線受阻的緣故，童瑤無法看到彭啟城乘坐的那輛計程車，但追蹤定位器一直保持著數百公尺的距離，讓她感到安心。

這時候，童瑤的手機震動起來，是D城指揮中心的來電。

「童瑤姐，注意一下彭啟城的動態。」

「怎麼啦？」童瑤看了看，定位訊號的距離依然是五百公尺左右。

「剛剛他收到一封電子郵件，但是加密的，我們暫時無法取得內容，懷疑是綁匪發給他的最新指示。」即使已經併案處理，鎮守D城的同僚卻還沒習慣將綁匪改稱為「鯨魚」。

童瑤看了看定位訊號，並無異常，不過為了安全起見，她催促司機稍微加速一些，好讓她能看見彭啟城所乘的車子。

這時候，追蹤定位的訊號突然發生了變化，雖然距離還是相隔幾百公尺，但彭啟城的位置稍稍偏移了一點。

童瑤抬頭，看到了前面是一個高速公路出口的指示牌。

「不好！司機大哥，切車道，下交流道！」

「啊？」計程車司機一時沒反應過來，車子已經錯過了下交流道的最後機會，司機只好一邊道歉，一邊說很快就到下一個出口了，多繞路的車費會幫她扣掉。

童瑤看著彭啟城的訊號越跑越遠，乾脆放棄了隱藏身分，直接打電話請求支援。

「一輛紅色的計程車，本地車牌，IX741，彭啟城和畫都在車上，請盡快取得它的位置，謝謝各位。」

掛斷電話後，童瑤背靠在座位上，滿嘴的苦澀。

她開始反思自己是不是做錯了什麼。

九月二十六日，下午一點三十分

T城，警察局辦公大樓，地下停車場。

一輛改裝過的黑色商務麵包車駛出停車場，這是「鯨魚」專案組今天的行動指揮中心，此時舒展顏和路天峰都坐在車上，各自看著自己面前的那一塊螢幕。

螢幕上顯示的，是彭啟城所乘坐的那輛計程車位置軌跡。

「聯繫上計程車司機了嗎？」舒展顏問。

「聯繫上了，他說乘客和箱子都還在車上。」一名警察回答。

「目的地呢？」

「還是華龍國際大飯店，沒有變化，只是乘客要求司機不走高速公路而已。」

「彭啟城為什麼提出這樣的要求呢？」舒展顏將詢問的目光投向路天峰。

「是『鯨魚』在試探我們警方的布署吧，她一定知道彭啟城已經報警了，想看看警方對彭啟城的監控和保護能做到什麼程度。」

舒展顏自嘲地笑了，「那麼看來，我們的表現不及格啊。」

「沒事，讓『鯨魚』放鬆一下警惕也許會更好。」路天峰的語氣十分平靜，「最好不要讓她察覺到我的存在，舒主任，我加入了專案組的事情，沒幾個人知道吧？」

「放心吧，就只有這輛車上的人知道——最多把程拓也算進去，如果他夠聰明，應該能猜到我找你來T城的目的是什麼。」

「很好，一直以來都是我們在明，『鯨魚』在暗，如今終於有機會反轉局勢了。」

說話間，他們的行動指揮車已經開到了華龍國際大飯店附近，而交通中心提供的最新資訊顯示，彭啟城坐的那輛計程車也會在十分鐘內抵達酒店。

「我列出了下一步我們將要面對和解決的幾個問題，你也給點意見吧？」舒展顏拿起手邊的記事本，刷刷刷地寫下一大堆問題。

范海英之死？

彭羽瑤之死？

彭羽瓊在哪裡？

陳諾蘭在哪裡？

彭啟城與女兒的關係？

今晚拍賣會的玄機？

路天峰撓了撓頭，舒展顏已經忽略了不少旁枝末節的小問題，比如彭啟城的車子為何改變行駛路線之類的，但剩下的這幾個問題也一個比一個棘手。他下意識地看了一眼手錶，下午一點三十五分，留給他們的時間已經不多了。

「我們一定要在彭啟城身上有所突破，舒主任，妳能想辦法撬開他的嘴巴嗎？」路天峰充滿期待地問。

舒展顏想了想，平靜地回答：「放心吧，每個人都有祕密，也都有表達的欲望，我們需要做的只是提供他一個適當的環境和時機。」

「很好，至於范海英這起舊案，雖然看似和今天的案件無關，卻有可能提供我們某些重要資訊，我建議找一位能力足夠強的編制外人員進行獨立調查。」

舒展顏笑了，這一步棋她早就已經想到，「你想提議的人選，不會是章之奇吧？」

「呃……您覺得他不行嗎？」

「可以，不過在一小時前，他已經接受了我的委託，不用你再費心了。」

這時候，指揮車緩緩地停了下來，原來他們已經抵達華龍國際大飯店的停車場。從螢幕上的定位訊號來看，彭啟城的車子也到了酒店大廳門外。

「各單位注意，緊盯目標，密切監視接近目標的可疑人物。」舒展顏拿起對講機，下達指示，然後轉頭對路天峰說：「我們去準備一下，盡快對彭啟城進行問話。」

「準備什麼？」

「換衣服。」舒展顏拉開車門，一馬當先地跳下車。

九月二十六日，下午一點四十五分

T城，華龍國際大飯店。

彭啟城很快就辦好了入住手續，他一直緊緊握著手提箱的把手，走進電梯，在電梯按鈕下方刷了刷房卡之後，三十八樓的按鈕自動亮起。電梯裡只有他一個人，隨著樓層顯示面板上的數字不斷變化，他突然長舒一口氣，將箱子放在地板上，再擦了擦自己的掌心。

全是黏糊糊的汗水。

他在打開綁匪發來的那封電子郵件時，心裡一緊，總覺得接下來會有什麼特別的事發生。因此在讓計程車司機臨時改道之後，整個人就猶如驚弓之鳥，每一次遇到紅燈停車，每一次手機響起訊息提醒鈴聲，都會讓他心驚膽戰。

但奇怪的是，車子改道之後沒有任何事情發生，綁匪也沒有再次聯繫他，唯一帶來的不良反應就是司機絮絮叨叨地抱怨，說好端端的高速公路不走，偏要走普通公路，多跑了好多個紅綠燈云云。彭啟城實在是聽得心煩意亂，直接塞了一張五十塊的紙幣給司機，說這是除了車費之外的補貼，司機立馬笑容滿臉，車子開得又快又穩，沒再說過一句廢話。

這樣折騰一番後，雖然在路上多花了十多分鐘時間，但最終還是安全抵達目的地。然而彭啟城依然毫無理由地擔心自己手中的箱子會被突然出現的某人搶走，直到進入電梯這個絕對密閉的單人空間內，他緊繃的神經才稍稍放鬆。

但也只有短短不到一分鐘的時間，靜音的高速電梯已經把他送到了三十八樓。

於是彭啟城再次提起箱子，大步地邁出電梯門，這裡的走廊鋪著厚厚的地毯，一路上都安裝了暖色調的地燈，盡最大努力想讓客人感受到明亮與舒適。

彭啟城來到這次入住的３８５０號房間門外，刷卡，伴隨著悅耳的電子音，門打開了。

而令他感到驚訝的是，房間裡居然還有兩名酒店員工正在慢條斯理地打掃，難道這家五星級酒店的服務水準那麼低嗎？

不，彭啟城很快就認出了那名穿著員工制服的男子，正是之前和自己打過幾次交道的警察路天峰，所以另外一位「女員工」，很可能也是警察。

「路警官，你們這是……」彭啟城一時之間不知道自己應該坐下來，還是繼續站著，手中的箱子也似乎變得無比沉重。

「沒事，坐吧，我們隨便聊聊。」路天峰似笑非笑地說。

那「女員工」上前一步，向彭啟城伸出右手，「彭老師，您好。初次見面，先自我介紹一下，我是本次專案組的行動組長，T城警察局心理分析中心主任，舒展顏。」

「妳好……」彭啟城放下手提箱，先是快速地在衣服下擺處擦了擦手，然後再跟舒展顏握手。

這個小動作自然瞞不過舒展顏的眼睛。

「彭老師，您不用那麼緊張，我們會用盡一切辦法，務必讓令嬡平安歸來。」舒展顏做了一個請坐的手勢，彭啟城於是乖乖地在單人沙發上坐了下來。

「我……我心裡確實很亂。」彭啟城說話時，目光依然離不開那個黑色的手提箱，「對了，我記得之前的負責人不是程警官和童警官嗎？為什麼又會……」

「因為案子的狀況有變化，目前警方的情報顯示，本案的綁匪很可能是曾經連續犯下惡性綁架殺人案的慣犯。」舒展顏的音量雖然不高，但語氣和所說的內容卻充滿了衝擊力和壓迫感。

在說話的同時，舒展顏的身體微微前傾，拉近了彼此之間的距離。她直視著彭啟城的雙眼，彷彿想要從畫家的眼中挖出某些訊息。

「我的女兒……她們還安全嗎？」

「這名慣犯的作案特徵之一，不留活口。」舒展顏故意停頓了一下，好讓彭啟城細細品味，「而另外一個作案特徵，就是她每次都會巧妙地利用當事人的謊言，幫助自己順利完成整個犯罪計畫。」

「謊言？」

「是的，簡而言之，在之前的每一起綁架案中，當事人雖然交付了贖金，但總因為他們有意無意間隱瞞了某些關鍵資訊，直接導致了他們孩子的死亡。」

在「死亡」這兩個字上，舒展顏特意用了重音。

「舒警官，妳的意思是……」

舒展顏轉身，向路天峰打了個手勢，後者心領神會地點了點頭，然後從口袋裡掏出一個黑色盒子一樣的奇怪儀器，並按下了上面的紅色按鈕。

舒展顏一臉嚴肅地向彭啟城說：「彭老師，這是訊號遮罩器，現在所有的手機訊號和警方在你身上安裝的定位器、竊聽器全部都失效了，你接下來所說的一切，也只有我們三個人知道。」

彭啟城的嘴角不由自主地抽搐了一下，他看了看自己的手機螢幕，果然已經顯示為「無訊號」。

「我們的時間有限，所以只能給你這一次機會。」舒展顏伸出手，就像老朋友一樣輕輕拍了拍彭啟城的肩膀，「如果想救回女兒，就把你隱瞞的事情全部說出來。」

「關於案件，我所知道的……已經全部說出來了……」

「那麼就說一些跟案件無關的東西也可以，比如說，你的兩個女兒和你之間，會不會有過一些誤會和矛盾？」舒展顏的聲音有種奇妙的魔力，配合她的肢體動作和表情，讓人感覺特別放鬆。

「誤會……哎，其實我也不知道是怎麼回事……」彭啟城的目光似乎投向了很遙遠的地方，緊盯著某個並不存在的東西。

然後他垂下頭，捂著臉，帶著哭腔地說：「小瑤似乎一直很憎恨我……但我不明白為什麼……」

九月二十六日，下午兩點

D城，警察局辦公大樓，資訊分析部。

戴春華還有兩個月就退休了，做了幾十年一線刑警的他，在退休前的最後一年調差到新成立的資訊分析部擔任負責人，表面上的理由是藉助他那多年的豐富工作經驗來開拓建設新領域，實際上卻是局裡的上級長官關照他年事已高，身體狀況大不如前，決定讓他掛個閒職，順便盯著部門內那幫簡直活在網路世界，想法總是天馬行空的年輕人們。

什麼資訊分析、大數據搜集、木馬、釣魚、防火牆……等等，對戴春華而言就是無字天書一般的存在，他倒是樂於跟年輕人學習這些新知識，但至今為止仍然停留在初級水準。

因此當他午休時收到通知，說今天下午會有人特地前來徵詢他關於某個案件的意見時，他的第一反應就是對方搞錯了，在這部門裡頭隨便找個人來聊聊，也會比他的意見要更可靠。

然而對方卻指名道姓，要跟戴春華警官當面談談，而且想要諮詢的內容是十八年前的某起案件。十八年前自己經歷過什麼奇案或者懸案嗎？戴春華努力回想，但想不起什麼特殊的案件了，這時候，辦公室裡響起了敲門聲。

「請進——」戴春華抬起頭，驚訝地看到一張熟悉的面孔。

出現在門後的是笑嘻嘻的章之奇，「哈哈，老戴，沒想到你退休前還能再升一級啊。」

「別開玩笑了，阿奇，你知道我的個性格並不適合當主管。」戴春華跟章之奇有好幾年沒見過面了，但在他的印象中，章之奇是個能力很強，但也很喜歡惹麻煩的私家偵探，「倒是你今天怎麼大搖大擺地找上門來了？」

「這話說得，好像我只能偷偷摸摸進警局大樓似的。」章之奇自顧自地坐下，開始擺弄桌上的茶具，「我今天接了個委託，裡面涉及到一起舊案，恰好就是你經手的案子，所以就乾脆直接上門討教了。」

「這個……」戴春華剛想說，這不符合警方的流程，章之奇已經將一份有舒展顏親筆簽名和警局蓋章的委託書掃描文件遞到他面前。

「鯨魚」專案組。

戴春華心頭一震，即使他不是專案組成員，也知道「鯨魚」是個多麼難纏的對手，兩次犯下綁架案並殘忍撕票，最終卻消失得無影無蹤。

「你想問哪起舊案？」戴春華下意識地拿出了煙盒，顛出一根煙，但只是放在手裡把玩，並沒有點燃。

「十八年前，畫家彭啟城的妻子范海英，在家服毒自殺一案，你當時是這個案子的負責人對吧？」章之奇把早就準備好的資料擺放在桌面。

「啊，是這個。」塵封的記憶一下子被打開，戴春華以為自己已經忘得差不多的案情，漸漸變得清晰起來。

他還是忍不住將煙點著了，「這個案件我還有印象，當時是我到案發現場勘查，後來也是我負責寫結案報告書的，案件沒有任何問題。」

「就連一丁點可疑的地方都沒有嗎？」章之奇追問。

「確實沒有，家裡的大門沒有被破壞，門窗和鎖都是完好無損的，只有主臥的房門被撞壞了，是死者的丈夫回家後發現不對勁才用肩膀撞開的，現場指紋跡證之類全都吻合；死者身上沒有搏鬥痕跡，沒有被強迫服毒的跡象，連毒藥都是死者自己網購回來的，證據齊全，加上鄰居反映，死者生前時常會變得情緒不穩定，很可能患有產後憂鬱症，自殺的動機也有了。我記得當時包括死者家屬在內，也沒有任何人提出過質疑，很順利就結案了。」

戴春華一邊說，一邊翻看著當年的辦案資料和記錄，他一度擔心自己當時會不會錯失了什麼重大漏洞，但看完案卷資料後，那顆懸著的心終於放了下來。

案件沒有問題，換了誰來負責，都會得出一樣的結論。

但章之奇完全沒有要離開的意思，反而是替他自己倒上了一杯熱茶。

「老戴啊，這些年來，有沒有人像我一樣，上門向你詢問這起案件？」

「沒有啊，誰會關注這麼一起冷門的案件？」戴春華納悶了。

「彭啟城的兩個女兒，彭羽瓊和彭羽瑤，她們也沒有找過你？」

「沒有，當然沒有。」戴春華隱隱約約覺得事情有點不對勁，「為什麼這樣問呢？」

「不知道為什麼，彭羽瑤似乎覺得范海英的死和彭啟城有關。」

戴春華皺起眉頭，「無憑無據的，她怎麼會懷疑到自己父親頭上？」

「這正是我想搞清楚的問題，彭啟城一個人將兩個女兒撫養成人，照道理來說，女兒跟他的關係應該不會差，這種狀況下要讓彭羽瑤懷疑父親殺害了母親，那肯定需要有非常強力的證據才行。」

「哪來的證據呢，不可能有啊？」戴春華開始覺得這件事沒有那麼簡單了。

「還有一種可能，就是某個能讓彭羽瑤充分信任的人欺騙了她，比如辦案的警察、法醫、相關人員等等……」

戴春華愕然，「阿奇，你不是懷疑到我頭上了吧？」

「當然不是，我信得過你，但當初參與案件的其他人呢？有沒有誰會將案件的內情洩露出去，又或者故意散布假消息？」

戴春華閉上眼睛，努力回想著，然而當年這個案件實在是沒有什麼特別的地方，因為案情很簡單明朗，所以調查工作進行得十分順利，就連當時手下的兩位實習生也得到了充分的歷練……

咦？實習生？

戴春華睜開了眼睛。

為什麼自己想起的是「實習生」，而不是「實習警察」？那兩個實習生叫啥名字來著？他們後來進警局了嗎？

「啊，我想起來了……那時候我還帶著兩名實習生，好像分別是D城大學醫學系和法律系的。」

章之奇問：「醫學系和法律系的，怎麼跑到警察局來當實習生了？」

「記不清了，好像是那時有什麼警民共建和諧家園之類的活動吧，你也知道，D城大學是本市最優秀的高等學府，每年都有不少畢業生考入了警政體系，跟我們的各種交流活動也特別多。」

「所以這起案件的資料，可能在D城大學的檔案室裡也有一份？」

「嗯，是的，當年兩名實習生寫了一份結案報告，不過大學生嘛，不懂我們的格式和內容規範，寫出來的東西過不了關，但我也懶得修改他們的版本，自己重新寫了一份交上去。」

章之奇露出了思索的神色，「這樣說起來，D城大學出現資料外洩的可能性，遠大於警方內部洩密的可能性，而且……」

章之奇突然愣住了。

他回想起今天凌晨，路天峰在他的事務所內鬼鬼祟祟地調查某個女生的個人資料，而且在被問到為什麼要查這個女孩時，路天峰的回答閃爍其詞，並沒有給他一個正面解釋。

他還記得那個女生的名字，陳諾蘭，D城大學生物醫學系學生。

這樣一想，陳諾蘭的專業與醫學相關，完全有可能透過某次偶然的機會，接觸到學校檔案庫裡的相關資料。

想到這裡，章之奇微微打了一個冷戰，讓他感到絲絲寒意的，並不是發現了一名可能存在的洩密者，而是他無法理解，路天峰到底是怎麼繞過重重迷霧，直接展開對陳諾蘭的調查呢？

路天峰這傢伙，今天一直表現得奇奇怪怪的，還說自己曾經去了另外一個世界，一個與這裡極其相似，卻又有許多不一樣的平行時空之中。

章之奇一直覺得是路天峰走火入魔，變得瘋瘋癲癲，但現在回過頭一看，他似乎才是最聰明，最接近真相的那個人。

所以瘋掉的，難道是我自己嗎？章之奇想到這裡，苦笑起來。

九月二十六日，下午兩點十四分
T城，華龍國際大飯店，3850房。

在舒展顏的耐心引導下，彭啟城終於斷斷續續說出了他跟彭羽瑤之間的故事，但讓路天峰略感失望的是，這些故事對案情進展並沒有太大幫助。

范海英去世後，彭啟城為了逃避各種善意或惡意的關注，隱姓埋名，帶著兩個女兒搬到了離原住處將近二十公里遠，外來人口較多，魚龍混雜的雲夢家園。在這裡，他一個人承擔起照顧兩個小女孩的艱巨任務，大部分日子都足不出戶，硬是將兩個女兒拉扯到上幼稚園的年紀，才重新擁有了一些個人的時間。

彭羽瓊和彭羽瑤讀小學後，彭啟城照料孩子的壓力略微減輕，但經濟壓力開始加重，於是他重拾畫筆，以多個不同的化名創作油畫，也會透過網路接一些簡單的美術和設計類的案子，補貼一點家用。

說實話，舒展顏和路天峰對彭啟城拉拔兩個孩子長大的辛酸史並沒有多大興趣，但為了讓他敞開心扉，舒展顏還是很認真地傾聽著，時不時點點頭，給他正面的回饋。

孩子成長的生活瑣事說了一大堆之後，彭啟城終於說到自己跟彭羽瑤之間的矛盾了。那是一年多前的某一天，彭啟城突然察覺到彭羽瑤跟自己說話時，語氣發生了微妙的變化，雖然聽起來和以前區別不大，但莫名多了一份生疏和戒備。

一開始彭啟城還以為小女兒只是心情不好，過幾天就沒事了，然而隨著時間推移，彭羽瑤對他的態度卻沒有改變。彭啟城也曾經詢問過彭羽瓊好幾次，妹妹到底怎麼了，彭羽瓊也不明所以，三番兩次打探彭羽瑤的口風，彭羽瑤依然對從小到大形影不離的姐姐守口如瓶。

彭啟城開始懷疑此事跟妻子之死有關，是在那一年妻子的忌日。他按照往年慣例，準備帶著女兒們一同去獻花拜祭，沒料到彭羽瑤卻說當天學校有活動，她會改天自行前往拜祭，彭啟城只好跟彭羽瓊兩個人去了。事後彭啟城特別查了一下，那天學校根本沒有舉辦任何活動，彭羽瑤只是找了個藉口，不想跟自己一起去拜祭罷了。

沒多久，彭啟城發現了一件更可怕的事情——某天他偶爾進入了女兒們的房間，房門後的海報恰好掉了下來，彭啟城撿起海報，才看到海報遮擋著的地方貼了幾張自己的照片，而每一張照片都被人用尖銳的物體在上面戳了無數個小洞，自己面貌被戳爛得面目全非。

彭啟城只感到不寒而慄，他懷疑彭羽瑤得了精神疾病，就私下找彭羽瓊商量對策，彭羽瓊卻說妹妹除了對父親的態度發生變化之外，其他表現一切如常，學習成績也沒受影響，在學校跟同學老師都相處得很好，實在不像是有病的樣子。

彭啟城只好小心翼翼地與彭羽瑤一起生活著，他成名後，隨即買了一棟大別墅，讓兩姊妹有了更好的居住環境，也一口答應了彭羽瑤出國讀書的請求，讓她去追求自己喜歡的東西。他幻想著只要物質條件改善了，彭羽瑤跟自己的關係就會改善，可是沒想到，彭羽瑤依然只是冷淡而客氣地與他交流，他甚至不知道自己做錯了什麼。

當知道兩姊妹被綁架後，彭啟城的第一反應就是，不好，這事可能跟彭羽瑤有關聯。但他說不清楚綁匪和女兒到底有什麼關聯，也不願意在警方面前說自己女兒的壞話，所以一直隱瞞至今。

彭啟城說完這一大段往事，像是洩了氣的皮球般，癱坐在沙發上，有氣無力地問：「兩位警官，我把我知道的事情全都告訴你們了，這對你們尋找綁匪和我女兒的下落有幫助嗎？」

舒展顏肯定地點了點頭，「當然有，幫助非常大。」

說罷，她向路天峰使了個眼色，路天峰心領神會，拿起對講機說：「技術組請注意，三十八樓走廊的監視器，遮罩一下，謝謝。」

「收到！」

原來兩人為了預防「鯨魚」入侵監視系統，發現他們與彭啟城之間的長談，特意安排了技術部門進駐，並在他們進出房間時，分別在監視錄影上做一下手腳，將那幾分鐘的錄影遮罩掉，以免露餡。

不到一分鐘，技術組答覆說遮罩完畢，舒展顏和路天峰就立即離開房間，在路天峰關上房門之前，他刻意再看了一眼彭啟城，這位名氣如日中天的畫家，頹然地坐在沙發上，目光迷離，不知道到底在思考著什麼。

「舒主任，彭啟城說的這番話真的有作用嗎？」還沒走到電梯處，路天峰就有點迫不及待地發問。

「稍等，讓我先處理一下之前積壓的事情。」舒展顏掏出手機，發現十分鐘前章之奇找過她，只不過因為電話訊號被遮罩，他改為簡訊留言了。

簡訊的內容讓舒展顏眼前一亮。

「發現新的線索，正前往D城大學進行下一步調查，回頭電話聯繫。」

D城大學，豈不是路天峰的懷疑對象陳諾蘭曾經就讀的學校嗎？為什麼會在那裡出現了新線索？

舒展顏倒沒有糾結太多，直接撥通了章之奇的電話。

九月二十六日，下午兩點三十二分

D城，D城大學。

接到緊急指示的黃萱萱匆匆忙忙趕往D城大學，她不太明白，舒展顏身為「鯨魚專案組」的行動組長，竟然會跨地區越級向她下命令，任務的內容還是輔助私家偵探章之奇調查D城大學的檔案室，確實有點莫名其妙。

但舒展顏也說得很清楚了，目前的狀況就是要爭分奪秒，以警察身分調查會更順利一些，而且這可能是一條非常關鍵的線索。

「什麼關鍵線索呀？關鍵線索就派一個編制外的傢伙來查？」黃萱萱跳下警車，一邊自言自語，一邊走向前方不遠處的教務大樓。

章之奇正站在大樓外的樹蔭底下，跟兩名女生眉飛色舞地聊著天，也不知道她們是什麼人。眼見黃萱萱走近，章之奇立馬和她們道別，然後笑嘻嘻地迎上前。

「嫂子，又見面了啊。」

黃萱萱沒好氣地瞪了他一眼，但這次她心情稍微好一點了，沒有強迫他改掉稱呼，「你都已經是油膩大叔了，怎麼還在校園裡隨便搭訕女大學生？」

「我只是在做前期調查工作而已。」章之奇不以為然地說：「妳聽說過貓頭鷹計畫嗎？」

「什麼？」黃萱萱一臉茫然。

「貓頭鷹計畫，是D城大學與各大公家機關合作，為相關部門媒和優秀實習生的一個交流活動，在校內已經有二十多年歷史。按照慣例，只有總成績排名院系前百分之十五的學生，才有資格申請和報名。」

「哦？所以剛才那兩名女生……」

「她們手裡拿著貓頭鷹計畫的申請表，所以我就跟她們多聊了幾句。」章之奇做了個「請進」的手勢，「我們接下來需要查證的，就是透過貓頭鷹計畫收錄回來的歷史文件檔案資料。」

有黃萱萱的警察證件做敲門磚，加上D城大學的資訊數位化做得十分完整，即使是十八年前的資料也已經全部輸入電腦資料庫了，查詢起來非常順利，他們很快就找到了想要的東西。

十八年前，范海英自殺案，未收錄入警務資訊系統的一份結案報告書，由當年的兩名實習生共同撰寫。章之奇一看就知道這份報告書為什麼被戴春華打入冷宮了，那兩名大學生寫出來的根本不是證據鏈完整，無懈可擊的報告，更像一篇披著公文格式外殼的推理小說，內容加入了不少自己的分析和想像，讓人哭笑不得。

然而有意思的是，光看這份資料，會覺得彭啟城頗有作案嫌疑。而舒展顏特地交待過二人，如果能找到關於范海英案的資訊，那就不妨再搜索一下胡迪之和蘇步一，如果三個人的個人資料都能在這個檔案庫裡頭找到，那麼「鯨魚」十有八九是從這裡獲知相關資訊的。

沒想到這一查，還真的有發現。

其中一份檔案資料顯示，胡迪之十六年前曾經牽涉到一起走私案件，最終結果是另外數人被檢察機關起訴並判刑，胡迪之卻獲不起訴處分，一名曾經在緝私組實習的大學生寫下了關於此事的工作報告，認為胡迪之很可能才是這起走私案的主使者，但被這傢伙巧妙地逃脫了法律制裁。

而另外一份檔案則顯示，蘇步一在十三年前牽涉到一起跨國賭博案件，當時的涉案金額龐大，在逃嫌犯還被警方跨國追捕，一度成為社會新聞焦點。蘇步一涉案的原因是懷疑他利用珠寶生意替賭博公司洗黑錢，但最終因證據不足，不予起訴。一名當時在檢察署實習的學生，記錄下這段往事，並認為完全是因為蘇步一夠狡猾，才能脫罪。

這樣看來，「鯨魚」應該是根據這幾份檔案資料，來選擇綁架目標的。

「什麼人能夠接觸到這個資料庫呢？」黃萱萱問檔案室的管理員。

管理員慢條斯理地答道：「這人數可就多了，貓頭鷹計畫相關的教師、職員，還有學生幹部，都能查詢到這些資料，而且資料庫並沒有保密處理，其他人只要想查，來這裡填一份正式的申請表格就可以了。」

章之奇接了句：「只要有足夠的技術支援，你甚至能遠端入侵資料庫，將所有資料拷貝走。」

「你以為每個人都像你一樣亂來嗎？」黃萱萱對章之奇眨了眨眼，示意他少說兩句。

然而章之奇不肯乖乖閉嘴，突發奇想問了句：「那麼，如果我能說出一個具體的名字，你幫忙查查她有沒有參與過貓頭鷹計畫的相關工作，會不會方便一點？」

「這很簡單，舉手之勞。」管理員答。

「好的，請你幫我找一位叫陳諾蘭的學生，大概是八到九年前在你們學校讀本科的……」

「哦，找到了。」管理員只花了幾秒鐘，就給出了肯定的答覆，「陳諾蘭，八年前曾經在學校半工半讀，是檔案室負責整理資料的工讀生……」

所有的點都連成一條線了。

對章之奇來說，更多是震驚而不是高興，那個解不開的問題一直縈繞在他的心頭——路天峰到底是怎麼想到這些東西的呢？

「嫂子，妳相信峰哥嗎？」章之奇突然之間非常嚴肅地問黃萱萱。

「相信啊。」黃萱萱倒是答得乾脆。

「那你們今天凌晨為什麼吵架了？」

「我……」黃萱萱一時語塞了。

我覺得他好像換了一個人，我覺得他好像不愛我了。

這種話說出來，不像是二、三十年前那種老掉牙的愛情小說橋段嗎？黃萱萱真覺得羞於啟齒。

然而這確實是她內心最真實的感覺。

終於，她小心地斟酌用詞，說道：「我覺得阿峰對於這起案件的熱情和投入程度，與之前他經歷過的任何一起案件都不一樣。」

「不一樣的地方在哪裡？」

黃萱萱臉色微紅，歎氣道：「我就直說了，你別笑我啊。以前我喜歡他這個人，正是因為他處處把我擺在第一位，我知道查案很重要，工作壓力很大，但我一直能感覺到，我才是他心中最重要的那件事。」

章之奇笑笑，他也深知路天峰就是這種有責任心，能給予身邊人安全感的男人。

「但這個案件，尤其是他今天的表現，讓我覺得他的心裡並沒有我了……我很難解釋這種感覺，就像是某個地方空缺了一塊似的。」黃萱萱轉頭望向窗外青蔥翠綠的校園風光，「他在拚命地追求某個目標，而這個目標和我完全沒有關係。」

章之奇啞然，他對黃萱萱的瞭解其實並不深，一直覺得路天峰可能只是喜歡她的性格和外貌而已，但直到今天他才明白，黃萱萱真的能夠讀懂路天峰內心最深處的聲音。

起碼，直到今天之前，黃萱萱就是最能理解和包容路天峰的那個人。

但正是在今天，一切都改變了，路天峰似乎一夜之間失去了昔日對黃萱萱的情深款款，換回來的是不可思議的推理破案能力。

章之奇覺得他們陷入了一個極其龐大的棋局之中，每個人都身不由己。而這盤棋真正的對弈雙方，是發生了「基因突變」的路天峰，和一直處於隱身狀態的「鯨魚」。

九月二十六日，下午兩點四十分
T城，華龍國際大飯店，七樓，宴會廳。

嘉華盛世身為T城規模最大的拍賣行，即使在全國範圍內也是數一數二，拍賣行內部就有一個小型會議廳，可以舉辦中小型的拍賣會，不過一旦遇到更有噱頭或者更大規模的拍賣活動時，他們通常會租用離拍賣行只有幾百公尺距離的華龍國際大飯店宴會廳，來舉辦大型拍賣會。

今晚的拍賣會，正是在這個最多可以容納一千人的大型宴會廳內舉行。

拍賣會的專案主管薛叢樂正在為各種現場布置的細節工作忙得焦頭爛額，東奔西走，突然有一男一女攔住自己的去路，讓他覺得對方很沒禮貌。

薛叢樂正想發作，但幸虧他及時看清楚對方出示的警察證件，連忙換上了職業性的微笑。這幾天警方不知道在調查什麼案子，已經好幾次找他問話了，光是盤問拍賣會的流程細節就翻來覆去地問了三次，讓他煩不勝煩。

「兩位警官，有何貴幹？」

「我姓舒，這位警官姓路，你就是今晚負責拍賣會的主管薛叢樂對吧？我們想問一下關於拍賣會的一些流程和細節。」

「好的，請兩位隨意問吧。」薛叢樂心裡嘀咕的卻是，你們這些警察到底在搞什麼鬼啊，天天來問這問那的，也問不出個所以然來。

舒展顏看薛叢樂的目光飄忽不定，身體下意識地抖來抖去，當然明白了他在表達自己的不耐煩。關於拍賣會的基本流程警方已經掌握了，所以她也不想浪費時間，直接進入主題。

「薛先生，我想請問一下，為什麼還有四件NFT數位藝術品，沒有列入你們今晚的拍賣品清單之中呢？」

薛叢樂先是愣了愣，然後才恍然大悟地說：「哦，妳是說我們準備的小彩蛋對吧？」

「是的，我們沒有在正式清單中看到那些作品……」

薛叢樂擺了擺手，「哎，這些算不上什麼真正的作品，就是我們公關部同事搞的噱頭，純粹找個樂子而已，我也沒多管。」

舒展顏啞然失笑，她沒想到薛叢樂身為專案主管負責人，對待工作的態度如此隨意和不專業，搞不好連NFT是什麼他都不瞭解。

「但畢竟還是要走一次拍賣流程的嘛，我想問一下，這幾件NFT數位藝術品，是由哪家公司或者個人委託給貴行進行拍賣的呢？」

薛叢樂的不耐煩已經寫在臉上了，他搞不懂警方為什麼對幾張不值錢的資料圖片如此重視，但為了配合調查，他還是翻了翻自己的記事本。

「嗯，是幾位國外的藝術家，直接委託國內一家公司代理的，公司的名字在這裡——」薛叢樂一邊說著，一邊乾脆拿出一張便箋紙，將公司名字抄了下來，遞給舒展顏。

舒展顏接過紙條，看了一眼，然後問：「我想問一下，如果拍賣成功，這筆資金會轉給代理公司，還是藝術家本人？」

「如果是個人委託拍賣，那麼錢會直接轉入個人帳號，而像這種找代理公司做仲介來委託拍賣的，錢會先轉給代理公司，然後代理公司跟作者本人再另行結算。」

「那麼，萬一代理公司因涉嫌違法犯罪而受到警方調查，錢就動不了啦？」

這個問題讓薛叢樂有種難以形容的不安，他搓了搓手掌，答道：「舒警官，我們做的絕對是正當生意，所有拍賣品的來歷都是合法的……」

「別緊張，我沒有懷疑你們的意思。」舒展顏笑著說：「要是代理公司或者拍賣人出了什麼問題，我相信貴行一定會配合警方，暫時凍結交易資金，對吧？」

「那當然。」薛叢樂連連點頭，只想盡快送走這兩個纏人的警察。

眼看姓舒的這位女警官似乎對自己的回答表示滿意了，一直沒有開口的路警官卻在這時候突然發問，「那些ＮＦＴ拍賣品的起拍價是多少，拍賣的規則又是如何？」

「起拍價是……嗯，無底價，每次預設加價幅度一千。」

「什麼？」路天峰驚訝得瞪大了眼睛，要是按照這樣的交易規則，每次加價一千，那麼最終成交價也不會高，離理論上贖金所需的千萬等級相差太遠了。

舒展顏也察覺到問題所在，她問：「那麼我可以一口價加到一百萬嗎？」

「不行，為了防止惡意抬價，我們對每件拍賣品都有預測成交價和每次加價幅度限制的，一旦實際拍賣價超出我們預測的成交價，就會啟動內部審查機制；如果拍賣價超過了預測成交價的五倍，就會立即中止拍賣流程。」

「這幾個ＮＦＴ數位藝術品的預測成交價是多少？」

薛叢樂翻看著自己的記事本，「呃，預測成交價有高有低，在五萬塊到十萬塊之間。」

舒展顏和路天峰面面相覷，如果是這樣，「鯨魚」根本不可能靠著無本生利的ＮＦＴ達到交付贖金的目的。

看來有些地方他們想錯了，而且錯得很離譜。

薛叢樂看著兩位警官陷入沉思的模樣，有點尷尬，幾番想要開口告退，話到了嘴邊卻說不出來，最後還是舒展顏注意到他的窘態，說：「薛先生，很抱歉佔用了你寶貴的工作時間，你可以先去忙了。」

「好的，告辭了。」

看著薛叢樂的身影遠去，舒展顏轉身問路天峰：「現在你怎麼看？那個網名為CNN的藝術家還需要繼續深挖嗎？」

「我們落後得太多了。」路天峰答非所問，搖頭歎氣道：「看來『鯨魚』早就安排好每一步棋，而我們只能被動地應對。」

「別氣餒，路天峰，你就是我們的祕密武器。」

「我才沒有氣餒呢……」路天峰說著，心頭突然一緊，就像有什麼非常重要的東西被他忘記了一樣。

到底是什麼呢？

路天峰幾乎要抓住那個模糊的記憶了，但可惜差之毫釐，這畫面迅速地從腦海裡溜走了。他變得心浮氣躁起來，原地踱著步轉了好幾個圈。

啊，想到了。

他停下腳步，茫然地看向遠處。

自己已經有三個多小時沒有切換回A世界了，雖然每次世界切換的時間間隔並無規律可言，但似乎還沒有試過隔那麼久還不切換的。

A世界不會發生什麼事情了吧？

要知道，那裡才是他真正的歸宿。

「……你還好吧？」舒展顏用關切的眼神看著臉色發青的路天峰。

「我沒事，剛才只是在思考而已。」路天峰胡亂搪塞了一句，然後話鋒一轉，「我們目前的突破口，就是對那些在『鯨魚』計畫之外的狀況發動猛攻，深入調查。」

舒展顏立即意會，「意外狀況，就是彭羽瑤的屍體被我們提前發現了吧？」

在之前的兩起綁架殺人案當中，「鯨魚」似乎對警方的工作效率和搜查速度瞭若指掌，死者的屍體都是在贖金交付之後才被發現的，但驗屍報告顯示，兩名死者均死於交付贖金之前，也就是說「鯨魚」一開始就決定殺人滅口，跟自己能不能拿到錢完全沒關係。

但這一次，因為路天峰一個不合邏輯的舉動，導致彭羽瑤的屍體提前暴露，那麼警方介入偵查的時間點距離凶手殺人棄屍的時間點就更近了，從理論上來說，找到凶手行蹤的機率會明顯增加。

「然後我換位思考，如果我是『鯨魚』，我會怎麼做？計畫出現了漏洞，就一定要填補這個缺口；而更理想的是，藉由這個機會對敵人展開出其不意的襲擊。」路天峰的眉頭又緊鎖起來了。

「我倒希望『鯨魚』別想那麼多了，她那所謂按部就班的行動已經夠讓我們難受了。」舒展顏雖然對「鯨魚」恨之入骨，但也不得不佩服她那魔鬼般的智慧。

「如果她不考慮這些問題，那就不是她了……」路天峰說出這句話時，腦海裡浮現陳諾蘭的臉龐。不知道A世界的她正在如何努力逃避追殺？又有沒有找到能讓自己重返A世界的方法？

舒展顏似乎也受到了觸動，她低聲地自言自語道：「所以，她會怎麼做呢？」

「我想到了一步很可怕的棋。」路天峰臉上的神色越發嚴峻。

「那我只希望她不如你聰明吧……」

舒展顏的電話響起，來電顯示是黃萱萱。她舉起手機螢幕，讓路天峰看清楚來電者，然後問：「要說兩句嗎？」

路天峰搖搖頭。

「女人啊，還是要哄。」舒展顏說罷，接通了電話。

九月二十六日，下午兩點四十九分

T城，華龍國際大飯店，3850房。

彭啟城迷迷糊糊地趴在床上打了個盹。

他做了一個很長很長的夢，在夢中，他手忙腳亂地替女兒更換尿布、沖調奶粉，一轉眼，又騎著自行車，冒著狂風暴雨送她們上學。他在檯燈下輔導女兒寫作業，畫筆和畫布堆在房間的最角落，早已積了厚厚的灰塵，但他不知道為什麼，偏要伸手去拿一張空白的畫布，畫布上卻出現了他的自畫像，和無數個利器造成的，觸目驚心的小圓點。

彭啟城嚇得扔下了畫布，一轉身，看見彭羽瑤紅著眼睛，咬牙切齒地舉起一把刀，衝向自己。他試圖反抗，抓住了彭羽瑤的手臂，不讓她傷害自己；但奇怪的是，刀子轉瞬間就出現在他的手裡，彭羽瑤哭了起來，捂著肚子，緩緩跪倒在地上，雪白的校服上出現了一大片可怕的鮮紅。彭啟城看了看手裡的刀，刀刃上也全是血。

「不要！」

彭啟城大叫著驚醒過來，呆呆地坐了良久，呼吸才慢慢理順過來。他看了一眼時間，原來只睡了不到半小時，但為什麼剛才的夢那麼漫長而真實？

他想起了在機場接到的那通神祕來電，在兩個女兒之間，他只能選擇其一。

那一刻，他幾乎毫不猶豫地選擇了放棄最近一年來，令自己覺得芒刺在背的彭羽瑤。

但當答案脫口而出，他就後悔了，感覺就像親手殺死了自己的女兒一樣痛苦。

所以才會做這樣的夢吧。

彭啟城雙手用力地拍了拍自己的臉頰，跳下床，準備去用冷水洗個臉，清醒一下。

叮咚——

手機發出熟悉的新郵件提示音，由於綁匪習慣用電子郵件和他溝通，所以他第一時間撲上前，拿起手機。

果然是一封來自匿名位址，無法回覆的電子郵件。

上面寫著：「你為什麼要報警？既然你不守信用，就得給你點教訓。懺悔吧，彭啟城。」

彭啟城只感到全身血液都是冰涼的，郵件的附件是一個影像檔，但他的手指不停顫抖著，不敢點開。

電話鈴聲猛地響起，來電顯示是童瑤。

那就證明警方同樣知道這封電子郵件的存在，但之前每次收到郵件，他們都需要花五到十分鐘解密，這次童瑤警官的電話怎麼來得那麼快？

「童警官？」

「彭老師，請不要點開郵件裡的檔案。」童瑤說話的速度非常快，背景還有許多雜音。

「為什麼？」

「千萬不要點開，相信我……」

彭啟城有一種直覺，這個影像檔裡面可能是一些很可怕的內容。他的手顫抖起來，手機再也拿不穩了，摔落在地毯上。

童瑤的聲音繼續通過擴音器傳出來。

「關掉那個郵件，彭老師，我們立即就到……」

這到底是為什麼？

彭啟城很想繼續點開那個影像檔，他的內心有個聲音告訴他，自己必須要看這段影像，這是他的責任。

但他並沒有撿起手機的勇氣。

奇怪的是，手機的螢幕突然一閃，就變成了影像檔的全螢幕播放。

彭啟城不敢看，但又挪不開自己的目光。

手機畫面上出現的，是彭羽瑤。

他一下子就認出來了，這是他們父女三人曾經一起生活了十七年之久的那間房子，彭羽瑤在她當初的臥室裡面。

但是，她的肚子上為什麼都是血？地板上也全是可怕的血跡……

為什麼跟夢中的場景如此相似？

但這是夢嗎？如果不是夢，是實地拍攝的錄影，還是電腦特效做出來的？

警察阻止我看這個影像檔，那麼就足以證明裡面的內容是真的。

彭啟城的眼淚不停地往下掉，滴落在手機螢幕上。

他知道，自己的女兒死了。

「為什麼……為什麼會這樣啊！」

匆忙趕到房間門外的童瑤，隔著門都能感受到這嘶吼聲裡的悲憤和絕望。

童瑤想要按門鈴的手，懸在半空之中。她實在沒有這個勇氣去面對此時此刻的彭啟城。

我們，終究無法做好自己的工作嗎？

九月二十六日，下午兩點五十五分
D城，D城大學，教務大樓，檔案室。

「我他——，這……真的太離譜。」章之奇看到手機上的消息後，差點沒忍住爆了粗口，幸好還是在黃萱萱的注視之下把髒話憋了回去。

「什麼情況？」

「彭啟城剛剛收到一個影像檔，內容是彭羽瑤的死亡現場……」

「不會吧？」黃萱萱當然知道這意味著什麼。

當事人的情緒崩潰，可能會引發一系列的連鎖反應，彭啟城也許不會再相信警方，不跟警方合作，甚至做出危害女兒安全的失控行為。

但綁匪這樣做，不怕連錢都拿不到手嗎？

「綁匪這樣做就是魚死網破，把警方逼到了懸崖邊上。」章之奇歎了一口氣，「這下真的難搞了，看來還是我這種平民百姓生活得自由自在啊。」

「警察就不是平民百姓了嗎？不要製造警民間的對立。」黃萱萱哼了一聲，突然想起另外一個問題，「咦不對？怎麼你比我更早收到那麼關鍵的資訊？」

「呃，這個……」章之奇本來還想狡辯兩句，但看著黃萱萱那咄咄逼人的目光，決定還是坦白從寬好了，「我擔心你們的網路監控工作做得不夠完善，所以發了一個小小的木馬程式到彭啟城的電子郵件信箱……」

黃萱萱覺得又好氣又好笑，但實在沒空去吐槽章之奇這天馬行空的做事方式了，因為他們還有另外一件事情要去處理。

他們從檔案室裡調出陳諾蘭的學籍資料與詳細個人檔案，然後順帶拿到了七年前離奇淹死在荷花湖裡那名女生，歐陽淼淼的資料。說起來也有點諷刺，歐陽淼淼之所以起了一個這樣的名字，可能是父母覺得她五行缺水吧，最終她卻死在了淺淺的湖水之中，讓人唏噓不已。

大學檔案室裡的資料雖然比警方記錄在案的內容要多一些，但大部分是陳諾蘭的學習成績、榮譽獎項、在校表現、個人簡歷等內容，對於案件偵破並無太大幫助。而歐陽淼淼的資料更少了，寥寥無幾的幾頁內容，顯示出這個女生的成績和表現並不優秀，檔案最後簡單的一句「因意外事故去世」，為她平凡而短暫的一生畫上了句號。

「把資料都拷貝一份帶走，回頭慢慢看吧。」黃萱萱說。

章之奇抓了抓頭髮，「這些資料真的有用嗎？我看好像都是些廢話啊，什麼模範生、考試榜首……」

「你覺得沒價值，我們警方的專業人士未必這樣認為哦，乖乖工作吧。」

「是的，嫂子！」章之奇一邊拷貝資料，一邊隨意瀏覽著螢幕上的文字，突然之間，他的眼睛亮了起來，「哎喲，妳看這個！」

黃萱萱湊過腦袋去看了一眼，說：「幹嘛大驚小怪的，這不就是陳諾蘭的高中畢業照而已嗎？」

陳諾蘭，畢業於市第九中學，這是在D城排名穩居前五名的老牌名校。畢業照上的陳諾蘭，站在隊伍的第一排靠近最右的位置，臉上掛著自信而驕傲的笑容。

「我說的不是陳諾蘭，而是站在她旁邊的這位長髮小美女。」

「她是誰？」黃萱萱問。

「她看起來很像一個人，397藝術工作室的老闆，方嘉筠。」章之奇用力地眨了眨眼，彷彿這樣可以把照片上的人辨認得更清晰一點。

「397藝術工作室，就是彭羽瓊和彭羽瑤失蹤當晚去參觀過的那個小型畫展？」黃萱萱雖然沒有見過方嘉筠，但對案情細節還是相當熟悉的。

「是的，只可惜這裡只有一張照片，沒有照片成員名單……我得立刻找一下市九中那一年的畢業生資料，確認這名女生到底是不是方嘉筠。」

如果陳諾蘭和方嘉筠彼此認識，案情就變得更加複雜和微妙起來了。

九月二十六日，下午三點

T城，華龍國際大飯店，3850房。

彭啟城木然地坐在床上，一言不發。

幾分鐘前，房間裡頭還有五、六名警察正來回忙碌著，但彭啟城沒有在意他們到底在忙些什麼。然後舒展顏來了，她只是擺擺手，所有的警察都撤走了，就只有她一個人留下來陪在他的身旁。

「對不起，彭老師，我沒有資格說自己能體會你的心情，也沒有資格說我們警方已經盡力了。」舒展顏的語調緩慢，帶著真摯動人的感情。

彭啟城看了她一眼，沒吭聲。

「你當然可以責怪我們，罵我們，甚至可能不再信任我們，而我想說的只有一句話——現在我們還有機會救出彭羽瓊。」

聽到女兒的名字，彭啟城麻木的表情出現了一絲微妙的變化，他居然笑了起來，但笑得如此淒涼，如此絕望，比剛才那毫無表情的臉孔更加嚇人。

「我還有機會嗎？」

舒展顏正色道：「我們是警察，不到最後一刻，絕對不會放棄。」

彭啟城放聲大笑起來：「哈哈哈哈，警察，警察，警察又如何呢？我是她們的父親，我才是絕對不會放棄的那個人！」

舒展顏沉默了，她能夠看出彭啟城的情緒非常不穩定，精神狀態堪憂。這時候無論說什麼，都可能會讓他的內心崩潰。

她是警察，也是心理學專家，當下最需要做的事，是讓彭啟城冷靜下來。

而彭啟城笑著笑著，眼淚突然就大顆大顆地滴落。他彎下腰，雙手按住自己的太陽穴，把頭埋在膝蓋處，無聲地痛哭著。

舒展顏保持著肅穆的神色，一動不動地站在他身旁。

如果她只是一個心理學家，其實她有辦法安撫彭啟城的情緒，讓他漸漸平靜下來；但身為專案組的行動組長，她還有另一個職責，就是破案，抓到犯人。

舒展顏發現這兩個身分之間出現了衝突和矛盾，所以她選擇了保持緘默。

叮咚——

又是一封新的電子郵件。

彭啟城紅著眼，一臉緊張地點開了郵件，看了兩眼，然後順手按下了刪除按鈕。

郵件被刪除了，然後緊接著他就順手清空了垃圾箱。

「我出去一下。」彭啟城站起來，整個人的語氣冷冰冰的。

「彭老師，你要去哪裡？」

「我警告你們，不要跟著我。否則的話我會向媒體記者說，是你們的無能和錯誤判斷，害死了我的兩個女兒。」

彭啟城一邊說，一邊打開了手提箱，把那幅價值連城的《傳說》拿了出來。他在房間裡轉了一圈，最後決定把油畫放在酒店提供的布製洗衣袋裡頭。

舒展顏當然看懂了彭啟城這個舉動的含義：他要捨棄裝有追蹤器的箱子，跳出警方的保護網，獨自去行動。

「光憑你一個人的力量，是無法對抗綁匪的……」舒展顏明知道這句話很可能會造成反效果，但她不得不這樣說。

她不能眼睜睜地看著「鯨魚」再次捲走贖金，然後消失在茫茫人海當中。

「舒警官，妳當媽媽了嗎？」彭啟城突然問。

「我……還沒有。」舒展顏不但尚未婚育，而且和前男友在三年前分手後，就單身至今。

「那妳也許很難明白為人父母的感受。」彭啟城挺起胸膛，說話間竟然帶著一種壯士一去不復返的悲涼，「我明知道將會面臨一場慘敗，也只能硬著頭皮上前應戰。」

「彭老師，這種事情我們警方可以幫上忙，你沒必要一個人承擔這一切！」

「即使有你們幫忙，小瑤還是死了……」彭啟城邊說，邊緩緩地搖著頭，「舒警官，破案是妳的職責，而去救女兒，是我無法逃避的命運。」

舒展顏看著彭啟城此刻的眼神，很清楚這個人是勸不動了。即使她有一百種方法把他強留下來，或者讓專案組成員繼續貼身跟蹤和保護他，但如果彭啟城本身不願合作，這些舉動就只會有反效果。

彭啟城走到門邊，打開房門，走廊上幾名警察立即站直了身子，目光投向了跟在他身後的舒展顏。離房門最近的人是童瑤，她的神情有點萎靡，不過眼神裡仍然帶著鬥志。童瑤看向舒展顏的同時，還做了一個口型。

攔住他？

舒展顏搖搖頭。

童瑤不能理解，但這是上級的指示。所以走廊上幾名身穿便衣的警察，只能默默地目送彭啟城拿著一個白色的大布袋，走向電梯間。

「舒主任，我們該怎麼辦？」童瑤在確保彭啟城已經聽不到自己說話的前提下，向舒展顏請示下一步的行動命令。

「將目前參與外勤工作的人員全部撤走，換三到四名生面孔去跟蹤彭啟城，絕對不能讓他發現，我回頭在局裡找幾個能力出眾的同仁來輪崗……」舒展顏說著說著，發現這裡少了一個理應在現場的人，「路天峰他人呢？」

童瑤茫然地說：「啊？剛剛妳進入3850房間後，路天峰跟我說，他要去處理一些妳交待的事，然後就走了，我沒問他要去哪裡。」

「但我並沒有給他安排什麼工作啊？」舒展顏心裡暗叫糟糕，她深知路天峰的腦迴路異於常人，一旦跑出了自己的掌控範圍，就不知道會惹出什麼亂子來。

天啊，現在形勢已經夠混亂的了，拜託路天峰大哥你不要火上澆油。

舒展顏口袋裡已經關靜音的手機一直震動個不停，她終於覺得煩不勝煩，掏出來一看，乖乖，十幾通未接來電，而這時又有一個新的電話正在撥號過來。舒展顏依稀記得這是局長或者是副局長的辦公室電話，但現在自己根本沒空應付高層長官的「問候」，於是她只好假裝沒看見，把手機的震動提示也關掉後，塞入口袋最深處。

也正是這樣，舒展顏並未注意到那十幾通未接電話當中，有一通來自章之奇。

九月二十六日，下午三點十分

T城，華龍國際大飯店，一樓大廳。

彭啟城將油畫抱在胸前，腳步匆匆地走向酒店大門。這幾天以來，警方的保護人員雖然都穿著便衣，刻意隱藏身分，讓他無法確認誰是警察，誰是普通的路人，但他時不時就會覺得脖子後方陣陣發癢。

然而現在，彭啟城感應不到四周有任何異樣的目光，沒有人故意盯著他看，也沒有人故意迴避與他接觸，反倒讓他有點不習慣了。

被監視和保護太久的人，就會不習慣自由。

他突然又想到了自己的兩個女兒。

彭羽瑤對自己的恨意，會不會有一部分來自於他十多年來無微不至的保護？

彭啟城注意到酒店大廳處有一家旅行箱的專賣店，於是走進店裡，刷信用卡買了一個新的箱子，畢竟一路上拿著個碩大的洗衣袋也太過於搶眼了。一名女店員微笑著，熱情地替彭啟城挑選好箱子，填寫保固維修單，然後耐心地叮囑他要注意各種保養事項，彭啟城懶得再聽，塞給店員五十塊小費，那年輕的女孩臉上掛著微笑，安靜下來，眼睛卻忍不住瞄向彭啟城手中的袋子。

彭啟城將整個洗衣袋放進行李箱裡，然後鎖上箱子，他刻意選了個有密碼鎖的型號，雖說這種密碼鎖一砸就破，但總能給他一點心理安慰。

打點妥當一切之後，彭啟城拖著行李箱，走出酒店大門。大門處的計程車等候區內，停靠著一輛綠色的計程車，司機看到彭啟城拉著箱子走近，連忙打開車門下車，準備替他搬行李。彭啟城心想，這司機服務態度怎麼那麼好，難道是警方的人嗎？其實他絕對不相信舒展顏就這樣一口氣全撤掉所有警察，任由自己亂來，因此還是會處處小心。

眼前這名司機，穿著乾淨整潔的制服，衣領還是嶄新的，而且那麼熱情，看起來總是有點不對勁。

於是彭啟城笑著搖搖頭，表示自己不需要用車，然後拉著行李箱一直走出了酒店的計程車等候區，來到馬路旁。這時候，一輛橘紅色的計程車恰好在他前面約一百公尺處停靠讓客人下車，從後座走下來的乘客是一名打扮得體的女性上班族。

這輛剛剛做完生意的車子，不太可能是警察了吧？

彭啟城提起箱子，一路小跑上前，還生怕那輛計程車的司機沒注意到自己，邊跑邊揮著手。司機應該是在後視鏡裡看見了彭啟城，車子打著雙黃燈，停在路邊等候，但他可沒有跑下車幫彭啟城搬行李箱。

這才是這座城市的計程車司機應有的服務水準嘛。

彭啟城抱著行李箱，坐在車子的後座上，突然有種終於鬆了一口氣的感覺。在這車上，他就再也不怕有人監視著自己了。

他的身子往後靠著靠背，解開了襯衫最上面的那顆鈕釦，讓自己的呼吸更順暢一些，然後才對司機說：「去紅旗路的聯合購物中心。」

司機戴著一副碩大的墨鏡，脖子上掛著一條粗粗的金項鏈，還有淡淡的紋過身又被洗掉的痕跡，看起來有點像在社會上混的那種人。不過他的話不多，只是低低地嗯了一聲，打開計程跳表、開車。

隨著車窗外的風景不斷後退，彭啟城又想起了剛才自己看完立馬刪掉，不想讓警方發現的那封電子郵件。

「紅旗路，聯合購物中心，一樓儲物櫃，密碼467097，帶著畫。」

他知道這份語焉不詳的資訊就是綁匪對他提出的最新要求，如果想要救回彭羽瓊，他別無選擇。

九月二十六日，下午三點十八分

T城，紅旗路，聯合購物中心。

才上車沒幾分鐘，剛拐了兩個彎，計程車就慢慢地靠邊停了下來。彭啟城愕然，問道：「司機先生，怎麼回事？」

「到了。」司機頭也不回地說。

「啊？那麼近？」彭啟城也不熟悉T城的路況，根本不知道紅旗路在哪裡，更想不到離華龍國際大飯店只有不到兩公里的距離。

「是的，十塊錢，謝謝。」司機的聲音有點沙啞，語氣卻是波瀾不驚，彷彿根本不關心彭啟城為什麼要拿著個大箱子，叫了特意喊一輛計程車，但只跑了那麼一小段路。

彭啟城頓時覺得這司機挺可靠的，於是掏出皮夾，拿出一百塊現金遞給他：「司機先生，你能不能在這裡等我十五分鐘？」

「啥？我還得跑別的客人呢？」

「這裡有一百塊，你先收下了，要是十五分鐘後我沒回來，你可以拿著錢直接離開。如果我回來，就繼續搭你的車，這就當是預支車費了，可以嗎？」

司機似乎猶豫了一下，最後接過紙鈔，點頭同意。

彭啟城帶著箱子，下了計程車，他以前也看過一些關於綁架題材的電影和小說，知道綁匪經常會改變交易地點，以便擺脫警方的追蹤。所以綁匪和他約在人來人往的購物中心，還留下了一個儲物櫃的密碼，應該並不是要在這裡交易，而是想把什麼東西交給他。

他很快就在一樓服務台旁邊找到了那一整排藍色的儲物櫃，這個時間，購物中心裡的人很少，他左右張望了一下，沒有任何可疑人物，看不到像是警察的人，更看不到綁匪。

彭啟城用顫抖的手指，在觸控式螢幕上輸入了密碼。

467097。

滴滴滴——

隨著清脆悅耳的電子提示音，其中一個靠下方的儲物櫃門打開了。

一時之間，彭啟城竟然不敢去看櫃子裡到底有什麼，他就這樣呆呆地站在原地，一位打扮得花枝招展的大嬸路過，還好奇地瞄了他一眼，提醒道：「大哥，門開了。」

「嗯，我知道，謝謝妳。」彭啟城機械地答了一句，終於上前一步，微微彎腰低頭，看了一眼櫃子內部。他甚至做好了會看見一顆頭顱的心理準備，但實際上，櫃子裡面只放著一支手機，和兩條銀色的項鍊。

彭啟城將手機和項鍊拿到手中，才認出了那是女兒們在十八歲生日時，他親自挑選並送給她們的生日禮物，項鍊上還有一塊天然的紫水晶，而水晶的背後則是分別刻著「瓊」和「瑤」兩個字。如今兩條項鍊都回到了彭啟城手中，並且還相互打了一個死結，彼此緊緊纏繞在一起，彷彿預示著兩位女孩也將面臨無法避免的悲劇。

彭啟城張開嘴巴，深深地吸了一口氣，努力讓自己平靜下來，然後點擊了一下手機的螢幕。那是一支廉價的智慧型手機，沒有設置密碼，因此只要輕輕一觸螢幕，就直接進入操作介面了，而手機上原有的各種應用軟體被刪除得乾乾淨淨，唯獨留下一個應用程式的圖示，放在螢幕的正中央。

這是個彭啟城從來沒有聽過的軟體，圖示也很奇怪，像是一隻綠色的土撥鼠在打電話，但土撥鼠為什麼是綠色的，它又為什麼會在打電話，就令人完全無法理解了。

反正無論如何，他也只能點擊打開這個軟體。

一段土撥鼠跳來跳去怪異動畫播放結束後，軟體的主介面出來了，原來這是一個網路電話軟體，看起來功能也很簡單，通訊錄、撥號、錄音、註冊登錄之類的，而通訊錄裡面孤零零地只有一個聯絡人名稱：女兒。

彭啟城覺得自己的額頭在冒汗，但手心卻是冷的。

他戰戰兢兢地點擊了「女兒」二字，軟體立即開始撥號。當然了，軟體正在撥打的號碼並不是彭羽瓊或彭羽瑤的手機號碼，而是一個虛擬的網路電話號碼。

幾秒後，電話接通了。

「你好啊，彭老師。」對方使用了變聲器，還故意設置成甜美可愛的蘿莉音，讓人聽起來倍感顫慄不安。

「你到底想怎麼樣？」彭啟城努力抑制住內心的激動和厭惡情緒。

「那幅畫，你帶在身上嗎？」

「當然。」彭啟城左右張望了一下，並沒有任何人注意著自己的舉動，難道綁匪並不在場？

「很好，帶著畫，十五分鐘之內趕到和平廣場，然後等我的下一步指示。」

「但我不會——」彭啟城想告訴對方自己不會開車，然而電話已經掛斷了。

可惡！彭啟城狠狠地跺了跺腳，抱著箱子轉身就往門外跑。

來時乘坐的那輛計程車還乖乖停在原地，司機正在百無聊賴地玩著手機，彭啟城一個箭步衝上車，身子還沒坐穩，目的地就已經脫口而出。

「去和平廣場，快！」

司機二話不說，手機往副駕駛座一扔，吹了一下口哨，車子如同脫韁野馬一般加速疾馳而去。

「司機先生，到和平廣場要多久？」彭啟城憂心忡忡地問。

「看誰來開車吧，如果是我，十分鐘差不多了。」

彭啟城的臉色變得煞白，這並不是因為司機將車速提升到接近極限了，而是因為司機的聲音變了，變成一個他認識的人。

司機身上的金項鍊和洗掉紋身的痕跡也全都不見了，現在開車的人，是路天峰。

「路警官，你為什麼會在這裡？」

「跟蹤的技巧有很多，我來不及為彭老師一一介紹了，現在請告訴我，綁匪的要求是什麼？」

彭啟城沉默片刻，最後還是老老實實地說：「十五分鐘之內趕到和平廣場。」

「很好，除了我之外，沒幾個人能把車子在不驚動交警的前提下開得那麼快。」路天峰說罷，又加速衝過了一個即將轉為紅燈的路口。

「但我已經要求警方人員全部撤離……」

「哈，忘記告訴你，我已經辭職了，所以我現在並不是警察，而只是一個好心送你一程的司機罷了。」路天峰說話間，車子仍然靈巧地左穿右插著，速度竟然不見減慢多少。

「辭職？什麼時候的事情？」

「就現在。」路天峰說完，將自己的警察證件從車窗處扔了出去。

九月二十六日，下午三點二十五分

T城，「鯨魚」專案組，行動指揮中心。

「舒主任，路天峰傳回資訊，現在他和彭啟城正在趕往和平廣場。」

「計程車的車牌是66A02。」

「通知交警控制中心，幫它一路開綠燈。」舒展顏下令。

「舒主任，需要派出增援嗎？」

「不，保持距離，密切關注，不要接近這輛車。」舒展顏立即否決了下屬接近車子的提案。現在她無法掌握路天峰和彭啟城的動態，但既然車子還在全速前進，起碼證明車上的兩人沒有鬧翻，甚至還達成了某種同盟關係。

她不希望任何人或任何事打破這種脆弱的平衡。

「舒主任，有另外的事情想跟您彙報。」說話的是童瑤，她剛剛接聽完來自黃萱萱的電話，腦袋裡還在努力消化從D城傳過來的最新訊息，「黃萱萱和章之奇去D城大學調查，發現本案之中有一名涉案人，在此之前就與嫌犯之一陳諾蘭相互認識。」

「是誰？」

「D城 397 藝術工作室的負責人，方嘉筠，她與陳諾蘭是高中同班同學。」

舒展顏眼睛一亮，不得不暗暗感歎，如果沒有路天峰的神來之筆，將失蹤多年的陳諾蘭列入嫌犯名單，根本不可能發現這條人際關係線。

「彭家姊妹失蹤之前，曾經去過這家工作室，對嗎？」

童瑤點點頭：「是的，現在我們懷疑方嘉筠有涉案的可能，請主任指示。」

這案件原本是由D城警察局負責的，童瑤自己就可以下令抓人或封鎖工作室進行搜查，但現在事態升級了，如果沒有舒展顏首肯，童瑤絕對不敢輕舉妄動。

「讓黃萱萱和章之奇過去問個話，不要那麼正式，不要提及陳諾蘭的名字，旁敲側擊一下，看看她有什麼反應。然後請資料中心的同事將關於方嘉筠和 397 藝術工作室的相關資料全部調出來，重點篩查方嘉筠有沒有跟國外的公司或人密切來往。」

「明白！」童瑤應道。

舒展顏的目光重新投向眼前的螢幕，螢幕上有一個小紅點，是透過計程車公司獲取的即時位置，能看到路天峰和彭啟城馬上就要到和平廣場了。

但就在這時候，車子突然提前拐了個彎，奔往另外一個方向。

「怎麼回事？」舒展顏問。

「嗯，暫時不知道，似乎是更改了路線，有可能是收到了綁匪的最新指示。」

「能想辦法查到彭啟城現在使用的手機號碼嗎？」舒展顏認為，綁匪一定正在打電話給彭啟城，但彭啟城的手機定位卻留在了和平廣場附近，應該是他原來用的手機照綁匪的要求扔掉了。

一陣沉默後，一名專精於訊號跟蹤技術的同事答道：「在市區太難確定他的號碼了，唯一的辦法是讓車上的路警官問一下彭啟城，然後告訴我們……」

「那就免了，彭啟城不會說的，別影響了路天峰工作。」

又是一陣不合時宜的沉默，然後終於一名女警察開口打破了寂靜，「舒主任，我們就這樣什麼都不做，把寶全部押在路天峰一個人身上嗎？」

舒展顏看了說話的那名同事一眼，是個年輕的，剛畢業不到一年的女生，負責後勤調度工作，所以她也許不太能理解現在的局勢到底有多麼微妙。

「我們並不是什麼都不做，我們需要做的事情非常重要，那就是——」舒展顏停頓了一下，指了指自己的腦袋，「思考。思考『鯨魚』的真正目標，思考她的下一步行動，思考應該怎麼樣才能抓住她。如果一直跟在她身後跑，我們永遠追不上她。」

眾人默不作聲，陷入了深思之中。

「路天峰那邊有最新情況嗎？」

「剛剛傳來的消息，他們要去鳳落山。」

T城三面環山，其中鳳落山是T城最高峰所在之處，也是這座城市最著名的景點之一。然而鳳落山地廣人稀，除了已經開發為風景區的部分之外，還有許多未經開發的野山林，但如果在這種地方交易贖金，綁匪自身也極難逃脫，她該不會想憑藉野外逃生技巧，橫穿深山大林吧？這種做法根本不像是「鯨魚」的一貫作風。

但「鯨魚」這步棋卻帶來了另一個煩惱，計程車進入山區之後，就沒辦法透過城市天眼系統或者交警控制中心的監控系統來即時掌握車輛位置了，如果要想繼續跟蹤，派出直升機雖然看得清楚，可是太過明顯，要是派人或者車貼身追蹤，同樣很容易暴露行蹤。

這時候他們真的只能寄望路天峰一個人了，然而路天峰目前的身分只是一名計程車司機，如果等下綁匪讓他靠邊停車，要求彭啟城獨自行動，那就徹底沒轍了。

怎麼辦？放棄跟蹤是不可能的，但貿然派人跟上去實在太容易被綁匪發現，風險同樣極高。

「通知鳳落山派出所，隨時準備封鎖整個風景區，然後隨便找個藉口，逐步疏散景區內的遊客。」

舒展顏知道，她不可能迴避所有風險，只能放手一搏。

「舒主任，如果要封山，影響的層面會非常大……」

「將陳諾蘭的照片發下去，技術部門連線到景區監控系統，尋找符合這個相貌特徵的女子，然後把我們能夠派遣的人手全部派出去，用肉眼排查。」

一旁的童瑤聽到這個指示，都快驚呆了，這幾乎等於是不計任何後果的孤注一擲，如果路天峰的猜想有誤，整個案件就會走上完全錯誤的方向，導致最終徹底崩盤，再也沒有找出綁匪的可能性。

「童警官，我大概知道妳在想什麼。」舒展顏看著童瑤，眼中彷彿看見了幾年前的自己，不由得輕輕歎了一口氣，「妳有沒有想過，我們為什麼好幾次都抓不到『鯨魚』？」

童瑤搖搖頭，要是她知道答案，早就說出來了。

「因為我們的思路太過循規蹈矩，全部都按照既定流程辦案，所以『鯨魚』能對我們的一切行動有所準備，甚至說得更極端一點，是瞭若指掌，我們根本不可能抓得住她。」

舒展顏拍了拍童瑤的肩膀，沉重地說：「總要有人踏出這一步，打破常規的辦案思路，才有機會抓住她的破綻。但我承認，這就是一場賭博，至少我願意承擔這個責任和後果，如果最終結果是我失敗了，我希望繼任者也有同樣的勇氣。」

童瑤似乎被舒展顏的語氣所感染了，情不自禁地點了點頭。

舒展顏繼續說：「要讓『鯨魚』知道，並不是每個警察都會因為擔心丟掉工作，而不敢越雷池半步的。」

就像是為了證明舒展顏的這句話似的，前線傳回了最新消息，「在馬路邊上撿到了路天峰的警察證件，應該是他主動扔出車外的。」

舒展顏笑著看了童瑤一眼，童瑤彷彿也讀懂了那句並沒有說出口的話。

「妳看，破釜沉舟的人並非只有我一個。」

九月二十六日，下午三點三十分

D城，397藝術工作室。

在趕來這裡的路上，黃萱萱已經查到了關於方嘉筠和陳諾蘭的情況，她們確實曾經是第九中學的高三同班同學，兩人之間至少是認識的，但私下關係好不好就暫時不知道。

章之奇聳聳肩，輕鬆地說：「別打電話東問西問了，我們直接問當事人不就行了嗎？」

說話間，他們已經來到了397藝術工作室門外。奇怪的是，現在理應是開門營業的時間，但別墅一樓的大門卻緊閉著，門外掛著一塊木牌，用藝術字體寫著：

「佛系營業，隨時外出采風，見諒。」

下面還寫著一串數字，章之奇比對了一下自己的手機通訊錄，確定那正是方嘉筠的電話號碼。

「真的那麼巧嗎？我們一來，她就外出了？」

黃萱萱撥通了方嘉筠的手機，卻一直處於無人接聽狀態。

「她沒接電話。」

「如果她心裡有鬼，當然不會接聽陌生號碼的來電。」章之奇仔細觀察著大門上的門鎖，「嗯，這種鎖挺容易撬開的……」

「章之奇你可別亂來，現在你畢竟頂著警方特聘調查員的頭銜，不可以幹這種違法犯罪的事情。」

「我現在懷疑彭羽瓊藏在這棟別墅裡，申請緊急搜查令。」

黃萱萱哭笑不得地說：「拜託，你就算想找藉口也得找個合理一點的啊，彭羽瓊——」

「噓，安靜。」章之奇的神色突然一變，黃萱萱頓時感受到一股緊張的氣息。

章之奇的眼睛緊貼大門上的玻璃，觀察著別墅內部玄關處的狀況，連連皺眉。

「怎麼啦？」

「別墅內部有點不一樣了，但我說不出是哪不一樣。」

「你來過這裡？」黃萱萱問。

「是呀，今天一大早，和峰哥一起過來調查。」

聽到路天峰的名字，黃萱萱的臉上閃過一絲不快，但很快就消失了。

「查出什麼了嗎？」

「沒有，我拿走了別墅裡的監視器記錄，想看看案發當天有無異常狀況，然而那一天的錄影卻被人用高超的技巧徹底清除了——」

章之奇說到這裡，眼珠骨碌骨碌地轉得飛快，然後恍然大悟地打了個響指，「我知道差異之處到底在哪裡了！」

「說吧，別賣關子。」

「是玄關裡的畫。」章之奇看得清清楚楚，現在玄關處並沒有掛著畫，「今天早上那地方是掛著一幅畫的，是方嘉筠臨摹彭啟城的名作，號稱成交價有望過億的那幅油畫，《傳說》。」

「只是原作過億而已，臨摹的搞不好就值幾百塊。」黃萱萱並不覺得這是一條關鍵線索。

但章之奇可不這樣認為，「方嘉筠失聯的時機過於巧合，我不相信她跟案件無關，而如果她真的涉案，那麼她帶走那幅畫就顯得十分可疑了。」

章之奇說著，已經彎腰在地上撿起了一塊石頭。

「喂，你真的要在警察面前做這種事嗎？」

「嫂子，我建議妳轉過頭去。」章之奇不等黃萱萱回答，就舉起石頭，砸破了門上的玻璃，準備穿過破洞伸手進去開門。

「等一下！」黃萱萱攔住了章之奇，「再把洞口砸大一點吧，免得受傷。」

章之奇先是一愣，然後笑了起來，看來和路天峰朝夕相處的人，果然還是會或多或少受到他的影響。

章之奇將玻璃洞口再砸大了一些，輕鬆地將手伸進去，從內打開了門鎖。幸好這屋子沒有安裝保全系統，由此可見裡面也應該沒有太值錢的東西。

兩人並肩進入屋子，黃萱萱出於職業習慣，一邊留意著腳下，小心翼翼地走路，一邊拿出兩雙橡膠手套，自己戴上一雙，另外一雙遞給章之奇。

「小心點，不要破壞現場。」

「知道了。」

章之奇走到玄關的牆邊，仔細地觀察著牆上的細節。由於長期掛畫的緣故，畫框與牆壁接觸的地方會產生一道淡淡的擦痕，然而章之奇估算了一下擦痕的尺寸，臉色變得微妙起來。

「看這痕跡，應該比我們今天早上看到的那幅畫的尺寸要大一圈。」

「這意味著你們當時看見的那幅畫，並不是長期掛在這裡的，而是臨時換上去的？」

章之奇將臉貼近牆壁，換了個角度觀察，說：「是的，牆上並未形成新的擦痕，證明新的那幅畫掛上去的時間還很短，可能就只掛了幾天。」

「為什麼會這樣呢？」

這問題可把章之奇難倒了，有可能只是正常的畫作更替，舊的那幅賣出去或者拿走了，就換上一幅新的，但真的會巧合到這個程度嗎？

新近才掛在這裡的臨摹畫作，到底有什麼作用呢？

章之奇拍了拍腦袋，大叫道：「對了，今天彭啟城根據綁匪的指示前往T城，是不是隨身帶著那幅《傳說》？」

「嗯，沒錯。」黃萱萱也懶得跟他計較偷看警方內部資訊的罪名了。

「妳說會不會是陳諾蘭把方嘉筠叫去T城了，然後想辦法狸貓換太子，把真畫跟假畫對調？警方一直覺得今晚的拍賣會才是重點，實際上綁匪是想透過另外一種形式進行交易。」

黃萱萱立即請同事去查核一下有沒有方嘉筠購買機票或火車票前往T城的資訊，但即使查不到飛機和鐵路的購票記錄，也萬萬不可掉以輕心，畢竟T城離D城並不遠，開車走高速公路，兩個多小時就能趕到。

現在方嘉筠名下的那輛車，並沒有停在工作室的車庫裡。

急急忙忙打了好幾個電話後，黃萱萱終於想起應該向身處T城的童瑤彙報一下這邊的最新情況。於是她再次撥通了童瑤的手機。

九月二十六日，下午三點三十六分

T城，鳳落山風景區。

計程車進入鳳落山之後，彭啟城就顯得格外緊張，這裡雖說是旅遊景點，但地廣人稀，萬一綁匪從一旁衝出來攔下車子，動手搶畫甚至殺人，他真的是只能任人魚肉了。

幸運的是，綁匪似乎不打算暴力搶奪行李箱，彭啟城接到的最後一通電話，是要他前往鳳落山觀光纜車的起點處，買一張票坐纜車上山。

「路警官，綁匪說了，我一個人，買一張票上山。」

「放心吧，我不會跟上去添亂的。」

「那……謝謝你送我過來了。」彭啟城抱起箱子，向路天峰點頭致謝。

「不客氣，彭老師，請給一百三十塊錢，這是司機應得的報酬，晚點我還得把錢交給他呢。」

彭啟城愕然，都什麼時候了，路天峰居然還惦記著收車費。他勉強笑了笑，從皮夾裡掏出兩百塊，遞給路天峰。

說來也奇怪，路天峰突然插話要收錢，似乎讓彭啟城內心那根緊繃到極致的弦放鬆了不少。他下車的時候步伐輕盈，提著箱子走向售票處。

要是遇到連假或週末假日，鳳落山的觀光纜車生意還是蠻火爆的，有時需要排隊一小時以上，每節纜車車廂可以坐八個人，也擠得滿滿當當。但今天畢竟不是週末，加上這時段下山的遊客比較多，上山的遊客很少了，所以當彭啟城買了纜車票之後，甚至可以一個人包下一整節車廂。

一個人獨處，他終於又能鬆口氣了，纜車運行全程二十分鐘，中途完全不停靠，因此至少在這二十分鐘之內，他和他的作品都是絕對安全的。

但綁匪到底想在哪裡交易呢？

纜車抵達山頂之後，綁匪即使拿到了畫，也很難脫身吧……彭啟城正在胡思亂想之際，綁匪交給他的手機突然響了起來。

「是我，我已經上纜車了。」

甜得發膩的蘿莉音傳來：「很好呀，畫還帶著嗎？」

「當然，我到山頂之後，怎麼聯繫你？」

「別慌，你不用聯繫我，等我聯繫你就可以了。」

「千萬不要——」

嘟嘟嘟，電話被粗暴地掛斷了。

千萬不要再傷害我的女兒了。彭啟城頹然地坐在纜車座位上，悲從中來，忍不住又哭了起來。

同一時刻，在纜車起點附近的停車場處，路天峰坐在計程車的駕駛座上，遠遠地觀察著購票登山的遊客，打量著每一個登上纜車的人，看他們到底有沒有可疑之處。

幾名結伴出遊的大學生。

卿卿我我的情侶。

背著專業攝影器材的中老年攝影愛好者。

金髮碧眼的外國人旅遊團。

這個時段上山的遊客稀少，因此路天峰可以逐一認真地觀察和分析，但他得出的結論是，沒有可疑人物。

相信在纜車終點處，鳳落山山頂一帶肯定已經布署好警力了，即使「鯨魚」有三頭六臂，也不應該選擇在這種地方進行贖金交易。

更何況這次進行交易的物品是一幅油畫，畫作是一種特殊商品，其來源的正當性非常重要，雖然說彭啟城的《傳說》拍賣價格可能會超過一個億，但這是在合法管道交易的前提下；如果這幅畫成了綁架案的贖金交易品，那麼任何一家正規的拍賣行都不願意對此進行拍賣，而在畫作無法經由正規管道賣出去的情況下，這幅畫無論估價是一個億還是十個億，都沒有任何意義。

「鯨魚」一向很聰明，從來不做多餘的事情，也總是會選擇最明智的一步棋來走。但鳳落山的這一步，確實是莫名其妙。

除非——這只是「鯨魚」聲東擊西的戰術。

她真正的目的並不是要在鳳落山拿到《傳說》，而是別的東西。

某一件警方完全忽略了的，但極其重要的東西。

那到底是什麼呢？

路天峰只覺得太陽穴隱隱作痛，他惦記著A世界的情況，真不知道為什麼自己那麼久都沒能切換回去。總不會是永遠回不去了吧？

就在路天峰閉上眼睛，用大拇指輕輕按摩著自己的太陽穴時，計程車的後門被打開了。

一陣輕風，帶著一種奇特而淡淡的清香。

路天峰以為是有乘客自顧自地上車，正想回頭解釋一句自己這輛車暫時不營業，卻在後視鏡裡面看到一個令他震驚的人。

那個曾經令他朝思暮想，夢魂縈繞的人。

那個在A世界是天使，而在B世界是魔鬼的人。

陳諾蘭。

那一瞬間，路天峰突然想到剛才那個問題的答案。

綁匪真正的目標，不是彭啟城，不是那幅畫，而是他。

可惜瞬間太過短暫，路天峰還沒來得及做任何反應，就覺得後背被什麼東西重重刺了一下，整個人眼前一黑，向前一撲，腦袋撞在方向盤上。

他頭暈眼花，右手下意識地想去摸口袋裡的手機，但緊接著，腰間又傳來了劇烈的刺痛。

這一次，路天峰完全失去了反抗的力氣，渾身軟綿綿地暈厥過去。

「歡迎你啊，來自另外一個世界的使者。」陳諾蘭手裡拿著電擊器，笑咪咪地說，根本不在乎路天峰到底還能不能聽見自己所說的話。

九月二十六日，下午三點四十二分

T城，「鯨魚」專案組，行動指揮中心。

「報告主任，路天峰失去了聯絡。」剛才質疑路天峰的那位年輕女警察彙報道。

舒展顏神色凝重地問：「怎麼回事？那輛計程車的定位呢？」

「根據計程車公司提供的定位資料，雖然可能不太準確，但可以推測車子應該停靠在鳳落山觀光纜車的起點站附近，而根據景區管理公司提供的監視錄影顯示，彭啟城在三分鐘前買票進站，登上了前往山頂的纜車。」

「照道理說，這時路天峰已經完全沒有任何顧忌，可以直接跟我們聯繫了，但他卻沒有打電話回來？」舒展顏有種預感，這不是路天峰的辦事風格，如果他失去聯絡，很可能是遇到了另外的特殊情況。

「是的，我們打過去的電話，他也沒接。」

「那附近還有監視器嗎？」舒展顏問。

「在停車場的出入口附近有一個，但清晰度不太夠，可以勉強辨認出目標車輛進入了停車場，應該還沒有出來。」

舒展顏的眉頭緊鎖，越發覺得不安，「那附近有人可以過去支援一下嗎？我們的車子還有多久可以到？」

「報告主任，附近的警方人員正在趕往現場，預計五分鐘內抵達停車場，而我們的車子也將在十分鐘之後抵達。」

「彭啟城呢？」舒展顏又問。

「如無意外，彭啟城所乘坐的那節纜車將會在下午四點零一分抵達山頂的終點站，根據工作人員的提供的資訊，該節纜車上只有彭啟城一個人。」

纜車上沒有監視器，彭啟城現在完全消失在世人的視線之中。

「密切注意。在景區內有發現疑似陳諾蘭的人物出現嗎？」

眾人搖搖頭，當然沒有，如果有的話，早就第一時間跟上頭報告了。

然而舒展顏的內心依然忐忑不安，尤其是剛才，在D城的章之奇和黃萱萱傳回來的最新消息表示，與案件有千絲萬縷關聯的畫室老闆方嘉筠帶著一幅臨摹得幾乎可以亂真的《傳說》不知所蹤，這段小插曲到底和贖金交付有沒有關聯，真讓人完全猜不透。

前線警察終於趕到了停車場，並且很快就發現了路天峰開過去的那輛計程車，但據現場人員回報，車上並沒有人。

路天峰不知所蹤，而他的手機則留在計程車的副駕駛座上。計程車的引擎已經熄火，但鑰匙就放在儀錶板處。

「立即封鎖鳳落山景區的所有出入口。」舒展顏毫不猶豫地下令，「徹查所有離開景區的車輛，確保路天峰不在車上方可放行。」

童瑤憂心忡忡地問：「舒主任，我覺得路天峰不可能無緣無故失聯的，他會不會是發現了『鯨魚』的行蹤。」

「我不知道，但如果路天峰發現目標，更應該第一時間向我們彙報。」舒展顏沉聲說道：「現在我擔心是更糟糕的情況。」

「什麼情況？」

「路天峰沒有發現『鯨魚』，卻被『鯨魚』發現了。」

舒展顏的心底浮現一個非常大膽的猜想——「鯨魚」三番兩次折騰那麼多，真正的目標可能並不是要拿錢或者拿畫，甚至連彭啟城都不是她盯上的獵物。

真正的獵物是路天峰。

如果這才是真相，那麼舒展顏無疑就是推波助瀾，將路天峰帶入萬劫不復之地的那個人。舒展顏從讀大學起就潛心鑽研心理學，多年來在警隊內部也經歷過好幾起轟動全國的重大案件，各類驃悍歹徒都接觸過，可謂見慣大風大浪的人，但她從來沒有像今天一樣，內心充滿挫敗感。

但即使註定要輸，她也得盡力拚搏到最後一刻。

「立即以停車場為圓心，對周邊區域進行地毯式搜索。如果人手不夠，向局長申請要人，將附近幾個派出所的警力調過來幫忙。」

舒展顏非常清楚，找出路天峰的下落，是她能夠翻盤的唯一希望。

九月二十六日，？？？

未知地點。

在劇烈的顛簸之中，路天峰驚醒過來。霎時間，他不知道自己身處何地，眼前一片黑暗，伸手不見五指，只聞到一股樹葉腐爛的氣息。這是個極其狹小的空間，他的手腳蜷縮成團，根本無法伸展開來。

但顛簸還在繼續，簡直比雲霄飛車還要厲害，震得路天峰的五臟六腑都要裂開一樣，他感覺要是再繼續震動兩分鐘，自己就要像武俠小說裡頭描寫的那樣，「身受內傷，吐血而亡」了。

還好，在路天峰的身體抵達承受極限之前，顛簸和震動終於停息下來了。

因為慣性的緣故，路天峰向前傾倒，連同「房子」一起摔倒在地。有什麼東西被打開了，路天峰翻滾著，從一個大號的籮筐之中爬出來，回頭一看，才知道剛剛發生了什麼——

有人將他塞進裝滿落葉的籮筐裡頭，透過一台簡易的滑輪車，順著「軌道」下滑了好一段路程，從剛才的停車場到了現在所在的垃圾回收站。

至於那條「軌道」，其實是兩根粗大的水管，鳳落山的各處設施，就是靠著這些水管輸送自來水的。到底是誰，能夠想到利用這些水管加上滑輪車來搬運一個成年男人，而且還剛好能夠躲開山上為數不多的監視器鏡頭？

路天峰的腦袋還是昏昏沉沉的，他不知道自己在暈過去之前，到底有沒有認錯人。

他用力眨了眨眼，看清楚了站在幾公尺開外的那個女人的容貌。

確實沒認錯，她就是陳諾蘭，或者準確一點，可以稱她為陳諾蘭B。

陳諾蘭的身旁站著一個身材高大的男人，身穿清潔隊員制服，身高起碼有一百九十公分，手臂粗壯得像根小樹幹，加上他手中拿著的一把大號扳手，足以讓路天峰徹底打消逃跑或者抵抗的愚蠢念頭。

「路警官，交通條件有限，這一路上辛苦你了。」陳諾蘭的聲音跟A世界的她幾乎一模一樣，幽幽的，帶著一股清涼和溫柔。

路天峰剛想開口，胃裡突然湧起一陣泛酸的感覺，差點吐了出來，幸虧他還能拚命地調整著自己的呼吸，強壓住身體的不適。

「沒關係的，你還能再歇一分鐘。」陳諾蘭微微一笑，她應該也是順著水管從高處滑到這裡的，但精神狀態明顯要比路天峰好一大截。

「妳就是綁匪嗎？妳到底想幹嘛？」路天峰終於能夠正常說話了，只是聲音聽起來難免有點中氣不足。

「路警官跟我之間，應該還有更重要的話題需要溝通吧？」陳諾蘭向同伴使了個眼色，那個高大男人上前一步，伸手搭住了路天峰的肩膀。

他看起來根本沒有發力，只是輕鬆隨意地搭了個肩膀，但對路天峰而言，已經感覺到一套精鋼打造的枷鎖緊緊扣住了自己。

果然，不和這傢伙正面對抗才是明智的選擇。

「上車吧！」那男人粗魯地喝道，推搡著路天峰走向旁邊的一輛垃圾車。

「我們要去哪？」路天峰問陳諾蘭，因為他知道她才是做決定的那個人。

「找個環境好一點的地方，聊聊天。」

「彭啟城的那幅《傳說》呢？難道妳就這樣白白放過價值一億的名畫？」路天峰知道，每一次主動發問，都能讓形勢往對自己有利的方向上靠近一點點。

觀光纜車的起點站在鳳落山的半山腰處，而現在彭啟城坐纜車往上走了一大段路，他們則順著水管往下滑了好一段距離，兩者之間是越來越遠了。就算陳諾蘭有天大的本領，也不可能相隔著上千公尺的海拔高度，完成贖金交付吧？

「我什麼時候說過要他手上那幅垃圾？」陳諾蘭故作驚訝地瞪大了眼睛，「路警官，我們還是別磨蹭了，警察發現這條『雲霄飛車』路線，大概只需要十到十五分鐘，趕緊出發吧。」

路天峰暗暗吃驚，看來陳諾蘭對警察辦案的流程非常瞭解，因此對工作效率的預估也八九不離十，這樣的對手實在很難應付。

「陳小姐，妳不至於要我跟這些垃圾坐在一塊吧？」路天峰想起剛才那股腐葉的味道，總比各種垃圾混雜的味道要好聞一些。

「不是我們，只需要你一個人委屈一下就好。」

「但是——」路天峰話音未落，電擊器已經擊中了他的後腰。

他翻起白眼，倒在那個高大男人的懷裡。

「搬上車，立即離開。」陳諾蘭向男人下令。

「明白。」男人點點頭，先將路天峰塞到其中一個空的垃圾桶內，然後迅速跳上了垃圾運輸車的駕駛座，陳諾蘭則從副駕駛座的一側上車。

橘紅色垃圾車的引擎轟鳴起來，屁股後方噴著一道黑煙，吭哧吭哧地出發了。

與此同時，舒展顏和童瑤才剛剛趕到她們的目的地。

九月二十六日，下午三點五十二分

T城，鳳落山風景區，觀光纜車起點站旁，停車場。

行動指揮車一個急煞車，直接停在了路天峰開來的那輛計程車旁邊，舒展顏第一個跳下車，看到已經有幾名便衣警察圍著計程車細細地檢查著。

「發現什麼了嗎？」舒展顏問。

一名便衣答道：「還沒有。」

「幹嘛都圍著車子打轉，四周看看有沒有可疑情況吧。」此刻的舒展顏難免有點心浮氣躁，她已經注意到，如果想要駕車離開停車場，必須經過路邊的監視器；然而這個露天停車場四周是用高度約三十公分左右的花壇作為分隔，雖然能擋住汽車，但是卻擋不住人，只要輕輕一跨就能跳出停車場的範圍，從監視器看不到的死角施施然地離去。

如果路天峰是自行離開的，真不知道去哪裡找他了。但如果他是被劫持走的，那麼對方至少要用某種交通工具吧？

童瑤已經跟總部的同事通過電話，今天停車場出入的車輛稀少，自從路天峰駕駛計程車進來之後，根本沒有車子出去過，所以連排查工作都可以省下了。

「找一下附近的足跡，我不相信路天峰會拋下我們單獨行動。」舒展顏說。

童瑤等人紛紛四散開來，認真地辨別地面上的腳印和痕跡，但老實說，這裡是最普通的砂石混雜泥土地面，加上天氣乾燥沒下雨，足跡非常難以辨認。

童瑤把腰彎得很低，臉都快要貼在地面上了。功夫不負有心人，終於讓她看到了一道隱隱約約的車輪印記，而且從寬度來看，應該是自行車或者手推車。

「舒主任，看這裡，有一條很窄的車輪印。」

舒展顏也幾乎趴到地上去觀察印記，確實很淺，而且斷斷續續的，但可以肯定不是汽車或者摩托車，而是更窄的輪子。奇怪的是，印記往山崖邊的方向延伸過去，總不可能帶著小車爬山吧？

舒展顏和童瑤一同走到山崖邊，往下一看，這裡下去的坡度不算十分陡峭，但雜草叢生，亂石處處，就算是最頂級的山地自行車也絕不可能走這個山坡下去，但是——

「那裡有一條小道？」舒展顏指著不遠處，問道。

「應該是維護水管的工人留下來的工作小徑，順著水管一直往下……啊，水管！」童瑤突然反應過來了，「車子有沒有可能是沿著這條水管往下推的呢？」

「理論上是可以的，但誰會想出這樣的辦法啊，真是名副其實的『雲霄飛車』……」舒展顏說著說著，聲音漸漸變低，臉色也沉了下去。

還有誰呢，每一次都能夠異想天開，從警方的思維盲點下手，連續多次犯案成功的那位天才型犯罪者。

至今無法確認身分和性別的那個人。

鯨魚。

「難道『鯨魚』並沒有上山跟彭啟城交易嗎？」童瑤有點無法相信。

「又或者，還有好幾位同夥分頭行動。」舒展顏咬了咬嘴唇，說：「兩頭都要抓緊，山頂的弟兄們給我盯緊彭啟城了，然後我們順著這條水管和小路，去看看下面到底是什麼情況。」

頭頂上傳來了直升機的螺旋槳聲響，警方的全面搜索已經展開。

而正在一步一步小心翼翼往下爬的舒展顏，只希望自己能夠走得快一點，再快一點。

九月二十六日，下午四點
城際高速公路，紅街服務區。

余勇生原本是駕車前往T城支援的，正好黃萱萱這邊想要盤查一輛小汽車，而交警部門提供的資訊顯示，那輛車子大半小時前進入了紅街服務區，因此余勇生就臨時更改了自己的計畫，直接將警車駛入了服務區。

進入服務區之前，余勇生關掉了警笛，以免打草驚蛇。

黃萱萱請他查的是一輛紅色小轎車，車主為397藝術工作室的老闆方嘉筠，余勇生看了看傳過來的照片，這女人看起來頗為年輕，可能不到三十歲，長得也不錯，有種藝術家特有的恬靜和溫雅。但她目前的身分可是涉案嫌犯。

余勇生知道，有些女性嫌犯雖然看起來楚楚可憐，弱不禁風，但要是因此而掉以輕心，隨時會吃大虧的。

他小心翼翼地將警車開到服務區停車場的僻靜角落處，免得引來太多路人圍觀，沒想到這角落裡還停著另外一輛紅色的車子，一看車牌號碼，恰好就是方嘉筠的車。

正常人在高速公路服務區停車時，都會盡量停靠在離餐廳或洗手間最近的位置，而這個角落是在春節等車流量高峰期才會有人停泊的位置，所以余勇生一看就知道事情不對勁。加上交警部門說方嘉筠三點多就進了服務區，這服務區除了餐廳、加油站和洗手間之外就沒有任何其他設施了，她為什麼能在這逗留大半個小時？

難道她要在這裡跟某個人接頭？

然而現在紅色轎車裡頭並沒有人，余勇生走上前，嘗試打開車門，是上鎖的。他探頭看了看車內，沒有什麼異常之處，前座和後座上都沒有袋子、箱子或大件物品。

黃萱萱說過，方嘉筠可能是帶著一幅油畫離開D城的，要特別留意，但他現在卻沒看到什麼可疑物品。

余勇生的舉動大概是被停車場內的監視器拍到了，有一名身穿保全制服的年輕男人急匆匆地走了過來，問道：「這位警官，有什麼事情嗎？」

余勇生穿的是便服，證明保全人員一直注意著監視器畫面，有看到他從警車下來。

「這輛車的司機是個女生，你有注意到嗎？」

保全人員搖搖頭，「抱歉，沒留意哦。」

「那這個人你見過嗎？」余勇生拿出方嘉筠的照片請保全人員看了看。

保全人員仔細看了看，繼續搖頭，「沒印象哦，我們這每天客流量那麼大，如果旅客沒發生什麼特別的事，我通常不會記得。」

「我剛才把警車開進停車場時，你一直注意著我吧？那麼有沒有注意過這輛紅色轎車呢？大概是在三點之後才開進來的。」

保全人員撓了撓頭，有點不好意思地說：「畢竟警車還是很搶眼的嘛，至於這輛紅色的車子，雖然停靠得離餐廳那麼遠是有點奇怪，但我也沒想太多，所以真沒有注意到司機的樣子哦。」

余勇生繞著方嘉筠的車子轉了一圈，最後還是決定用技巧打開門鎖，然後檢查車內和後車箱。並沒有發現任何大件物品，那幅油畫不在車上。

所以，方嘉筠應該是把畫帶走了。

余勇生突然想起了另外一件事，連忙問保全人員：「你們這路過停靠休息的長途客運車多嗎？」

「呃，怎麼說呢，多倒不算多，每小時二、三十輛還是有的……」

「將今天三點鐘之後，曾經進入這個服務區，然後開往T城的所有客運車班次，都幫我找出來，可以嗎？」

保全人員聽到這個要求，先是一愣，然後笑了，「啊，這個事情倒沒那麼複雜，會路過我們這裡，然後又開往T城的長途客運都是同一家公司的，他們最近把車身全部塗成了閃亮的紫紅色，特別顯眼。」

「所以呢？」

「所以如果我沒記錯，今天下午三點之後，只有一輛紫紅色的大客車進入過我們服務區。」

余勇生立即雙眼一亮，「那麻煩你，盡快幫我找出這輛客運車進入服務區後的監視器記錄。」

狡猾的狐狸，終於還是露出了尾巴。

九月二十六日，下午四點零二分

T城，鳳落山風景區，山頂纜車站。

彭啟城深深吸了一口氣，提著箱子跳下纜車，纜車站的工作人員看了他一眼，冷淡地抬了抬下巴，示意他趕快往外走，別擋住其他人。

即使今天遊客稀少，工作人員仍然拿不出熱情來接待他們。

彭啟城拖著行李箱，不慌不忙地走出纜車站，他四周張望了一下，沒有人來接應他，也沒有人在監視他，好像他就是這個世界上多餘的人一樣。

他忍不住拿出手機，打開網路電話軟體，撥號給綁匪。

電話一下子就接通了。

「喂，我到了，下一步是什麼？」

輕快的蘿莉音傳來，「嘻嘻，彭老師，別緊張，看看你的左手邊，是不是有個觀景台？」

彭啟城扭頭一看，兩百公尺開外，果然有一個觀景台，旁邊有個牌子寫著「鳳落山一號觀景台」。

「是一號觀景台嗎？」

「是的，你跑過去吧，在觀景台最角落的垃圾桶後方，放著一個奶茶店的紙袋——」

「然後呢？」彭啟城一路小跑過去。

「別急哦，打開紙袋，你就知道了。」

彭啟城並沒有掛斷電話，一口氣就衝到了觀景台上，也不管身旁遊客投以好奇的目光，直接撲向角落處的垃圾桶。

果然，一個白色的奶茶店紙袋靜靜地放在地上。

彭啟城打開紙袋時，稍稍猶豫了一下，生怕裡面是什麼血腥恐怖的東西，但還好，其實只有一個礦泉水的瓶子，裡面裝著某種淡黃色的透明液體。

「我找到了……打開了……是什麼？」這幾百公尺的衝刺已經讓彭啟城呼吸急促，上氣不接下氣。

而綁匪竟然還有心思戲弄他，「看來彭老師的體力不太行啊。你打開那個瓶子，然後把裡面的東西倒進你的箱子吧。」

「什麼？？」

彭啟城已經扭開了礦泉水瓶的蓋子，聞到一股刺鼻的氣味，這應該是汽油或機油之類的易燃物品。

「嗯，把汽油倒進你的手提箱，然後點火，我說得夠清楚了嗎？」

點火？

裡面可是價值一個億的名畫啊！

彭啟城早就做好了將這幅畫拱手相讓，以換取女兒的一線生機的心理準備，但要他親手燒掉自己最珍視的作品，實在是出乎意料之外。

所以他呆住了，一動不動地看著那個瓶蓋已被打開的礦泉水瓶，就像看著已被打開的潘朵拉盒子。

「彭老師，你抬頭看一下，能看到幾公里外的二號觀景台嗎？」綁匪似乎看穿了他內心的猶豫不定，以譏笑的口吻說。

彭啟城茫然地抬起頭，確實看到了遠方的另外一個觀景台，但他不知道那到底是不是二號。

「我正在那裡用望遠鏡看著你，如果二十秒之內我看不到火光和濃煙，下一通電話，我將會告訴你去哪裡替彭羽瓊收屍。」

「為什麼要——」

電話掛斷了。

彭啟城完全不明白，他可以接受現金交易，也不在乎交出自己的代表作，但對於一位愛畫如命的人而言，親手毀滅這幅《傳說》，跟親手殺死自己的女兒其實並沒有太大區別。

畫和人，他總要親手毀掉其中之一。

彭啟城不禁熱淚盈眶，但他咬咬牙，用顫抖的右手拿起礦泉水瓶，然後左手打開了行李箱。這時候，觀景台上的其他遊客已經注意到這邊似乎有些不對勁了，他們遠遠地圍成一圈，既好奇又擔心地看著彭啟城的一舉一動。

彭啟城半閉著眼，根本不敢直視被淋上汽油的油畫。

然後他掏出打火機，本來他已經戒煙好些年了，因為兩個女兒都討厭煙味，但這次綁架案發生之後，他又忍不住瘋狂地抽起煙來，一天兩包。

也幸虧重新抽煙，否則他甚至無法在二十秒內點燃這幅畫——

又或者說，如果他不打破自己的戒律，是不是就等於無法拯救自己的女兒了？

想到這裡，彭啟城突然感到命運女神還是給了自己一線希望的。

畫燒起來了，圍觀群眾裡，有人發出了尖叫聲，但更多的人只是舉起手機，拍下這詭異而奇特的一幕。

其實警方的便衣人員就混在圍觀者之中，但他們也不敢貿然現身，只能眼睜睜地看著火光沖天而起。倒是景區的保全人員大動作地衝上前來，拿著滅火器就是一陣亂噴，火雖然很快就被撲滅了，但那幅《傳說》早已變成一堆灰白色的餘燼。

彭啟城癱坐在地上，表情呆滯，對保全的指責和質問充耳不聞，直到兩名保全抓住他的雙臂，要將他押送去景區派出所時，他才稍稍回過神來，對保全人員說：「你們快聯繫警方，快抓人！」

「抓什麼人啊，你神經病啊？」

彭啟城高喊起來，「在那邊！綁匪在二號觀景台！剛才那傢伙就在那裡看著我燒畫！」

「別嚷嚷了，趕快走！」兩名年輕力壯的保全硬拉著彭啟城，將他帶走，便衣警察並沒有現身替彭啟城解圍，但彭啟城高呼的內容，則在第一時間向指揮中心彙報了。

很快，指揮中心傳來命令，立即趕往二號觀景台，封鎖現場，排查可疑人物。

便衣警察三三兩兩地分頭撤退，轉移陣地，而圍觀群眾看到已經沒什麼熱鬧可看，也很快地散去，只留下一位四十多歲的清潔阿姨，看著燒焦的箱子和被風吹散的灰燼唉聲歎氣，愁眉苦臉地說：「現在的人啊，怎麼那麼沒有公德心。」

如果清潔阿姨知道自己清理的這堆垃圾可能價值一個億，她會作何感想呢？

九月二十六日，下午四點零五分

T城，鳳落山風景區，垃圾處理站。

舒展顏雖然親自出馬衝上第一線的機會不算多，但畢竟還有經驗豐富的童瑤在場，兩人勘查完現場，商議一番，就大致還原了事發的經過。

有人擊倒了路天峰，並透過輸水管道和自製的簡易滑輪車，把他送到了這個垃圾處理站，然後很可能是開著一輛運垃圾桶的車子，將他帶出了風景區。

雖說風景區的每個出入口都設有關卡檢查，但畢竟整個景區裡那麼多車子，還有旅遊團的大巴士，每一車就有幾十個人，查起來還是非常耗時。因此對於一輛路過的垃圾運輸車，一般就是查一下司機和副駕駛座的兩個人，更有責任心和耐心的，在車後隨機抽查兩個垃圾桶，看一下裡面是不是真的裝著垃圾，已經算盡職盡責了，不可能逐一仔細檢查每個垃圾桶。

那麼只要把路天峰塞到其中一個空的垃圾桶裡面，就可以瞞天過海，帶出鳳落山了。

「下令讓各關卡特別留意垃圾運輸車的進出情況，徹查每一個垃圾桶！」舒展顏下令。

童瑤看著舒展顏愁眉不展的樣子，安慰道：「舒主任，這個時間點並非垃圾運輸車的日常工作時間，所以同事們還是有可能會提高警惕，認真檢查那輛出現得不合時宜的車子。」

「算了，我們不能期望有這種運氣……」

話音未落，其中一個出入口的關卡已經傳回消息，大約十分鐘前有一輛垃圾運輸車通過關卡，該車輛並不是將垃圾混裝的型號，而是按照垃圾分類的規則，車上裝有四種不同顏色的垃圾桶合計二十多個，負責查車的人員只檢查了司機的證件和抽查了其中一個垃圾桶，發現確實是垃圾，就讓他通行了，連車牌號碼都沒有特別記下來。

「司機是一個身材高大的男人，車上只有他一個人。」檢查這輛垃圾運輸車的是名年輕的警察，知道自己可能犯下大錯之後，緊張得不得了，說話也有點結結巴巴的，他嘗試提供更多的資訊給舒展顏，「而且那個人樣子很凶，有點不好惹……嗯，證件上面的名字忘記了，好像姓黃，又好像姓王……」

「算了算了，讓交警部門查監視器記錄吧。」舒展顏知道，這車子都跑出去十分鐘了，連車牌號碼和司機名字都不知道，等查到時就來不及了，更何況人家不會換車嗎？這條線算是斷掉了一大半。

而且司機是個高大凶狠的男人，那麼跟路天峰之前認為的陳諾蘭不是同一個人啊……

另一方面，山頂那邊傳回的消息也讓舒展顏頭痛不已，「鯨魚」竟然讓彭啟城把價值連城的《傳說》一把火燒掉了，還說自己在山頂的二號觀景台，附近的便衣警察立即出動，將二號觀景台以及附近的遊客全部攔下來，人數有上百人之多，排查還需要一定的時間，但舒展顏可以打包票，「鯨魚」一定不在那裡面。

所以，這狡猾無比的傢伙，到底身在何方呢？

舒展顏覺得自己這個特別行動組長的職位，可能隨時保不住了，但她並不在乎這一點，真正讓她揪心的是，「鯨魚」無跡可尋，路天峰神祕失蹤，彭羽瓊生死未卜……案件發展到這個地步，專案組真有點走投無路，寸步難行了。

「童瑤，說說妳的看法？」舒展顏轉頭問。

要追查路天峰的下落，很難，而且可能會耗費比較多的警力，現在我們首要任務，還是確保彭羽瓊的安全——」童瑤停頓了一會兒，似乎在斟酌著用詞，「讓我感到最不可思議的，是綁匪要求彭啟城燒掉那幅天價油畫，那麼綁匪到底想以什麼方式取得贖金呢？又為什麼非要燒掉那幅畫呢？」

「這兩個問題，妳有答案嗎？」

童瑤用力點了點頭，「現在我覺得綁匪就是『鯨魚』，而作案的動機，本來就不是為了金錢，而是為了報復。之前的兩起案件，『鯨魚』都選擇了殺人滅口，就是想讓當事人承受極度的痛苦。」

「所以才會要求彭啟城當眾燒掉自己最心愛的作品？」

「沒錯。」

舒展顏笑了笑，神色依然凝重，卻沒再說話。童瑤隱約覺得舒展顏對自己的回答持保留態度，但也不明白其中原因。

如果「鯨魚」一心要走極端路線，進行所謂的復仇計畫，那麼警方真正要做的並不是營救被綁架的人質，而是把這個瘋狂的殺人凶手緝拿歸案。

童瑤突然想起了彭啟城，不知道這位年過半百的畫家，現在是否已經徹底崩潰。

「派人去接一下彭啟城，把他帶回來指揮車這邊吧。」舒展顏對下屬吩咐道：「晚上的拍賣會，我們依然不能放鬆警惕，綁匪沒有拿到錢，隨時可能提出新的要求。」

「但現在的彭啟城還會跟我們合作嗎？」有人提出疑問。

舒展顏淡淡地說：「不一定，我只是擔心他的情緒而已。把定時炸彈留在可控範圍內，總勝過讓它到處亂跑。」

九月二十六日，下午四點十五分

未知地點。

路天峰剛剛睜開眼睛時，還以為自己會躺在臭烘烘的垃圾堆裡，要不然就是被困在某間不見天日的地下室內。

然而腦中的那陣眩暈退去後，眼前所看到的景象讓他大為吃驚。

他身處的地方，竟然是一間裝修簡約但極具藝術感的西式風格別墅，家具大部分是白色或淺色系的，看起來讓人心情舒暢，而別墅的其中一面牆是整面的落地玻璃窗，透過玻璃可以觀賞到外面山清水秀、綠意盎然的風光，群峰之間還有幾縷白雲飄過。

能夠看到這種風景的地方，在T城應該只有一處吧？

「路警官，失敬了。」

背後傳來陳諾蘭的聲音，路天峰連忙轉身，只見陳諾蘭已換上一身輕柔飄灑的白色長裙，手裡捧著一個盤子，裡面是一整套的茶具。

她那名凶神惡煞般的保鏢並不在屋內，路天峰有把握能夠在一招之內制服她。但路天峰並沒有行動，因為如今的形勢發展已經完全超出了他的預期，他不想輕舉妄動。

這起心動念之間，陳諾蘭似乎也看穿了他的心思，她盈盈一笑，將茶具放下，一邊開始泡茶，一邊說：「之前小女子多有冒犯之處，還望路警官大人有大量，切勿見怪。」

路天峰想了想，還是首先拋出了最簡單的那個問題：「這裡是什麼地方？」

「鳳落山頂，有十幾棟這樣的高級別墅，是T市的絕版住宅，能夠住在這十幾棟別墅裡的人，非富即貴，所以警察通常也查不到這裡。」陳諾蘭泡茶的動作嫻熟，但不像是國內傳統的動作流程，也不知道是從哪個國家學回來的，「等警方想到要排查這裡，起碼是兩天後的事了，現在他們應該在追蹤大黑開的那輛垃圾運輸車吧。」

原來那大塊頭名字叫「大黑」，雖然只是個代號，但路天峰還是暗暗留心記了下來。

陳諾蘭卻如同有靈犀之眼一般，直截了當地說：「路警官也不用記這些小角色的名字了，他們都是棋子而已，無關緊要。我們之間還有非常重要的事，需要坦誠地溝通交流呢。」

「如果我們可以坦誠相對，那我再問妳一個問題，妳是綁架彭羽瓊、殺害彭羽瑤的人嗎？」

「是的，但這件事同樣不重要。」陳諾蘭替路天峰倒了一杯茶，彬彬有禮地遞給他，「關於案件的一切都對你沒有任何意義，因為你並不屬於這個世界。」

路天峰心頭的震驚，遠勝剛才發覺自己仍在鳳落山之上。這一下子差點連茶杯都沒接穩，幸好陳諾蘭眼疾手快，扶住了他的手，才沒有將熱茶傾灑一地。

「妳……為什麼會知道……？」

「因為我是我們這個世界的『時間異能者』，當然了，我不知道你們那邊怎麼稱呼這種人。」陳諾蘭悠然自得地為自己也倒上一杯茶，喝了一小口。

「妳知道……兩個平行世界的祕密？」

這一刻，路天峰真的完全忘記了什麼案件啊、嫌犯啊之類的東西，陳諾蘭說得沒錯，如果他能夠重返A世界，B世界內發生的一切根本不值一提，那些對自己有意義的人和事，都在另外一個世界之中。

「我並不知道太多的資訊，但我有一種特殊能力——我能看見未來。」

陳諾蘭放下茶杯，靜靜地看著路天峰。

「預知未來？妳到底能夠看到什麼……」

「還是從頭說起吧，在我小學的時候，我就發現自己有一個奇怪的能力，總能在睡夢之中，看到一段時間之後才會發生的事情：考試的題目、鄰居的轉學、老師的離職等等，起初，我以為這些只是巧合，因為並不是我夢到的事全部都會發生，但是萬一發生了，所有的細節都會和我夢中的情景一樣。」

陳諾蘭停頓了一下，讓路天峰好好消化這段話的意思。

「所以妳看到的未來，並不一定是真正的未來？」

「我更願意解釋為，我看到的是屬於幾個不同平行世界的未來，然後，隨著命運之輪的轉動，其中之一會成為現實。」

路天峰想了想，總算聽懂了，「原來如此，那也很厲害了。」

陳諾蘭淡淡一笑，「小時候這能力真沒什麼用，但我漸漸發現了，這種能力也是可以強化和學習的。慢慢地，我掌握了如何把未來看得更清楚，也學會了如何選擇這幾個未來的其中之一。」

那個一直困擾著路天峰的問題，終於得到了答案，「妳就是利用這個能力，一次又一次的犯罪？從在D城大學殺死妳的室友開始。」

陳諾蘭的臉色一沉，語氣卻仍然歡快，「歐陽淼淼那個賤人，她破壞了我一個十分美好的未來，所以不得不死。」

路天峰心頭一凜，他確實早就在陳諾蘭的犯罪模式之中，察覺到一股熟悉的味道，那是和A世界的感知者罪犯如出一轍的作案風格：利用了許多偶然性和不可預知的事件，策劃出近乎完美的犯罪手法。

只是沒想到，陳諾蘭的能力比A世界的感知者更勝一籌，感知者還得利用時間迴圈的那一天來進行犯罪，而陳諾蘭如果能夠控制自己隨意瀏覽不同未來的可能性，要做什麼壞事就更方便了。

「既然妳有這種超能力，又何必走上犯罪的道路呢？」路天峰黯然歎息道。

「路警官，我可不喜歡聽別人對我說教哦。」陳諾蘭雖然面帶笑容，但說話倒是毫不客氣。

路天峰無奈地笑了笑，說：「那麼陳小姐，妳即使能夠看見未來，也不見得會知道我來自另外一個世界吧？」

「你終於問了一個正確的問題，親愛的路先生。」陳諾蘭對路天峰的稱呼突然變了，眼內閃爍著奇異的光芒。

「願聞其詳。」

「你也知道，最近幾天我在做一個……專案，工作有點棘手，所以我需要頻繁運用自己的超能力，去窺探未來。」

路天峰點點頭，表示他明白。

「但奇怪的是，自從今天凌晨開始，我就看不清楚未來了。或者說得更準確一點，我能夠看到的未來，裡面沒有我自己。」

路天峰聞言，不禁皺起了眉頭：「這是什麼意思？」

「我能夠感知的是另外一個世界，因為我所看到的未來，裡面有一些明顯已經死去的人，他們無論如何都不可能在這個世界的未來出現，比如你剛才提及的那個賤人，歐陽淼淼。」

「那應該是我所在的A世界吧……」

「A世界？那麼我們如今身處的是B世界嗎？真有意思，但憑什麼你所在的世界是A，我所在的世界就是B呢？」

路天峰苦笑道：「也只是一個代號而已，不用計較。」

「這恰恰就是問題的核心，理論上而言，即使有多個平行世界存在，它們彼此之間也互不干涉，更不會產生任何互動。對任意一個世界裡的任意一個人而言，自己身處的就是唯一的A世界。」

「我不懂這句話的意思……」

「我的意思就是，你的出現，令我們的世界有了A和B的區別。」陳諾蘭突然冷笑了起來，「我現在所能看到的未來，完全被你干擾了，你就像一個黑洞，明白嗎？只要和你發生互動的人事物，都無法預知它們的未來，直到結束和你的互動，彼此拉開足夠遠的距離為止。」

「就比如說，我站在這裡，所以妳就看不到關於妳的未來了？」

「是的，可以這麼說。但準確地講，我其實還是能夠看到唯一一個有你存在的未來，只不過那個世界像是你原來的世界，而不是我身處的世界。」但陳諾蘭似乎想要吊足路天峰的胃口，欲擒故縱。

「在那個未來裡面……妳看到了什麼？」雖然知道這個問題的答案可能很可怕，甚至影響自己的一生，但路天峰還是忍不住脫口而出。

「一個充滿黑暗、毫無希望的世界。」

路天峰愣住了，他看著陳諾蘭，想努力分辨她剛才所說的話到底是不是認真的。

彷彿知道他的心意，陳諾蘭緩緩地說：「當然是認真的，我看到整個世界都失去了活力。能夠掌控時間的特權階級，決定了所有人的死生存亡，因此沒有人願意認真工作，好好生活，他們唯一的想法，是如何躋身特權階級，或者成為特權者最忠實的僕人。」

「這……也許在我的世界裡，真的有可能會發生這種事情。」路天峰想到了在A世界之中，他和陳諾蘭A已經開始漸漸接近操控時間的祕密，而當初司徒康將研究成果公諸於世，一定還有更多人取得了不同程度的成果。

一旦被心術不正的人操控了時間，那麼A世界的結局可想而知。從這個角度來考慮，天時會根本不是他們最危險的敵人。

路天峰突然覺得一股寒意從心底湧起，錯了，在A世界的他們做的一切都錯了，他們不應該研究時間技術，甚至不應該跟天時會對抗。天時會所使用的辦法確實簡單粗暴，但那麼多年以來，時間的秩序至少沒有崩潰，人類社會還是飛速地向前發展。

但如今，他們似乎毀掉了自己的未來。

一想到自己已經有六個多小時沒有切換回A世界，路天峰就更加沮喪了，他感覺自己就像一個傻瓜一樣，揮舞著空氣，試圖迎戰那根本不存在的敵人。

「別太過擔心，那只是未來的一種可能性，而這個未來出現的機率高於其他可能性，因此我才會反覆看到它。」陳諾蘭又在路天峰的杯子裡倒滿了熱茶，「但如果我們什麼都不做，或者做了錯誤的選擇，那就是我們共同的未來。」

「等等，妳說那是我們共同的未來？」路天峰聽出了這句話裡面的潛台詞。

「是的，自從我有了這種超能力之後，沒事就喜歡研究相關理論書籍。雖然沒有人真正體驗過平行世界，但大部分學者認為，兩個平行世界之間一旦交錯，就無法保持相互獨立運作了，它們終將會融合成為同一個世界，又或者其中一個世界毀滅，另外一個繼續存在。」

「而我，就是影響了兩個世界的那個關鍵點。」路天峰終於聽懂了。

「是的，要不然我幹嘛還不動手殺了你呢？你也應該知道，我做事一向乾脆俐落，不留多餘的活口。」

「因為妳一旦殺了我，兩個世界的交錯就不可逆轉了。而如果我還活著，妳還有希望把我送回原來的世界，消除兩個世界之間的干涉和交互效果。」

「是的，雖然缺少科學家們的相關理論依據支持，但這也是我為了拯救我的世界，所能做出的最大努力了。」

陳諾蘭雙手舉起茶杯，以茶代酒，向路天峰致意。對路天峰而言，這是來自另外一個世界的盟約，陳諾蘭在這裡雖然是殺人不眨眼的冷血綁匪，但跟路天峰有什麼關係呢？

只要能合力找到讓兩個世界恢復正常的辦法，不就可以了嗎？

陳諾蘭B可以繼續在這個世界為非作歹，而對路天峰A來說，他只要有陳諾蘭A相伴在旁就可以了。

至於在B世界被害的那些人，為案件奔波忙碌的警察們，失去了親人的受害者家屬，還有未來可能會死於陳諾蘭B手中的那些人，他們重要嗎？

不重要嗎？

重要嗎？

不重要嗎？

路天峰覺得手裡的杯子有千鈞之重，他實在無法輕鬆地與陳諾蘭碰杯，達成一致意見，但他還能做些什麼呢？趁著她一個人在這裡，抓住她，帶她回警局？

陳諾蘭真的會毫無戒心，任由他亂來嗎？別墅的其他房間裡面到底有多少人，他根本不可能知道。

再說，這可能是自己重返A世界的唯一一個機會了……

路天峰正想開口，他一直期盼的事，發生了。

在這個不應該發生的節骨眼上。

A世界

九月二十六日，下午四點三十分

這是什麼地方？

一股酸臭的味道，昏暗的光線，狹小的空間裡頭，只有一盞應急燈，無力地散發著暗黃色的微光。

這是A世界吧？現在是第幾迴圈了？

路天峰在心裡嘀咕個不停，右手下意識地摸了摸胸口，觸碰到那硬皮的筆記本。

他立馬翻開筆記本，想知道自己離開的將近七個小時裡頭，到底發生了些什麼，為什麼他一直無法切換回來。

筆記本上的內容雖然不多，但依稀能感受到其中的驚心動魄。
第二迴圈，我們最終失敗了
躲在溫泉旅館裡頭，事實證明還是不行的
天時會的人直接用燃燒彈，燒掉了整個旅館
我們在山谷裡艱難逃生，直到入夜，也無法離開山區範圍
陳諾蘭說，我們被白白浪費了一整天
我有點明白這個遊戲的玩法了
第三迴圈，我聽取了你的意見，跑去人多的地方
天時會的行動卻比我想像中的還要果斷
他們應該是用了狙擊手
遠距離一槍將我爆頭了
原來死亡的感覺是這樣子的……

現在是第四迴圈
我一大早就找到了武器
想盡一切辦法反擊
今天已經殺了好幾個人了

警方也在通緝我
但我大概知道了，天時會的總部，就在隱藏在D城大學裡
我會先避一下風頭
入夜時分才開始行動
而我不明白的是，為什麼我們一直都沒有交換過？

對了，我已經找到了不被天時會追蹤的辦法
只要這個世界上沒有人知道我所在的位置，他們就無法感應到我的位置
所以我要單獨行動
獨自面對這一切，也無法繼續保護陳諾蘭了
如果你說得沒錯，明天，第五次迴圈時
我可能依然無法保護她
希望她能夠平安無事吧
我也希望，你能夠告訴我，另一個世界的情況到底怎麼樣了

路天峰大概明白了，這一天因為需要迴圈五次，所以對A世界的他而言，「每天」第一次發生切換的時間都在推遲，那麼在關鍵性的第五天，他可能要直到晚上才能重返A世界，這時候很多事可能已經塵埃落定了。

但現在路天峰似乎對A世界所發生的一切無能為力，他不知道陳諾蘭A的研究進度，甚至無法知道她是否平安無恙，也聯繫不上其他人。

難道真的只能靠陳諾蘭B和自己合作，嘗試找到讓兩個世界之間徹底割裂的辦法嗎？

路天峰猶豫再三，還是在筆記本上揮筆寫下幾句話——

天時會不是真正的敵人，或許合作才是最好的選擇；

但現在說這些可能已經太遲了。

在最後一個迴圈裡面，千萬要保護好自己；

因為那一次所發生的事，就是最終的現實。

其實路天峰還想再多寫幾句叮囑，但他只是略微停一下想了想，就沒有機會繼續寫下去了。

時間無情地流逝，將他帶回了那個不屬於自己的世界。

B世界

九月二十六日，下午四點三十五分

T城，鳳落山，山頂別墅區。

路天峰又回來了，但他一時之間不太明白自己正在做什麼。

他跨坐在陳諾蘭的身上，將她壓倒在沙發上，雙手死死掐住她的脖子，不斷地用力，而陳諾蘭的臉色已經變成絳紫色，雙眼通紅，淚水緩緩地從眼角流出來，她的手則無力地垂落在一旁，似乎完全放棄了抵抗。

路天峰嚇了一大跳，連忙鬆開手，跳到一旁。

「對……對不起……」他結結巴巴地說。

陳諾蘭軟綿綿地跌坐在地上，過了好一陣子，才發出痛苦的喘息和斷斷續續的咳嗽。

「咳咳……咳咳……你……你剛才……幹嘛呢……」

「我不知道剛才發生了什麼。」路天峰伸出手，攙扶著陳諾蘭，讓她重新站起來。

而陳諾蘭的雙腳還在發軟，只站了幾秒鐘，就重重地坐回到沙發上，大口大口地喘氣，用哀怨的眼神瞪著路天峰。

「路天峰，你瘋了嗎……」

「告訴我，剛才到底發生了什麼？」

陳諾蘭哼了哼，好不容易才理順了呼吸。她看著路天峰的表情不像是在裝神弄鬼，而是真的不知道剛才所發生的一切，於是才沒好氣地說：「大哥，你剛才差點就殺了我。」

「妳把詳細情況說一遍吧，我什麼都不記得了。」

陳諾蘭的臉上第一次流露出無奈和不安的神情，她大概已經習慣透過觀察未來而掌控一切，很久沒試過陷入完全迷茫之中的感覺了。

「你到底是人格分裂，還是有什麼毛病？剛才你的表情突然就像變了一個人似的，先是呆滯，然後極其凶狠，問我到底是什麼人。」

「然後妳怎麼回答的？」路天峰繼續追問。

「我說你別管什麼綁架案了，趕緊想想辦法拯救自己的世界吧。結果，你就一下子撲了過來，狠狠地掐住我的脖子，問我彭羽瓊到底在哪裡。」

「妳告訴他……告訴我了嗎？」

「呵呵，當然沒有。」陳諾蘭笑了，笑得有點怕人，「我不肯說，結果你就越來越用力，眼神也越來越狂熱，那一刻，我覺得你真的想要殺了我……」

路天峰明白路天峰B的感受，在另外一個世界裡面被人追殺，也破戒動手殺了不少人，滿手血腥的他脾氣已經被點燃，一旦重新回到B世界，遇上陳諾蘭B這種飛揚跋扈的綁匪，哪裡還忍得住不動手？

也幸好每次切換的時間只有短短幾分鐘，要是再長一點，難保路天峰切換回來時，陳諾蘭已經香消玉殞。

「喂，剛剛到底是怎麼一回事嘛？」陳諾蘭站起來，走遠了幾步，跟路天峰之間拉開一定距離，然後她從抽屜裡面拿出一把銀色的左輪手槍，打開彈夾，裝上了子彈。

「別害怕，我不會那麼快再次發作的。」路天峰現在不再擔心陳諾蘭的安危了，他擔心的是自己。

「雖然我擔心你死了會影響到我們的世界，但要是你再讓我覺得生命安全受到威脅，我就不理會這世界到底是死是活了，好歹先保證我自己活著。」

「好吧，妳別衝動，給我點時間，說一下關於我，路天峰的故事。」

「你說吧，就站在那裡，別走過來了。」陳諾蘭舉槍的姿勢十分嫻熟，她應該練習過射擊，甚至有可能殺過人。

「這是個很漫長的故事，還是讓我坐著慢慢說吧。」路天峰自顧自地坐下，拿起了那杯已經涼掉的茶。

因為這一次世界切換的小插曲，路天峰和陳諾蘭之間的關係似乎產生了微妙的變化。

無論如何，在一盤棋局對弈之中，有了變數，才有轉機。

九月二十六日，下午四點三十八分

T城，「鯨魚」專案組行動指揮中心。

舒展顏坐在車內，看著面前十幾個螢幕來回閃爍著五花八門的畫面，內心卻是一片灰暗。

所有的線索都推展得不順利。

山頂的二號觀景台附近，攔截下來的所有人都排查過一次了，全部都是能查到身分的普通遊客，警方將每個人的手機都檢查過一遍，上面並沒有安裝那個冷門的網路電話軟體，而且也沒有人隨身攜帶望遠鏡，不可能隔那麼遠能看見一號觀景台的狀況。一番排查後找不到疑點，就只能逐一登記完身分證和手機號碼後，讓他們先行離開。

垃圾運輸車的追查同樣不太順利，車子倒是找到了，停靠在一條沒有監視器的鄉間小路上，但司機不知所蹤，雖然能採集指紋和毛髮等物證，但如果不花上幾個小時分析比對，大概也不會有具體結果出來，而且如果司機本身沒有案底記錄，這些工作更是白白浪費時間。

彭啟城的情況也很不好，他整個人失魂落魄，面無表情地坐在一旁，對身邊發生的事完全漠不關心。也許是直覺告訴他，綁匪一心就要毀掉他的所擁有的一切，無論是女兒還是畫，全都留不住，也找不回來了。

但舒展顏也沒有分心去安撫彭啟城的情緒，畢竟他安安靜靜，也不影響辦案，總比歇斯底里，大吵大鬧的瘋狂狀態要好得多了。

對陳諾蘭的高中同學，另外一名涉案嫌犯方嘉筠的追查同樣不太順利。負責追查這條線的余勇生，認為方嘉筠很可能在高速公路上的紅街服務區換乘了長途客運巴士，趕往T城，也很快就找到了那輛巴士的車牌號碼，並聯繫上客運公司。

然而客運公司聯繫到司機後，經查證，並沒有任何人在紅街服務區上車，車上的所有乘客都逐一拍照，發送給警方鑑別了，裡面也確實沒有方嘉筠。

這位不知名的女畫家，最後一次出現的地點就是397藝術工作室，自此之後，就再也沒人見過她了。雖然舒展顏認同章之奇和黃萱萱的推測，方嘉筠很可能參與了這起綁架案，配合陳諾蘭完成了案件中的某些環節，但要是找不到人，就無法繼續查下去。

舒展顏知道，一個人要消失並不容易，短則半天，長則一、兩天，警方一定能夠查出方嘉筠的下落。但現在的問題就在於，他們只有幾個小時的時間了。

舒展顏搖搖頭，長歎一口氣，轉身發現坐在自己身旁的童瑤攤開了一張鳳落山區的大幅衛星地圖，正趴在上面仔細地研究著什麼。

「童瑤，有什麼新想法嗎？」

童瑤指著地圖上的一些小點，說：「在鳳落山山腳的這些建築物，是旅遊設施之一嗎？看起來像是日常居住的房子呢。」

舒展顏看了看，說：「這應該是山腳的自然村落，鳳落山四周散布著十多個這樣子大大小小的村落，有部分房屋由屋主自行改造成民宿，對外營業，不過大多數還是自住的。」

「這些村落全部加起來，常住人口應該過千人吧？」童瑤又指著山頂位置的一個白色圓點，「這地方又是什麼？」

「是天文台和氣象站，有員工長期駐守的。」

童瑤的手指繼續挪動著，指向地圖上一個又一個她剛才畫出來的圈圈：「鳳落山範圍內，還有守林人小屋、酒店、高級別墅、醫院……我們不是說『鯨魚』總有出人意表的舉動嗎？如今我們封鎖景區，排查進出人員和車輛，但偏偏遺漏了原本就在鳳落山裡的這些人和建築物。」

舒展顏的眼睛亮了起來，「妳覺得『鯨魚』可能和路天峰一起，藏身於這些地方嗎？」

「是的，我們可別忘了從停車場到垃圾處理站那一段『水管雲霄飛車』，那是對鳳落山周邊環境和設施都非常熟悉的人，才可能想出來的辦法，由此可見『鯨魚』在這附近事先做了大量的調查和準備工作。」

「但路天峰的出現是今天中午才發生的偶然事件，這一切準備並非專門針對他而作出的。」舒展顏終於領悟了童瑤的思路，「看來『鯨魚』對附近地形如此熟悉，最大的可能就是——這地方原本就是其大本營。」

對於綁架案的犯人而言，正常思路是盡量不讓警方接近自己的巢穴，因此無論是真正交付贖金的地點，還是放煙霧彈讓警方白跑一趟的假地點，都會遠離自己實際所在的位置。舒展顏在警校進修時聽過一個案件，綁匪藏身在鐵路附近，而警方在勒索電話裡頭隱約能聽到火車拉響汽笛的聲音，就整理出途經本市的火車會鳴笛的若干個地點。然後在交付接贖金當天，綁匪在電話裡不斷地要求變換交易地點，而每次變換地點，警方就在幕後悄悄排除一些離該地點比較近的火車鳴笛位置，直到最後，只剩下唯一一個可能的鳴笛位置了，就對該區域進行了大包圍，順利抓到綁匪，那可以說是一個聰明反被聰明誤的典型例子。

而「鯨魚」的腦迴路跟其餘的犯罪者大相徑庭，別人不敢想不敢做的事，難保他不會去做。藏在鳳落山裡頭？還真有可能。

「聯繫鳳落山派出所，統計一下景區內部的常住人口數量，順便看看有哪些建築物是閒置或者廢棄的。」舒展顏下令。

兩名年輕的警察立即忙碌起來，而童瑤還是托著下巴，一言不發地看著衛星地圖。

「我在想，如果我是『鯨魚』，我會躲在什麼地方。」大概是感應到舒展顏的目光投向自己，童瑤自問自答地說著。

「無論『鯨魚』到底是不是陳諾蘭，都肯定具備一個特徵，那就是有錢，畢竟之前那兩起綁架案讓『鯨魚』積累了大量財富。一個人要是手裡有那麼多錢，絕對不會躲在條件太差的地方，也會避開人多眼雜的地點……」

這可是舒展顏的專業領域範疇，她分析起來頭頭是道，信心十足。鳳落山山腳的村落很快就被排除了，因為在這種自然村落裡頭，所有村民都是沾親帶故的，一旦出現了陌生面孔就會很引人注目，極難隱藏身分。

而林中小屋和廢棄建築物這種地方，當然很方便隱藏行蹤，但缺點就是生活條件實在太差，沒水沒電沒食物，如果需要住在那裡，就得想辦法搬運生活必需品和各種物資。而且山區手機訊號較弱，缺少高速上網的條件，「鯨魚」對網路的依賴性較高，不會主動選擇這一類的地點。

鳳落山景區內的四星級酒店，配套設施齊備，只要換個假身分，倒是可以輕輕鬆鬆入住一段時間而不被懷疑。但酒店也有個天然的缺點，「鯨魚」自己或和同夥一起住進去是很容易，但被綁架的兩名少女肯定無法藏在酒店裡頭，還得另找地方安置，因此反倒增添了不少麻煩，暴露風險極高。

這樣一輪分析下來，適合藏身的地點，就只剩下山頂那片T城最頂級的住宅別墅了。那裡名義上是個社區，實際上十幾棟別墅相互之間距離甚遠，生活外出都互不干擾，是隱藏行蹤的最佳地點。唯一的問題在於，這些別墅的主人都是有頭有臉的大富豪，既有商界巨賈，也有政壇元老，可不是隨隨便便就能搜查的地方。

舒展顏和童瑤交換了一下眼神，雙雙默契地點了點頭。是啊，都已經到山窮水盡的地步了，還不放手一搏，更待何時？

舒展顏昂頭說道：「大不了就被降職處分，能坐上這個位置，就要有這個擔當。」

說完，她直接撥了一通電話，向前線警察下令，「立即派人前往鳳落山頂那片高級別墅區，將整片區域封鎖起來，準備入屋搜查。」

「收到！但……舒主任，我們要搜查哪一棟別墅？」電話那頭是一名土生土長的T城警察，在他心目中，山頂這些別墅可不是隨便能搜查的地方，因此刻意多問了一句。

「每一棟。」舒展顏一字一頓地說。

九月二十六日，下午四點五十二分

T城，鳳落山，山頂別墅區。

即使路天峰已經盡量使用最簡短和概括性的語言來講述他的故事，卻仍然顯得非常漫長。一口氣說了二十多分鐘之後，他終於有機會停下來喝一口茶，歇一口氣，這還得歸功於陳諾蘭超強的理解能力，全程沒有打斷路天峰的描述，靜靜地傾聽著，不時點一點頭，顯然如此複雜的故事也沒有造成她的困擾。

她就像A世界裡面的那個人一樣聰明能幹。

「剛才說的是關於駱騰風和汪冬麟的故事，而接下來要說的，是發生在一艘豪華郵輪上的離奇經歷——」

「稍等一下。」陳諾蘭做了一個暫停的手勢，然後接了個電話。

通話只持續了不到半分鐘，陳諾蘭全程沒有說話，只是嗯嗯哦哦地應答著，神情有點嚴肅。掛斷電話後，她看向路天峰，笑著說：「抱歉啊，路先生，我們得換個地方說話了。」

「怎麼回事？」

「我以為警方不會那麼快找到這裡來的，但他們似乎比我想像中的要聰明一點，所以我們還是趕緊出發吧。」

陳諾蘭擺了擺槍口，示意路天峰跟著她走，而路天峰也沒有其他選擇了，只能乖乖地跟在她身後。兩人離開房間，穿過一段走廊，又走上一段螺旋狀的樓梯，來到了這棟別墅的天台處。

清涼的山風撲面而至，路天峰的第一感覺是，有錢人的天台就是舒服。

然後，他看到了天台上停著的那架直升機。

「這也太誇張了吧？」路天峰目瞪口呆。

「路被封了，只能坐直升機離開。」

「直升機那麼大的動靜，一樣會被警方盯上啊！」

「你再看仔細一點？」陳諾蘭露出得意的笑容。

路天峰總算注意到，這架直升機的外觀顏色跟警察專用機的配色有八成相似，一旦飛上天，哪裡還分得清真假？等到警方察覺到不對勁，再去跟蹤飛機動向時，他們早就已經跑遠了。

「所以又是靠這個來拉開時間差嗎？」路天峰終於知道了，如果陳諾蘭走上歪路，將會成為一個多麼可怕的罪犯。

「別問了，趕緊出發吧。」陳諾蘭催促著路天峰登機，而直升機上還有兩名魁梧的男人，打消了路天峰要搞點什麼小動作的念頭。

「我們要去哪裡？」

「這還用問嗎，當然是準備去參加今天晚上的拍賣會。」

路天峰差點忘了還有這檔事，「妳還有心思去參加拍賣會？」

「那當然，順手就能賺到的錢，為什麼不賺。」

路天峰啞然失笑，「陳小姐，妳確定在如今的風頭之下，妳還能拿到錢嗎？」

「這個問題你不用擔心，還是擔心一下你自己吧。」陳諾蘭自信滿滿地說：「哦，還有你的那個世界。」

「我相信總能找到辦法的，我不會一直被困在這個世界。」

陳諾蘭用意味深長的眼神看著路天峰，然後她緩緩地說：「那當然，你不會被困在這裡，如果我找不到解決問題的辦法，那麼你也只會死在這裡。」

看她的表情就知道，這並不是一句開玩笑的話。

路天峰突然覺得，兩個世界的命運其實並非掌握在他手中，而是掌握在陳諾蘭的手中。

陳諾蘭A和陳諾蘭B，她們之一將會決定兩個世界的最終結局。

九月二十六日，下午五點

T城，「鯨魚」專案組行動指揮中心。

指揮車正在往山頂別墅區駛去，而舒展顏的搜查令申請受到了一些阻礙，上級的意思是，對別墅區實施交通管制可以，要求所有人出入出示身分證明，也沒問題，但入屋搜查這種事，沒有八九成的把握，是不能隨意亂來的。更何況舒展顏要逐家逐戶搜查，又沒提出任何有效的證據，即使是市警局裡的高層也不敢一口答應她的請求，說需要繼續請示上一級，畢竟這些別墅主人的來頭都非同小可。

「小舒啊，我們可要依法辦事，不能知法犯法哦。」上級語重心長地叮囑著，舒展顏當然明白長官的難處，但這一次搜查卻是箭在弦上，不得不發。

所以她還是帶著童瑤，兩個人穿著便裝進入了別墅社區。

「這裡完全顛覆了我對『社區』這個詞的理解啊。」童瑤站在其中一戶人家的門前，舉目四顧，卻根本看不見鄰居——因為每棟別墅彼此之間都相隔很遠，加上中間還有充足的綠化設施，進一步遮擋了視線，可見住在這裡的私密性確實非常好。

「所以嘛，我們的某位國民級偶像明星也住在這裡——感覺他的家我們可以排除了吧？即使『鯨魚』再怎麼鬼計多端，也不會住進大明星的家裡，難道不怕被狗仔隊發現嗎？」舒展顏拿著全部十三棟別墅的屋主名單，在其中一行上面打了個小小的叉。

「我覺得這家人也不太像，院子裡有嬰兒車、兒童秋千，走廊上有老人家用的輪椅，看起來就像是個三代同堂的大家庭。」童瑤隔著院子的圍欄，踮起腳尖張望著。

「嗯，這家的屋主是個房地產大亨，人常年不在本地，這棟別墅應該是他的妻子、孩子和岳父岳母一家人一起住的。」

兩人核對了一下資料，感覺確實不像「鯨魚」的巢穴，也就暫時排除了。走向下一棟別墅的路上，童瑤說：「舒主任，就這樣一家接一家輪流看下去，似乎也需要不少時間？」

「平均五分鐘排除一棟別墅的話，全部排除完畢就得花一個小時，看似不多，但對我們現在的情況而言也有點過於奢侈了。」

「我倒是有個不成熟的建議——上級不允許我們搜查，也就是缺少一個搜查的藉口而已，我們可以製造這樣一個藉口啊。」

舒展顏好奇地問：「怎麼製造？」

「做這種事情嘛，妳和我都不是專業的，但有一個人可以幫忙——章之奇。」童瑤的語氣有點糾結，「可以請他打一個無法追蹤的報警電話，聲稱彭羽瓊就在這個社區裡頭，這樣一來，我們就可以光明正大地全面搜查了。」

舒展顏忍俊不禁地說：「童瑤啊，這種事妳也就只能私下跟我說說，要是被追究起來，我們誰都擔不起責任呀。」

「那……所以我也就隨口一說。」

「但妳也可以跟章之奇隨口一說，看他自己怎麼想。」舒展顏淡淡地補充道。

童瑤當然聽出了舒展顏的弦外之音，嘿嘿一笑，拿起自己的手機。

九月二十六日，下午五點

D城，市第九中學，教師辦公室。

想要調查陳諾蘭和方嘉筠之間的關係，有很多種辦法。黃萱萱一開始是提議去找兩人共同的同學，看能不能問出一點端倪來，卻被章之奇否決了。

「今天是上班日，現在是上班時間，誰有空跟妳聊一個可能十多年沒見的高中同學啊？」

「那你倒是給個建議？」

「去找她們的班導。」章之奇指著大合照裡面，坐在最前排中間的一位年輕女老師，「妳看這個年輕女人，她旁邊都是看起來就架式十足、經驗豐富的老師，我想她十有八九就是班導，否則不會坐在這個位置的。九中是名校，教師的薪資高福利好，所以我猜這位老師如果沒有什麼特殊情況，目前還留在九中任教的機率很大。」

黃萱萱翻了翻學校提供的名單，說：「哦，當時的班導張文淇，確實現在還在九中擔任高中部國文科組長。」

「找她就沒錯了，年輕人記性特別好，自己教過的前幾屆學生印象會特別深刻的。」

就這樣，兩人來到了第九中學，現在坐在了張文淇的辦公桌前，看著張老師正飛快地批改作業，時不時還要應付各種消息轟炸。

章之奇讀書時就不是那種乖乖牌的學生，到老師辦公室罰站或者被訓話是家常便飯，沒想到時隔那麼多年，再次坐在同樣的位置上，他還是覺得渾身不自在。

現在張文淇終於忙完了手頭上的事情，低聲向兩人致歉，「很抱歉，讓兩位警官久等了，不知道有什麼我能幫上忙的呢？」

黃萱萱說：「張老師太客氣了，我們這次來是想向您詢問一下，關於兩名您以前的學生的事情。」

「請問吧。」

章之奇沒有說話，但一直打量著張文淇，她跟陳諾蘭一起拍畢業照的時間應該是在十年前，當時照片上的她十分青澀，滿臉稚氣，看來不超過二十五歲；然而眼前的這位女老師，面容憔悴，皮膚蒼白，眼角的皺紋非常明顯，就像一個四十多歲的中年婦女。

不得不感歎一句，教師這份工作，真的需要燃燒青春和生命啊。

「嗯，我們想問的是大概十年前畢業的兩名學生，陳諾蘭和方嘉筠。」黃萱萱拿出了當年的畢業照。

而張文淇還沒接過照片，隨即回答道：「哦，陳諾蘭是個非常聰明的孩子，超級學霸；至於方嘉筠，是個有藝術天賦，想像力豐富的女孩，跟陳諾蘭的關係蠻好的，兩個人在學校裡形影不離。」

章之奇聞言興奮地打了個響指，這條線索總算是有點進展了。

「不過說起陳諾蘭嘛，我對她的印象十分深刻，但並不是因為她的成績，而是因為她問過我一個問題。」

「什麼問題？」

張文淇微微抬起頭，目光投向窗外的遠方，似乎在遙望著十年前的某一天，努力地讓自己的思緒回到某個時刻。

「她問我，能夠預知未來，是不是身為人類最悲慘的事情呢？」

「為什麼？」黃萱萱反問。

張文淇笑了：「哈哈，我當時的反應跟妳一模一樣，也是反問了一句，為什麼。陳諾蘭則認真地回答，因為人是靠希望活著的，而『希望』和『未知』事實上是同義詞，如果人能夠預知未來，那麼未來是確定的，希望也就不存在了。」

黃萱萱由衷地感歎道：「高中時代就能有這種見解，太厲害了吧。」

張文淇歎了一口氣，說：「可惜那時候的我還太年輕，不懂得引導學生，因此給了陳諾蘭一個錯誤的回答，這件事讓我至今仍然感到遺憾。」

「錯誤的回答？您怎麼說了？」

「我告訴她，『希望』和『未知』不算同義詞，考試要是這樣寫可是沒分的。」張文淇自嘲一般搖了搖頭，「面對學生那麼有創意的想法，我卻用教科書上的制式解釋作為回答，這可不是一位優秀教師應該做的事情。」

「那麼陳諾蘭高中畢業後，還跟張老師有過聯絡嗎？」章之奇開口發問，將話題從交流教育心得拉回調查的正軌上。

「沒有哦，他們畢業大概三、四年後的春節，有找我開過一次同學會，班上四十多人，來了二十多個，已經算很難得了。但我記得陳諾蘭那一次並沒有出席，倒是方嘉筠去了。」

這時候，章之奇懷裡的電話響起，他說了聲抱歉，出門接電話去了。於是黃萱萱繼續問張文淇，「您知道陳諾蘭後來遇上了一些……呃，麻煩事嗎？」

「倒是聽說過她似乎被大學退學了，然後出國讀書，但具體情況我並不清楚。」張文淇推了推她的金邊眼鏡，對於一位工作繁忙的中學國文老師而言，已經畢業的學生，她自然很難再顧及他們的最新狀況，這也是順理成章的事情。

黃萱萱覺得已經問不出更多的細節了，於是說：「最後一個問題，您還記得陳諾蘭在校時，跟哪位同學的關係比較好嗎？除了方嘉筠之外。」

張文淇想了想，才回答：「其實陳諾蘭有很強的親和力，跟她相處得好的同學還蠻多的，只不過方嘉筠和她之間實在是相當親密，所以給我的印象更深刻一些。」

「瞭解，那我們就不打擾您工作了。」黃萱萱本想等章之奇講完電話回來後，再正式告辭的，但沒想到章之奇出去之後竟然一直沒再返回教師辦公室，不知道是不是遇到了什麼棘手的情況。

張文淇客客氣氣地送走了黃萱萱，重新坐回辦公桌前時，神情有點恍惚，她彷彿又看到了十年前那個青春可愛的少女，眨巴著一雙大眼睛，用求知若渴的眼神望向自己。

其實張文淇聽說過陳諾蘭與大學老師發生不倫戀的緋聞，只是她不想在警察面前提到，她總覺得，如果自己帶班時能多關心一下這個滿腦子奇思妙想的女孩，她往後的人生可能會更順利一些。

不知道警察為什麼要找她詢問陳諾蘭的事，只希望她沒有惹上什麼大麻煩吧。

另一邊，黃萱萱在走廊上跟章之奇碰了頭，問道：「是誰打來的電話？」

「我的甲方，妳的同事，童瑤警官。」

「童瑤姐姐怎麼說？」

「她請我打個匿名電話，假裝報警，不留痕跡的那種。」章之奇的語氣裡充滿了調侃之意。

黃萱萱愕然，「那你照做了嗎？」

「沒有，如果用匿名電話報警，很容易被接線中心判斷為惡作劇，然後直接被忽略，所以我用了一種更可靠的辦法。」章之奇得意洋洋地笑了起來，「我剛才透過校內網路，『借用』了校長辦公室的固定電話號碼，去報警了。這下子我猜警方一定會重視，這差不多等於實名舉報啊。」

黃萱萱聽完，差點要吐血了，「你這不是在給別人添麻煩嗎？」

「所以我們現在要趕緊離開這裡，以免再給自己添麻煩。」章之奇說完，頭也不回地往校門方向走去。

黃萱萱只好一邊暗自埋怨，一邊快步跟上。

九月二十六日，下午五點十二分

T城，華龍國際大飯店。

路天峰覺得命運真是愛開玩笑，短短幾小時之內，他已經是第二次「從天而降」，上一次降落的地點是T城警察局辦公大樓的頂樓，而這一次，他又來到了華龍國際大飯店的頂樓停機坪處。

「今天真是個飛來飛去的好日子啊。」跳下飛機時，他隨口揶揄了一句，「但陳小姐就不怕這樣太張揚了嗎？」

「路警官倒是說說看，我為什麼不能張揚。」陳諾蘭微笑著說：「我犯法了嗎？這直升機可是經過正式手續申請的，只是顏色有點像警用飛機，上面又沒寫著『警察』二字，要是你自己看錯了，可不能怪我。」

路天峰先是一愣，然後反應過來了，陳諾蘭雖然在他面前坦白過自己擁有預知未來的超能力，也承認歐陽淼淼是她殺的，言語之間幾乎默認了自己就是屢次犯下綁架案的幕後黑手「鯨魚」，但那又如何呢？

路天峰沒有任何證據能指證陳諾蘭，更不可能向警方或世人解釋清楚，陳諾蘭到底是怎麼犯案的——因為正常人根本不會相信犯罪者能夠預知未來這種說辭。

在這個世界裡，也只有路天峰一個人，可以確鑿無疑地肯定陳諾蘭就是真正的罪犯。

但他怎麼說服其他人呢？

「別的事情我們先不提，但陳小姐妳用暴力手段帶走我，已經足以構成非法禁錮罪，可以進行調查了吧。」

「哦？是嗎？我只是好心救下了躺在馬路邊，昏迷不醒的你，然後把你帶回了我的家中救治，哪來的暴力手段？」陳諾蘭故作天真地說。

「這……」

「然後我邀請你坐直升機，一起來參加今晚的拍賣會，期間你也是自願和我一起同行的，不是嗎？」陳諾蘭的臉上笑意更濃，「如果路警官有什麼不滿意的地方，大可自行離去，我們就此道別，各奔東西。」

路天峰攤攤手，表示認輸。如今陳諾蘭就是唯一一個能跟他討論關於兩個世界話題的人，雖然不知道她能否真正幫上忙，但好歹是一條值得嘗試的出路。

至於陳諾蘭在B世界犯下的這些案件，路天峰實在是無暇顧及了。仔細想一想，其實可能還存在著同樣的平行世界C、平行世界D……無窮無盡。

單憑他一個人，能管得了那麼多個世界的各種事情嗎？

現在的他，只想回家，回到真正屬於自己的那個世界之中。

「陳小姐，我們還是繼續合作吧，如果妳有什麼方法能讓我重返原來的世界，請說出來，我盡快去嘗試。」

「我現在當然沒有辦法，所以才要你把所有的故事完完整整說一遍啊。」陳諾蘭揚揚手，說：「走吧，不要傻傻站在這裡，我們到房間裡慢慢說。」

「房間？」

「我在這間酒店的頂層，預訂了一間總統套房。」陳諾蘭若無其事地聳聳肩，「否則拍賣會開始之前，我去哪裡休息呢？」

九月二十六日，下午五點十五分

T城，鳳落山，山頂別墅區。

章之奇那通報警電話果然發揮了作用，D城的報警電話接線中心收到報警資訊後，發現打電話的人竟然來自D城第九中學的校長辦公室，這可不是開玩笑的，重大案件，加上實名舉報人，非同小可，於是立即上報專案組了。

專案組有了這個充分理由，上級自然也順水推舟，同意了對鳳落山別墅區進行重點排查，十多輛警車開進社區，每棟別墅前面都停了一輛警車，然後逐家逐戶出示身分證明，接受問話。這讓調查人員的工作效率大幅提升，只花了十分鐘左右，就完成了初步篩查工作，其中十一棟別墅都有人常住，而且詢問之後沒有發現可疑之處，剩餘兩棟別墅一直無人應門，從院子外部觀察，房子裡也似乎無人居住，因此被列為下一步重點排查對象。

舒展顏翻看著屋主資料登記表，發現其中一棟無人應門的別墅主人，正是那位國民級偶像男明星，這位大明星天南地北東奔西走的，家裡沒人是再正常不過的事情。

童瑤瀏覽大明星的微博發現，他最近三個月應該都在外地拍電影，而後勤同事也已經調查清楚，這棟別墅的水電使用記錄已有三個月沒有變化，證明房子已經閒置了至少三個月，不像「鯨魚」會藏匿的地點。

為了確保萬無一失，舒展顏還是帶人翻過圍牆，穿過院子，在別墅的四周仔細檢查了一遍，門窗緊閉，完好無損，而且門鎖上積了厚厚的灰塵，屋內也不見有人活動的痕跡，於是暫時也排除了這裡。

最後一棟待調查的別墅，屋主是個從T城移居國外的富豪，這房子是他買來給自己回國度假時使用的，每年啟用的時間大概就兩到三個月，不過從電力公司得到的資料顯示，最近一個月內，這棟別墅耗電量也有好幾百度，確定是有人居住的。

別墅的車庫裡，停著一輛藍色的寶馬。舒展顏帶著下屬翻牆進入院子，然後她第一時間去摸了摸汽車的前蓋。

「還有餘溫，應該在一個小時之內駕駛過。既然車在這裡，那麼為什麼沒人應門？」

童瑤蹲下身子，檢查了一下車輪胎，「舒主任，這輪胎紋理裡面，卡了不少泥土，如果是在鳳落山的大路上行駛，應該不會有那麼多泥土的。」

「所以妳覺得，車子曾經在小路上行駛，或者去過一些路況較差，比較隱蔽的地方？」

「是的，我覺得這輛車子需要進一步檢查。」

舒展顏揮手讓同事過來取證，然後大步走向別墅正門。一名警察正在低頭檢查門鎖，看到舒展顏走近，立即立正報告，「舒主任，門鎖很乾淨，證明經常有人進出。」

「那麼裡面的人呢？」

「暫時沒有發現……」

舒展顏戴上手套，擰了擰門把，居然沒有上鎖。她皺皺眉頭，小心翼翼地推門進屋。

「四處檢查一下，注意保持現場完整。」

即使舒展顏明知道這些別墅是頂級豪宅，裡面的裝潢一定是不惜血本，早就做好了心理準備，但進門後，依然有一種被震撼的感覺。

被震撼的原因，並不是她看到了什麼金碧輝煌的裝潢，或者琳琅滿目的奇珍異寶，而是因為客廳裡面的東西真是少之又少，絕對是當之無愧的簡約風。不計那些小物件，真正算得上室內陳設的家具，也就一張桌子和一套沙發而已。

舒展顏曾經參與過一起奢侈品走私案的調查工作，因此對這些尋常人家見不著的家具有一點粗淺研究，否則根本就辨認不出這兩件物品的真正價值：那套米白色的沙發沒有品牌標籤，但做工極其考究，這種品質的沙發只能出自於義大利高級工匠之手，一般都是家族傳承的生意，每年就做那麼幾件成品，專供歐洲的皇室貴族，是榮譽和地位的象徵；那張桌子的桌面是用一整塊晶瑩剔透的白玉雕成，上次的走私案中就處理了一塊品質相仿，大小約等於這張桌面一半的白玉，專家鑑定後評估價格為三千萬。

除了沙發和桌子之外，偌大的客廳空蕩蕩的，不像是個住人的地方，更像某家現代藝術博物館的某個展廳。

「原來炫富也能做到這麼高的境界，我可是真不懂啊。」舒展顏感慨道。

「舒主任，透過國際長途電話聯繫上屋主的助理了，他說屋主最近把這棟別墅借給了一個朋友使用，但詳情他也不太清楚。」身後的童瑤彙報了最新情況。

「知道那個朋友的名字嗎？」

「不知道，但據說是一位遊學國外的藝術家。」

陳諾蘭。

斷掉的線索又重新連起來了。

「找到其他線索了嗎？」舒展顏站在客廳中央，放聲大喊，好讓在別墅其餘樓層的同事們聽到。

頂樓傳來了回答，「報告主任，我們發現這棟別墅的天台有一個小型直升機場，但現在並沒有飛機停泊在這裡。」

難怪他們可以在不開車的情況下離開別墅，但既然選擇了空中路線，就必定會留下行蹤，T城擁有私人直升機的人也屈指可數，很快就能鎖定去向了。

想到這裡，舒展顏不禁變得憂心忡忡起來。她相信「鯨魚」的能力，絕對不會留下那麼明顯的線索，那傢伙一定還有後手。

但無論如何，都得照著這條線索追查下去。

「查一下今天下午本市申請使用私人直升機的情況，看看他們飛去哪裡了？」

「嗯，已經查出來了，有一架直升機在下午四點五十三分從這裡起飛，五點十二分在華龍國際大飯店降落。」

「啊？怎麼回去那裡了？」舒展顏有點驚訝，但旋即反應過來。

「鯨魚」的原計畫裡面，今晚的拍賣會一直就是關鍵一環，只不過今天白天發生了太多的意外和波折，才導致大家的注意力分散到各種各樣的事情之上：彭羽瑤的慘死、彭啟城的崩潰、路天峰的失聯，還有被燒毀的名畫……

拍賣會這條線，雖然她也跟進調查了一下，但警方至今依然想不通，「鯨魚」到底想如何利用這場拍賣會來獲得贖金。

又或者說，她的真正目的並不是贖金，而是其他東西？

「彭啟城現在在哪？」舒展顏問。

「就在其中一輛警車裡頭，跟在我們的行動指揮車後面。」

「你們留下來，徹底搜查這棟房子，仔細採集物證，童瑤，妳跟我和彭啟城一起，立刻趕回華龍國際大飯店。」

「舒主任，這個……」

「千萬不要忘了那場拍賣會，也許真正的好戲，將會在今天晚上正式上演。」

第四章　黃昏

B世界

九月二十六日，傍晚六點

T城，華龍國際大飯店，總統套房。

陳諾蘭站在落地窗邊，看著遠方那沉到地平線附近，變成一團橘黃色溫暖火焰的夕陽，而落日餘暉所散發出的光芒，讓整座城市的建築物都彷彿鍍上了一層金橙色。

「這個世界真是漂亮，可惜如果你沒有錢，就永遠看不見這樣的風景。」陳諾蘭將手放在窗戶上，輕輕地用指節敲擊著玻璃。

路天峰的雙手被綁在椅子的把手處，以防他突然切換成路天峰B，又要對陳諾蘭喊打喊殺，但幸運的是，世界切換的現象並未發生，剛才他已經順利講完了自己的故事，只是一口氣說了那麼多話，喉嚨有點乾澀。

「先喝口水吧。」陳諾蘭貼心地將杯子遞到路天峰嘴邊，溫柔地將不冷不熱的水慢慢送入他的口中。

路天峰喝下水後，感覺喉嚨舒服了不少，低聲說道：「謝謝。」

「不客氣，在另外一個世界裡，我們之間的關係比這要親密得多，對吧？」陳諾蘭的笑意裡帶有一絲哀愁，然後她坐在床沿處，雙手托著下巴，閉上眼睛，似乎是在冥思苦想。

「陳小姐，妳聽完故事後，想出什麼解決辦法了嗎？」路天峰眼看今天只剩下不到六小時，心情越發浮躁，他總覺得A世界的這一天，最終會在第五迴圈裡發生一件相當重要的事情，而自己能影響A世界的機會，是越來越少了。

陳諾蘭睜開眼，不慌不忙地說：「我又不是神仙，怎麼可能一下子就想到解決辦法？但我覺得有兩個大方向可以嘗試：第一，從A世界入手，靠A世界的陳諾蘭所掌握的科技，再次影響你的大腦，甚至徹底清空某個思維區域，切斷你和我們這個世界的所有聯繫。」

「這樣會不會有什麼副作用？比如影響我的智商之類的？」

「別問我，去問另外一個陳諾蘭，但我猜，充其量就是變成白癡罷了，好歹拯救了兩個世界呢，個人做出一點犧牲又有什麼關係呢？」陳諾蘭這話說得輕描淡寫，卻聽得路天峰膽戰心驚。

「其實在B世界裡也有類似的腦電波干涉儀技術，但肯定無法做到像A世界陳諾蘭所做到的超高精度操作，你要是在這邊進行嘗試，大概整個人就廢了。」陳諾蘭補充了一句。

「那另一個大方向呢？」路天峰覺得前一個方向完全不可行。

「第二個方向，就是不管另一個世界了，在這個世界裡把問題解決——將兩個世界之中的不穩定因素去除即可。」

「意思就是殺了我？」

「是的，只可惜這個辦法沒有嘗試錯誤的空間，萬一失敗了我可承擔不起後果，所以我的建議還是讓你返回A世界，讓那邊的陳諾蘭幫你的腦子動個手術。」

路天峰冷靜下來，仔細一想，就明白了陳諾蘭的邏輯——如果在A世界做實驗，即使失敗了還有挽回的機會，但在B世界動手殺人之後，可就沒有迴旋的餘地了。

而且路天峰B在A世界之中已經經歷過一次死亡，但並未打破兩個世界相互影響的局面，足以證明路天峰B的生死並非關鍵因素，只有路天峰A才是真正的破局者。

「所以當我下次重返A世界時，可以讓諾蘭對我做一場腦電波干涉儀的實驗？」

「我覺得值得一試，當然了，最終怎麼做，還是由你決定。」陳諾蘭舉起杯子，又給路天峰餵了一點水，「只是我的耐心有限，如果過了今天，我依然看不清楚這個世界的未來，或者只能看到世界毀滅的大結局，我可能就會嘗試另一套方案了。」

另一套方案，是無可挽回的死亡。

路天峰身不由己地打了個冷戰。

他突然意識到，跟陳諾蘭合作的結果，很可能就是自己小學國語課本上的其中一課——與虎謀皮。

「妳可千萬不要衝動，A世界的諾蘭，一定能找到解決方案的。」

「呵呵。」陳諾蘭冷笑一聲，「憑什麼她就是『諾蘭』，我就是『陳小姐』？憑什麼她就一定能想出辦法來，而我的方法就不行呢？我還偏偏不信這個邪了。」

「呃，這個嘛……」路天峰發現B世界的陳諾蘭特別喜歡在他的話中「雞蛋裡挑骨頭」，而且不知道她哪句是認真的，哪句是開玩笑，性格有點喜怒無常，難以捉摸。

於是路天峰乾脆閉嘴，以沉默作為回應。

「來，再喝點水吧。」陳諾蘭又換上了一副溫順貼心的臉孔，為他遞上水杯。

「不了，謝謝，我喝得夠多了。」

「哦？真的嗎？」陳諾蘭露出一個奇怪的表情，把杯子放回桌上。

路天峰看著那個白色的杯子，眼前開始出現了幻覺，杯子從一個變成了兩個。

「這是……怎麼回事……」

不僅僅是杯子，整個房間裡的東西似乎都在分裂、移位，連陳諾蘭也變成了兩個人，兩個一模一樣，看著他冷冷地笑著的女人。

然後所有東西開始旋轉。

杯子，椅子，桌子，天花板，地毯，床鋪……全部都捲入了同一個漩渦之中。

路天峰這時才反應過來，杯子裡的水可能有問題。

是啊，陳諾蘭既然準備要在拍賣會上採取行動，又怎麼可能一直帶著他這個累贅？

然而他已經無法思考更多。眼皮越來越沉重，他沒辦法繼續睜開眼睛了，身體也不由自主地往下滑，最終倒在一片黑暗的泥沼之中。

失去知覺之前，他能夠勉強聽見的最後一句話是：「……可以出來了。」

「小方，妳可以出來了。」

總統套房的內門打開了，身穿白色長袖T恤、深藍色牛仔褲的方嘉筠從房間裡走出來，笑嘻嘻地搭著陳諾蘭的肩膀說：「諾蘭，事情終於處理好了呀？」

「嗯，是的，畫藏好了嗎？」

「放心吧，藏在書櫃下，安全得很。」方嘉筠看著昏睡不醒的路天峰，又說：「幹嘛還留著這警察？不如直接處理掉，乾淨俐落。」

「他還有用處，交給我就好。」陳諾蘭拍了拍方嘉筠的手，「彭啟城手中那幅畫已經被燒毀，如今世上就只剩下一幅《傳說》了。」

「而且是真正的《傳說》。」方嘉筠得意洋洋地說：「警方絕對想不到我們是怎麼把兩幅畫對調的……」

「還不是多虧了妳。」說話間，陳諾蘭走向酒櫃，開了一瓶價格不菲的紅酒，又斟滿兩杯，將其中一杯遞給方嘉筠，「為我們的勝利乾杯。」

「為我們的友誼乾杯！」方嘉筠將杯中紅酒一飲而盡，「對了，我跟畫什麼時候離開T城比較好？要不趁著拍賣會還沒開始，就趕緊開溜吧？」

「別著急，警方正在四處搜查妳的下落，妳現在帶著畫走，風險比較高。」

「那麼，等入夜了再走？」方嘉筠問。

「這件事情我來處理就好，妳別擔心。」陳諾蘭輕輕地摟住方嘉筠，「小方，要不妳先休息一下吧，舟車勞頓，辛苦妳了。」

「我不辛苦，但是……呃……」方嘉筠的身子突然搖晃起來，「諾蘭……我……有點頭暈……」

陳諾蘭笑著，接過了方嘉筠手中的空酒杯。

「妳喝多了。」

「不……不可能……陳諾蘭……妳……」方嘉筠的臉色由疑惑變為憤怒，然後又轉為恐懼，「為什麼……」

方嘉筠已經站不穩了，整個人向前撲倒在床上，她恰好趴在路天峰的身上，腦袋枕在男人的胸膛處，猶如一對同命鴛鴦正在忘我纏綿。

但對方嘉筠而言，這個場景一點也不浪漫，她的淚水奪眶而出，順著臉頰緩緩滑下。

「小方啊，妳知道的事情太多了，而知道太多的人，通常只有一個下場。」

方嘉筠動了動嘴唇，沒說出話來，她的四肢完全無法動彈，但能聽到自己背後傳來的腳步聲和陳諾蘭說話的聲音。

為什麼會這樣——

不要殺我——

方嘉筠在心底無聲地吶喊著。

陳諾蘭戴上橡膠手套，拿出一把銀光閃閃的鋒利匕首，慢慢地走近倒在床上的那位好友兼共犯。

「電視劇裡面的壞蛋，總是在下手殺人之前說一大堆廢話，那很無聊，也很殘忍。」陳諾蘭一邊說，一邊翻過方嘉筠的身子，將匕首刺入她的前胸，「我會讓妳走得很快的。」

學過生物學的陳諾蘭，對人體器官位置瞭若指掌，這一刀直接刺穿了方嘉筠的心臟，而她趁著血液還沒噴湧而出，就已經後退兩步，將垂死的方嘉筠推倒在路天峰身上。

方嘉筠的身體抽搐著，下意識地抱緊了路天峰，鮮血很快就染紅了兩人的衣服，而方嘉筠全身痙攣了幾下後，就徹底沒了動靜。

陳諾蘭探了探方嘉筠的鼻息和脈搏，確認了她的死亡後，將匕首塞到了路天峰的手中。

「這下子你無法再纏著我了吧？」陳諾蘭滿意地看著自己布置的現場，警方在經過詳細調查後，應該會排除路天峰的殺人嫌疑，但至少今天晚上，這個來自另一個世界的男人不會再干擾到她的計畫了。

窗外的天色漸暗，這應該是陳諾蘭以「這個人」的身分，所度過的最後一個黃昏吧。

九月二十六日，傍晚六點十分

T城，華龍國際大飯店附近。

舒展顏放棄了頂級配備的行動指揮車，改為乘坐一輛普通的警車，由童瑤開車，她跟彭啟城一起坐在後排，輕裝上陣，直奔華龍國際大飯店而去。

警車飛奔在市中心的高架橋上，而不遠處可以看見華龍國際大飯店那方方正正的外觀，所謂土到極致就是新潮，這棟建築物的設計雖然沒有任何花俏的地方，卻是T城辨識度最高的大廈之一。

舒展顏的手機震動了一下，她看了看螢幕，是資料分析組的同事，就接通了電話。

「舒主任，我們這邊有進一步的調查結果。在追查嫌犯方嘉筠時，發現她曾經出國留學一年，並用過一個英文名字 Vivian Fong。」

「嗯，然後呢？」

「我們過濾華龍國際大飯店住客名單時，發現有人用 Vivian Fong 的名字預訂了今晚的頂層總統套房，房間號碼 4802，信用卡支付，持卡人名字為 Catherine Chan。」

「是陳諾蘭和方嘉筠嗎？」舒展顏的語氣急切起來。

「有可能。」

「知道了，我來處理。」說話間，警車已停靠在華龍國際大飯店的大廳門外，其中一名門僮其實是便衣警察，舒展顏向他使了個眼色，將彭啟城交到他手中，然後連忙和童瑤一起跑向電梯間。

舒展顏一邊跑，一邊不忘用內部通訊器下達命令：「留守在華龍的同事們請注意，監控所有出入口和電梯間，留意疑似陳諾蘭或方嘉筠的人。」

沒想到通訊器那頭響起一陣雜音，然後有人回覆她，「舒主任，酒店的監視系統出現故障，我們正在緊急維修中。」

「開玩笑嗎，這時候故障？」舒展顏的眉頭擰成一團。

「之前我們不是用了一個駭客軟體修改監視畫面嗎？現在這個駭客軟體好像被其他人控制了，好多台監視器回傳的資料都是一模一樣的，應該是有人篡改和破壞了……」

「好了，我知道了，別跟我說細節，想辦法修好它！」舒展顏在電梯裡頭，不斷地按「48」的按鈕，卻一直按不亮，才想起來要刷一下員工的感應卡。

滴——

四十八樓的按鈕終於亮起。

電梯門無聲地滑動，關閉，整個世界突然變得清淨了不少。

高速電梯的樓層數字飛快地跳動著，舒展顏覺得耳膜有點隱隱作痛。

「舒主任，需要增援嗎？」童瑤低聲問道。

「不用了，我們要穩住陣型，不要讓敵人牽著我們的鼻子走。」舒展顏答道，如果說剛才她確實有點心神不寧，現在也已經平復下來了。

牽制警方的行動，讓警方疲於奔命，就是「鯨魚」的招牌戰術。而舒展顏決定這一次要以靜制動，提前布署好的人手和措施，全部堅守崗位，她則帶領機動部隊，爭分奪秒地進行追擊。

童瑤領悟了舒展顏的意思，堅定地點了點頭，手輕輕放在了配槍處。

叮咚——

四十八樓到了。

兩人如常地走出電梯，這一層的裝潢要比其他樓層更為誇張，走廊處除了掛滿世界各地著名畫師的臨摹作品外，還放著一個原吋比例仿製的大衛像，石膏像的頭部都快要頂到天花板了。

「這裝潢風格是以藝術博物館為主題的嗎？『鯨魚』也真會挑選地方啊。」童瑤說。

她們沒有浪費時間去鑑賞藝術品，徑直走到了4802房的門前。舒展顏是帶著員工萬能門卡的，兩人一左一右地站在門的兩邊，然後對視一眼，點了點頭，舒展顏拿起萬能門卡，刷了一下感應鎖的位置。

滴滴滴——

房門緩緩地自動往內打開了一點點。

從門縫處可以看見，門上的防盜門鏈並沒有扣上，她們是可以直接推門進去的。

童瑤再看了一眼舒展顏，後者點點頭，童瑤就右手持槍，槍口朝下，左手輕輕地推開了門。

「請問有人在嗎？」

沒有人回答，房間裡的燈是智慧型的，感應到有人進入，就自動亮起了暖色的地燈。可以看到進門之後是一個類似客廳的空間，並沒有人在裡面。

舒展顏指了指通往臥室的門，童瑤往臥室方向走去，而舒展顏則到另外一邊檢查洗手間和浴室。洗手間和臥室沒人，而童瑤推開臥室門之後，愣了愣，然後低喊一聲：「舒主任，有狀況。」

舒展顏立即趕過去，與童瑤同時目睹了這詭異的一幕。

在寬大的雙人床上，有一對男女——路天峰和方嘉筠——相互摟抱著，方嘉筠趴在路天峰的上方，兩人衣著完好，但雪白的床單已經被染成了紅黑色，兩個人的衣服上也全是血，分不清是誰流出來的。仔細一看，路天峰的胸膛還在微微起伏著，而方嘉筠的眼睛半張半合，眼神失去了焦點，童瑤熟練地上前探了探她的鼻息，然後搖搖頭。

「方嘉筠已經死了，路天峰還活著。」

路天峰的右手虛握著一把染血的匕首，而他的右手手臂和衣袖處有明顯的濺射狀血跡。童瑤小心翼翼地舉起匕首，查看刀柄處的血指印。

「方嘉筠的胸口中刀，判斷是刺穿心臟，當場死亡。屍體尚有餘溫，死亡時間並不長。」童瑤繼續用公事公辦的口吻彙報著。

舒展顏遠遠地避開那張大床，繞到房間的另一邊，那裡還有一扇門，穿過書房和休閒區域。不出所料的是，那裡面同樣也沒有任何人。

「舒主任？」童瑤初步檢查完方嘉筠的屍體，也後退了一步，以免破壞犯罪現場，然後等著舒展顏的進一步指示。

按照現場情形判斷，路天峰難逃殺人嫌疑，畢竟房間內只發現死者和他兩個人，按照正規流程，拘留審訊是少不了的，而且在沒有找到其他嫌犯的情況下，不可能輕易釋放他。

但站在個人立場，童瑤相信路天峰是無辜的，所以她期待舒展顏能給自己預期外的答案。

舒展顏的表情十分糾結，她沉默了足足有一分鐘，才說：「童瑤，妳覺得如果沒有路天峰，我們能查到這一步嗎？」

「不能。」

「如今『鯨魚』最為忌憚的人，是不是路天峰？」

「是的。」童瑤點點頭。

「所以我們別無選擇。」舒展顏擰開了一瓶放在桌上，零售價三十塊錢的礦泉水，遞給童瑤，「弄醒路天峰，問一下到底發生了什麼事情。」

「然後……我們該怎麼向上面彙報？」

「『鯨魚』破壞了部分監視器，也一定破壞了這層樓的，方便她自己行動，所以沒有人知道走廊上曾經發生過什麼事。」舒展顏哼了一聲，「我這次就要以其人之道，還治其人之身。」

童瑤手裡可沒閒著，礦泉水已經噴了路天峰一臉，而受到冷水刺激的他，也慢慢地睜開了眼睛，一臉懵然地看著眼前不可思議的場景。

「這是……怎麼回事……？」路天峰說。

「你問我，我問誰啊？」舒展顏沒好氣地說：「快喝點水，清醒清醒。」

「我沒事，我醒過來了，只是……」路天峰隨即注意到自己身上的血，和倒在身旁的方嘉筠，他都不用伸手去探鼻息，光看那雙眼睛就知道這個人不行了，「是不是陳諾蘭殺死了她？」

「大哥，你才是唯一的在場證人，我們還等著你提供線索呢。」童瑤也對糊里糊塗的路天峰感到有點無奈，哭笑不得地說。

「行，讓我整理一下思緒。」

陳諾蘭餵他喝水，頭暈眼花的感覺，然後他就倒下了……迷糊之中，他聽見了陳諾蘭和誰說了一句話。

她讓什麼人「出來」，現在回想一下，應該就是方嘉筠了。完全失去意識之中，他好像還聽見了書櫃、油畫、逃跑等幾個零散的詞語。

所以方嘉筠和陳諾蘭是同謀、共犯，然後陳諾蘭又殺死了方嘉筠？

「順帶一提，剛才我們進來時，這東西是在你手中發現的。」童瑤將已經裝入了證物袋的染血匕首舉高，好讓路天峰看得更清楚。

這下子，腦海裡面的星星點點，終於連成了一條線。

「我知道了，是陳諾蘭想要去做什麼，但不希望我阻止她，所以她才要殺了方嘉筠，藉機陷害我！」路天峰越說越激動，差點就要跳起來了。

舒展顏倒是越聽越迷茫，最後忍不住說：「按照你的邏輯，如果陳諾蘭只是想要阻止你，幹嘛不一刀殺了你，反而要殺自己的同伴方嘉筠？」

「這個問題嘛……我也不知道。」路天峰知道這件事不是三言兩語就可以解釋清楚的，乾脆避而不談，「啊，對了，畫……」

路天峰想起昏迷之前隱隱約約聽到的片段，立即跳下床，開始在房間裡面找書櫃，「你們知道哪有書櫃嗎？」

「裡面的房間，有一個小書櫃。」童瑤答道。

路天峰步伐不穩，踉踉蹌蹌地走進書房，將書櫃和其他家具裡裡外外都檢查了一遍，還趴在地毯上，把家具底部都看了個一清二楚。

但很明顯，並沒有什麼畫。

「陳諾蘭把畫拿走了……」路天峰的大腦在飛速運轉著，這到底是怎麼回事？畫？舒展顏和童瑤想起了彭啟城自己燒毀的那幅《傳說》，還有方嘉筠從工作室裡拿走的那幅贗品。這些是路天峰單獨行動之後發生的事情，所以他並不清楚，童瑤趕緊花了幾分鐘時間，向他簡單說明了一下來龍去脈。

沒想到路天峰聽完這些消息後，整個人像是著了魔一樣，眼珠不停地轉動著，卻一直不開口說話。

「你想到什麼了嗎？」舒展顏有點焦急地問。

路天峰還是沒回答，他的嘴中念念有詞，先是轉頭看了看窗外的落日景色，又趴下身子，伸手摸了摸書櫃底部的地毯，最後終於用力地拍了拍腦袋。

「糟糕！我們都想錯了！」

舒展顏和童瑤面面相覷，也不知道路天峰是不是受到藥效影響，有點糊塗了。

然而路天峰還是自顧自地原地轉著圈，眉頭一時皺起一時舒展，然後又抓住童瑤的手臂問：「彭啟城呢？他在哪裡？」

「在樓下，有人照顧著他。」

「不好了，我們還是沒有汲取教訓，每一次『鯨魚』犯案時，真正的贖金交付時間都遠早於我們以為的交易時間！」

舒展顏有點心情煩躁，厲聲喝道：「路天峰，你到底在說什麼？」

「魔術，魔術的手法你們知道嗎？真正的魔術就是在我們注意到魔術師的動作之前，已經完成了全部關鍵環節，之後我們所看到的，完全只是戲劇表演效果而已。」

舒展顏無奈地搖搖頭，看了童瑤一眼，以目光暗示童瑤：還是把他帶走吧。

童瑤低聲問：「需要用手銬嗎？」

「用吧，安全一點。」

沒想到路天峰倒是把兩人之間的對話聽得一清二楚，他連忙振臂高呼：「別亂來，你們知道我不可能是凶手，趕緊聯繫彭啟城，我要問他幾個問題。」

「你到底在胡說八道些什麼？能不能把事情說得清楚一點呢？」

「相信我，馬上找彭啟城來問話。」路天峰的眼神異常堅定，那清澈的目光絕不像失心瘋的樣子，而是充滿了自信，「另外，能不能替我找套乾淨的衣服，現在這副樣子確實是怪嚇人的。」

九月二十六日，傍晚六點二十二分

T城，華龍國際大飯店，二樓咖啡廳。

彭啟城略顯局促地坐在咖啡廳的卡座裡，面前放著一杯冒熱氣的拿鐵，但他連喝一口的心情都沒有。今天發生的一切，都太超乎他的想像和理解了，所以現在整個人還是懵懵懂懂的。

兩名便衣警察要他來咖啡廳，坐在這個座位上，他就乖乖照辦了，完全沒想過是誰約他到這裡見面，又要聊些什麼。

他已經是一具沒有靈魂的行屍走肉了。

「您還好嗎，彭老師？」

彭啟城循聲抬頭一看，原來是穿著酒店員工制服的路天峰。這名刑警同樣是滿臉疲憊的樣子，但他的眼神還在熊熊燃燒著，似乎內心的鬥志絲毫未減。

「並不……太好……」彭啟城開口說話時，才察覺到自己的聲音有氣無力，聽起來乾巴巴的。

「我有一些非常關鍵的細節想要確認清楚，因此需要您的協助。」路天峰已經坐在了彭啟城對面的位置上，誠懇地說。

「你問吧。」彭啟城是一副什麼都無所謂的態度。

「您準備用來交贖金的那筆錢，是怎麼籌集起來的？」

「啊？」彭啟城的腦子一時沒轉過來，他完全想不到路天峰會問自己這樣一個問題。

「嗯，籌集那三千萬現金的過程，我有點不太記得了，麻煩您複述一次。」事實上這是當時路天峰B也許會記得的事情，但路天峰A當然不知道。

彭啟城快速地眨著眼睛，他不明白為什麼警察突然提起這樁事，但仍然努力回想著。雖然只過去三、四天，他卻像是在回憶好幾年前的事情那樣，一點一點將記憶從腦海中擠出來。

「那是二十三號的深夜吧，我收到了一封電子郵件，要求我準備三千萬現金。我哪來那麼多錢啊，但為了救我兩個女兒，只好連忙聯繫圈內好友，想盡快賣掉幾幅畫，籌集這筆錢……」說到「兩個女兒」時，彭啟城明顯停頓了一下，臉上露出痛苦不堪的神情。

是啊，兩個女兒，現在只剩下一個了，還不知道能不能救回來。

「你聯繫了多少圈內人？」

「忘記了，在群組發訊息，好幾十個人吧，畢竟是一筆大錢，誰都沒把握馬上就能成交，但只要有一丁點希望的人，我都發了求助訊息，但不敢說為什麼需要那麼多錢，以免節外生枝……」邊回憶邊訴說著，彭啟城的語氣漸漸恢復了往日的順暢。

「也是怕買家壓價，對吧？」

彭啟城苦笑，「既然是急賣作品，不管人家知不知道你背後的真正原因，壓價是免不了的，但只要能籌到錢，別的我都不考慮了。」

「然後呢？是誰那麼快替你聯繫好買家？」路天峰繼續追問。

「小方，她是小瓊的一個朋友，自己開了一家藝術工作室，以前我們見過面，但也就只是點頭之交……」

「方嘉筠？」路天峰不由得坐直了身子，果然一切正如他所料，方嘉筠早就介入了案件之中。

「是的，交易地點在她的工作室，名字是一串數字……379還是397之類的，而且買家還說想挑選一下畫，我就帶了助手，搬了大概十多幅油畫過去。」

路天峰神色凝重地問：「交易地點居然不是在你家，而是在方嘉筠的397藝術工作室？你不覺得這行為有點可疑嗎？」

「是有點奇怪，但我家裡有警察，並不方便進行交易，她這個要求也正合我意，所以當時我就沒想太多。」彭啟城深深吸了一口氣，「而且一下子能拿出那麼多錢的買家，有些怪癖或者是顧慮都很正常，但我到了小方的工作室後，馬上就明白了。」

「你明白了什麼？」路天峰不解地問。

「買家不想現身。小方在工作室的三樓房間內準備了一台電腦，接上攝影鏡頭，買家帶著面具，透過網路視訊和我完成了交易價格的談判。」

「這……不可能吧，幾千萬的大生意，人不到現場？對方不怕你賣的是假畫嗎？」

「這種級別的交易，如果不經過正規拍賣流程，確實風險很高，所以我們雙方都在冒險，我急需一筆錢，對方想撿便宜，一拍即合。」

路天峰想了想，問：「買家是男是女，有什麼特徵？你有沒有注意到對方身處的環境、地點等特徵？」

「我是從事美術創作的，對這些事特別敏感，對方使用了變聲器，不知道是男是女，但看體型和動作，我覺得是女性；另外，對方視訊的背景是一片黑，環境也只有微弱的燈光，大概是故意不想讓我看清楚。」

路天峰蹙著眉，手指輕輕敲擊著桌子的邊緣。

他知道自己已經離真相越來越近了，但眼前依然是濃濃的迷霧。

「當時你帶去的畫當中，有沒有你的代表作《傳說》？」

「那是一定的，我還寄望一幅《傳說》就能賣三千萬，解決我的燃眉之急呢。」彭啟城可能是想起了被燒成灰燼的那幅畫，臉上露出了痛苦的表情。

「《傳說》不是預估能過億嗎？你居然三千萬就願意成交？」

「估價都是虛的，鑑定師說一個億、十個億都沒意義，關鍵是要成交。那位買家不想吃下知名度最高的《傳說》，反而想分散投資，買幾幅冷門作品，期待日後有更大的增值空間，因此我們還是花了不少時間在攝影鏡頭前面鑑畫、看細節、聊價錢……」

「最後的成交情況是？」

「對方買了我五幅油畫，總價兩千八百萬，現場先給一半訂金，二十四小時後買家拿到畫，看過沒問題了，再給另外一半。我們是在二十四號上午開始談判的，中午十二點多談妥條件，我查詢網銀，確實是收到了一千四百萬的訂金，而那天的深夜我就收到剩下的一千四百萬。」

路天峰分析道：「半天時間，也足夠從D城跑到國內絕大部分的地方了，所以很難透過這個線索來推斷買家的位置。」

「那天的交易雖然保住了《傳說》，但我賣出去那五幅畫，在拍賣會上賣到七、八千萬是不成問題的……」

「什麼？」路天峰突然拍了拍桌子，站了起來。

彭啟城被嚇了一跳，頓時不敢繼續說下去，驚恐地看向路天峰。

路天峰的表情先是驚愕，繼而變成迷茫，最終恍然大悟。

「天啊，只是那麼簡單的手法嗎？」路天峰重新坐下去，喃喃自語道：「為什麼我們現在才反應過來？」

「路警官？你的意思是……」

「綁匪如果想要錢，通常的思路是向你拿個一千萬、兩千萬，對嗎？但其實還有另一種辦法，同樣能賺到一大筆錢，而且還不容易暴露。」

彭啟城似懂非懂地哦了一聲。

路天峰繼續說：「綁匪可以給你兩千八百萬，然後拿走價值七千萬的東西，這樣子就賺了差價五千多萬，比直接拿走你五千萬還要簡單。」

「你說那天的買家就是綁匪本人？這個……那傢伙瘋了嗎？」

能夠隨時拿出幾千萬現金的人，還需要去綁架犯罪嗎？

「我們總會有一種慣性思維，覺得綁架勒索的罪犯就一定是走投無路、窮困潦倒的傢伙，但實際上，精心策劃一場綁架需要大量的成本，包括時間和金錢。」路天峰漸漸冷靜下來了，說話的速度越來越慢，「這就是一場瘋狂的賭局，用巨額的資金去賭翻三倍的財富。」

彭啟城目瞪口呆，有點不知如何接話才好。

「然而這還不是賭局的全部內容。」路天峰其實並不是說給彭啟城聽，而是透過衣領上的麥克風，將自己的推理分析告知咖啡廳外的舒展顏和童瑤，「『鯨魚』之前犯案一直都是來無影去無蹤，根本不需要以身犯險，親臨現場，但這一次，她卻出現在我們的視線範圍之內，這到底是為什麼呢？」

路天峰沒有戴通話耳機，並不能聽見舒展顏和童瑤說話，當然也沒期望她們能回答。他只是停頓了一下，給她們一點消化資訊的時間。

「因為這一次，有一件『實物』她必須親自到場取走，而這件『實物』的價值，一定超過了她透過網路能賺到的五千萬。」

「你說的『實物』……到底是什麼東西？」彭啟城誤以為這番話是說給他聽的，不由得緊張起來。

「價值超過一個億的東西，彭老師，你的名作《傳說》。」

彭啟城張大了嘴巴，卻什麼都說不出來。

那幅畫不是已經在自己的面前被燒成灰燼了嗎？這警察是不是腦子有毛病？

「立即通知各部門，在公路、鐵路、機場等所有通往外地的交通要道處設關卡檢查，盡量阻止陳諾蘭離開這座城市。其他的細節，我稍後跟你們解釋。」路天峰甚至來不及跟彭啟城正式告辭，拔腿就往咖啡廳外走去。

然而就在這一刻，毫無預兆地，路天峰又切換回到了A世界。

A世界

九月二十六日，傍晚六點三十六分

未知地點。

雖然不知道自己身在何處，但路天峰認為這裡應該是某個實驗室或者研究機構的倉庫，聯想到之前路天峰B的留言，他很可能藏身於D城大學之內。

四周的溫度很低，空調的出風口冒出陣陣白煙，路天峰看了一眼中央空調的面板，全部被設置為十六度，難怪感覺那麼冷。

「我剛才在幹什麼呢？」

路天峰的面前有兩個奇怪的金屬瓶子，都是被密封起來的，瓶子上貼著黃色的標籤，標籤上還有大大的黑色骷髏頭圖案。

毒藥？

路天峰再看看手邊的工具，桌面上翻開的書本，還有各種電子元件、計時器、玻璃瓶等等。他仔細辨認著瓶子上的英文，Aconitine，是個自己不懂的單詞，於是掏出手機想查一下，卻發現自己的手機瀏覽器內容，正好就是這種毒藥的介紹頁面。

烏頭鹼，劇毒物質，需填充氬氣密封，避免光線直射……

路天峰終於明白了，路天峰B想要製做一個用於殺死人的毒氣裝置，雖然還不知道目標是誰，但猜想是天時會的某位首腦。他連忙翻開隨身攜帶的筆記本，看看路天峰B在上面寫了什麼。

我見識過天時會的冷血和殘忍

我是不可能跟他們合作的

實在是諷刺，一開始是你教我跟他們正面對抗的

如今我還在孤軍奮戰，你卻勸我退縮？

不可能的

只要被他們殺死過一次，我就會永遠記恨他們

我絕對不能容忍天時會的存在

絕對不能

字跡越來越潦草，可見路天峰B的情緒逐漸失控，這時路天峰才想起一件非常重要，但被自己忽略的事，那就是並非每個人都能夠欣然接受自己成為感知者。司徒康曾經告訴他，這個世界上有百分之九十以上的感知者，要不被診斷為精神病人，終身服藥，變得渾渾噩噩，要不就承受不了心理壓力，選擇走上極端。

而路天峰B已經開始有情緒失控的跡象，上次他在回歸B世界的幾分鐘裡，就差點殺死了陳諾蘭B，如今又在A世界裡組裝這種殺人機關，真擔心他會變成一個殘忍的犯罪者。

路天峰想寫點什麼，去勸慰或者說去阻止「自己」，但提起筆之後，卻遲遲不知該從何說起。

最後他寫下了幾句話：

我有辦法讓我們回到各自的世界，

你在這裡不要太過衝動，保護好自己，

告訴陳諾蘭，一切的起源是她啟動了我們腦部的某個特定區域，所以解決方法可能是將這個特定區域重新遮罩掉？

請務必……

請務必控制好自己的情緒，這句話還沒寫完，路天峰就被吸入了另一個世界之中。

B世界

九月二十六日，傍晚六點四十分

T城，華龍國際大飯店，二樓咖啡廳。

路天峰恍惚之間，不知道自己剛才到底做了些什麼。他回過神來，發現自己蹲坐在地板上，臉上全是淚水，而童瑤站在他的身旁，一手拿著手銬，呆呆地望著他，似乎想要上前逮捕，但又一副猶豫不決的樣子。

身旁的地板上，還有一支手機，手機的螢幕碎裂了，上面懸著一條粉紅色的手機繩吊飾。路天峰回想了一下，想起這應該是舒展顏的電話。

而舒展顏人呢？她應該和童瑤一起監聽著自己跟彭啟城的對話才是啊？

「我……怎麼了？」路天峰緩緩開口問道。

「你不記得了嗎？」童瑤瞪大眼睛，難以置信地看著路天峰。眼前這個男人怎麼說變臉就變臉，一下子就換成了截然不同的表情和氣質。

「很抱歉，實在不記得了。」

「你剛剛突然推倒了我，然後硬是搶走我的手機，打了個電話。」舒展顏出現了，原來她就坐在旁邊的一個卡座裡頭，用左手揉捏著自己的右手手腕。

「電話？」路天峰撿起手機，看了一眼通話記錄，發現那通電話是打給黃萱萱的，「我在電話裡說什麼了？」

舒展顏無奈地說：「就幾分鐘前的事情，你怎麼能夠忘得那麼徹底？該不會是人格分裂吧……」

「我……我也不知道。」路天峰實在是無從解釋。

童瑤說：「其實你並沒有說什麼，因為電話接通之後你就一直在哭。」

路天峰的心一沉，重返B世界的路天峰B確實出現了情緒崩潰的跡象，那麼看來，在A世界時，他會變得更加瘋狂和極端。

兩個世界之間的來回切換，加上不斷迴圈的同一天，這兩種奇異現象的任意一種，都足以讓心智不夠堅定者嚴重懷疑人生，更何況兩種情況同時發生？

如果路天峰B在A世界內整個人崩潰掉，那麼兩個世界之間的交錯，可能會產生無法預料的嚴重後果，甚至導致兩個世界全面坍塌。

原來自己最大的敵人，竟然是另外一個自己。

但現在已經沒時間為這些無法控制的因素而自怨自艾，止步不前了。

「我們要趕緊出發，攔截出逃的陳諾蘭。」

「你確定你還能繼續執行任務？」童瑤狐疑地看著路天峰，剛才親眼目睹過這個男人莫名其妙坐在地上，邊打電話邊痛哭流涕的窘態，她對他的信任確實是有點動搖了。

「你還是先簡單解釋一下，彭老師的《傳說》不是被燒了嗎？為什麼你說這幅畫在陳諾蘭的手中？」舒展顏其實已經布署了警力，嚴查各大機場、火車站和長途客運站等關鍵節點，但T城也是座有好幾百萬人口的城市，通往市外的大大小小道路眾多，如果要全城戒嚴截查陳諾蘭，沒有充分的理由或證據是不可能採取這種措施的。

彭啟城也已經走到離三人不遠的地方，戰戰兢兢地站著，想要旁聽路天峰的發言，又怕打擾警察辦案，不敢繼續靠近。

路天峰瞄了彭啟城一眼，也不在乎接下來的話被他聽見了，就開門見山地說：「答案很簡單，我們只需要回答一個問題——綁匪為什麼要讓彭老師把手中的畫燒掉？如果那是一幅拍賣價格上億的畫，這個行為無論如何都是不合常理的，所以我們換個思路去想一下，會不會是因為彭老師當時手裡那幅畫是假的呢？」

「假的?!」彭啟城，舒展顏和童瑤三人幾乎是異口同聲地驚呼道。

「是的，一般情況下，彭老師只要認真觀察一下，就一定會發現這幅畫不對勁，但最近幾天，我想他的全部精力都放在了兩個女兒身上，哪有空去看畫？但他總會有閒下來的一天，也總會發現畫是假的，假畫一旦暴露，真畫就不好隱藏了。」

彭啟城瞪大雙眼，張口結舌。

「所以綁匪想了個辦法，讓假畫化為灰燼，於是真畫就安全了。如果我沒猜錯，這幅真畫將會在某個時間點重現人間，鑑於背後經歷了這一段傳奇故事，價格可能會更上一層樓。」

舒展顏問：「那麼這幅畫是什麼時候被掉包的呢？」

「贗品換真品這個動作，一定發生在最近幾天。雖然說彭老師這幾天不會認真看畫，但他畢竟是經驗豐富的老手，這幅贗品如果做得太離譜，他還是很有可能發現其中的端倪。」

「高品質的贗品，那需要提前很多時間準備的。」只有說到專業領域內容時，彭啟城才如夢初醒，開始娓娓而談，「先不說畫面細節上的臨摹難度極大，光是準備一模一樣的畫框、畫紙、顏料等等，就得費好大一番功夫。我這幅畫雖然公開展示的次數並不少，但能夠近距離認真觀察畫面上的各種細節，記下那麼多內容然後進行仿冒的人，一定是我的身邊人……」

彭啟城的五官略帶不自然地扭曲起來，他應該是想起了慘死的彭羽瑤。

但他仍然深吸一口氣，繼續說了下去：「而且這個人需要有足夠強大的繪畫技巧和起碼三個月以上的準備時間，才有可能做到這一點。我說句不知廉恥的大話啊，能把《傳說》臨摹到七八成相似的人，在全國都屈指可數。」

舒展顏露出恍然大悟的神情，拍了拍腦袋，「這麼說來，將真假兩幅畫交換的最佳時機只有一個，就是在方嘉筠的397藝術工作室裡頭！」

路天峰點了點頭，「沒錯，方嘉筠和彭老師的交易之中，有一個很突兀的不自然之處，就是她將交易地點定在了別墅的三樓。要知道那天彭老師帶著那麼多幅畫，搬運起來還是有點麻煩的，正常來說，應該將交易地點設置在一樓客廳才對，反正只要有台電腦或者手機，能上網路就行，為什麼非得讓彭老師那麼麻煩地搬十幾幅畫到三樓呢？」

路天峰確實沒想到，今天上午在397藝術工作室玄關處看到的那幅所謂贗品《傳說》，很可能是真的。

彭啟城小聲說了句：「對呀，當時我也有點納悶，但小方說反正有電梯，搬起來並不麻煩，而且她還主動幫忙了……」

舒展顏說：「這樣子搬來搬去，方嘉筠就有可能做手腳了，所以那天的交易，她們故意不買《傳說》，而買下了別的油畫，就是為了創造一個將《傳說》掉包的機會！」

「是的，彭老師的其餘作品知名度不如《傳說》，臨摹的難度更大，因此陳諾蘭和方嘉筠的計畫是不鳴則已，一鳴驚人，直接下手偷走了最貴的一幅畫！」

童瑤有點疑惑地說：「既然她們有機會用掉包的方式偷走價值連城的《傳說》，又何必真金白銀地花兩千多萬去買另外幾幅畫呢？」

「剛才說過了，買下那五幅畫是穩賺不賠的生意，而且還有另一個非常關鍵的原因。我們設想一下，如果那天彭老師帶著那麼多畫去卻沒有成功籌集到足夠贖金，他肯定會繼續四處賣畫，那麼很快就會有其他畫家和鑑賞家看到那幅贗品，從而識破她們的計畫……」

路天峰分析到這裡，所有人都明白了，綁匪後來要求彭啟城燒畫，也只不過是為了毀滅證據，不讓彭啟城發現畫曾經被調換而已。

真正的《傳說》，由方嘉筠運送到了T城。陳諾蘭為了騙取方嘉筠的信任，並沒有急於取走油畫，而是暫時由方嘉筠保管，因此方嘉筠直到臨死前的那一刻，還認為自己是陳諾蘭的心腹親信。

但實際上，陳諾蘭真正信任的人，永遠只有她自己。若不是兩個平行世界之間產生了相互干涉，路天峰A來到了B世界，影響了陳諾蘭的預知能力，她可能會一直隱身於幕後，就像之前兩起案件一樣，無聲無息地完成一切，殺人滅口，毀屍滅跡，拿著總價值一億七千萬的六幅油畫，徹底地消失在警方的視線之中，直到下一次犯案。

當然了，關於平行世界的種種是不可能向舒展顏和童瑤解釋的，路天峰也擔心一旦兩人回過神來，會發現其實陳諾蘭一直保持不現身，對她來說才是最合情合理的方案，於是趕緊開口將話題岔開。

「舒主任，再不抓緊時間出手攔截陳諾蘭，我怕再也找不到她了。」

舒展顏滿臉愁容，歎道：「交通要道設點的關卡我已經布署好了，但T城大大小小的出城道路數百條，我也不可能為了要找一個人而把整座城市封起來啊。要知道，彭羽瓊還在她手裡，生死未卜。」

畢竟彭啟城就站在一旁，舒展顏並沒有說出那個警方內部默認的結論，彭羽瓊很可能已經遇害。

「不能指望這些常規的方法，陳諾蘭的每一步棋，都利用了我們的思維盲點。」路天峰心中暗暗嘀咕著，如果把這場較量比作一盤棋局，陳諾蘭就等於是每一步都開外掛作弊的棋手，根本不可能透過正常方法來和她抗衡。

所以路天峰的計畫就是出手掀翻棋盤，不再跟她下棋了。

「你倒是說說有什麼非常規的方法？」童瑤問。

「我們可以直接在今晚的拍賣會上加拍一幅作品，彭啟城的成名作《傳說》。」路天峰不慌不忙地說。

「什麼？哪來的畫？」

「由畫家本人委託國內知名拍賣行嘉華盛世進行拍賣，難道還有假的嗎？」路天峰露出了狡黠的笑容。

其餘三人面面相覷，都不明白路天峰此舉的用意。

「這條新聞足以在短時間內引爆各大社群媒體，出逃的陳諾蘭一定會看到這個消息，然後她就會懷疑自己手上的那幅畫到底是不是真品。因為這幅畫是從方嘉筠手中拿到的，而方嘉筠之前為了臨摹《傳說》，一定做過不少次練習，工作室裡頭會有廢棄的半成品，甚至品質沒那麼高的成品……」

「你覺得只是為了確認手中的油畫真偽，陳諾蘭就會重返拍賣會？」舒展顏有點接受不了這個說法，實在是太異想天開了，如果換作是她，絕對不會為了這點事而以身犯險，再入虎穴。

「因為陳諾蘭是個希望能夠掌控一切的人，她無法容忍事情不在自己的控制範圍內。」她習慣了靠著預知能力過日子，因此完全無法接受一個自己看不見的未來。

而路天峰正好有辦法干擾她預知未來的能力。

「我現在只需要一幅油畫，甚至空白的畫布也行，讓我一直拿著這幅畫就可以了。」

舒展顏和童瑤對視一眼，後者搖搖頭，將舒展顏拉到一旁，壓低聲音說：「舒主任，還是送他去醫院吧？」

舒展顏想了想，說：「拿一幅畫給他，然後我們把假消息散布出去。」

「難道妳相信他說的？」童瑤有點急了。

「當然不信，我們要繼續全力搜捕陳諾蘭。」

「但妳為什麼……」

「因為彭啟城相信了。」舒展顏緩緩地說：「妳沒注意到嗎？路天峰說出這番話時，彭啟城的眼神變了，似乎又再燃起了一絲希望。」

「所以妳安排這一切，只是為了安慰彭啟城？」

舒展顏微微一笑，「還有另一個原因，就是讓路天峰乖乖呆在這裡，別到處亂跑了。看來今晚的拍賣會只是個誘餌，妳去查一下T城和周邊幾個有機場的城市，今晚有沒有飛往B國的國際航班。」

「妳覺得陳諾蘭會立即離開國內？」

「是的，一個理性的聰明人只會做聰明的事情。」舒展顏看了一眼不遠處的路天峰，「而失去了理性的聰明人，卻成了一個非常棘手的難題……」

九月二十六日，傍晚六點四十五分

D城，T1航廈，國內航班候機大廳。

黃萱萱坐在候機室的椅子上，低頭看著自己的手機螢幕發呆，而章之奇坐在她身旁，一言不發，兩人之間的氣氛非常尷尬。

最後，還是章之奇忍不住開口說：「要是有什麼重要事情，妳可以回撥一下電話的。」

「不了，那是舒展顏的手機號碼，但我不知道阿峰為什麼會用她的手機打給我……」黃萱萱停頓了一下，重重地吸了一口氣，「更不知道他為什麼不說話，只是不停地哭。」

「哭？」章之奇覺得這不是路天峰會做的事，以為自己聽錯了。

「嗯，是的，我還是第一次……不，算是第二次聽到他哭吧。」黃萱萱抬起頭，用力眨了眨眼睛。

「第一次是什麼時候？」

「他向我求婚成功的時候。」黃萱萱用手掌在眼邊搧著風。

章之奇將視線移開，歎氣道：「嫂子，妳也別太擔心，我剛剛查過了，我們這班飛機會準點起飛，很快妳就能見到他了。」

「七點起飛，八點到T城，大概要九點鐘才能趕到他身邊……哎，章之奇，你猜在阿峰身上到底發生了些什麼事？」

章之奇不想猜，也猜不出來，因為事態的發展早就超出了他的想像。

「我完全沒頭緒呢。」他老老實實地說。

黃萱萱搖搖頭，又垂下了腦袋，「不知道為什麼，我總覺得，今時今日的路天峰已經離我很遠了。」

「別胡思亂想了，沒事的。」章之奇就像哄小孩子一樣，安撫著黃萱萱。

但是他的內心其實也有同樣的感覺。

今天的路天峰和昨天的路天峰完全不一樣，那麼以後的路天峰，可能也跟過去的路天峰完全不一樣。

這時候，章之奇手中的電話振動起來，是舒展顏的來電。

「看，該來的始終都會來。」章之奇站起身來，下意識地走遠了十多公尺，然後接通電話，「舒主任，您好。」

「你在哪裡？幫我查些資料吧。」

「我？我馬上要登機了，這班去T城的飛機上並沒有提供 Wi-Fi 服務哦……」

「什麼？誰讓你過來添麻煩的，留在D城，找個能上網的地方，認真完成我交給你的任務就可以了！」舒展顏的聲音聽起來有點不快。

「這……黃萱萱不是收到了命令，要她前往T城增援嗎？」

「她是她，你是你，你就別浪費機票錢了。」

章之奇無言以對，但也不得不聽從舒展顏的指示，於是只好問道：「那麼，請問舒主任需要我查些什麼？」

「查一個人，Catherine Chan，持B國護照，我想要關於她的一切資訊，包括那些在境外登記的資料。」

「等等，這英文名字怎麼拼？……」章之奇掏出紙筆，一個接著一個字母地記下了完整拼法，「這人是誰啊？」

「應該是『鯨魚』的其中一個化名。」

章之奇頓時就變得精神抖擻，「哦？這傢伙居然不小心暴露了一個化名，那就有意思了啊。」

舒展顏說：「你可別大意了，我們懷疑她正在設法逃到國外去，所以你得盡快找到她的相關資訊，否則就太遲了。」

「這……舒主任，責任重大啊，你幹嘛不找警局的同仁去辦這件事？」章之奇聽到如此重要的任務，雖然有點躍躍欲試，但更多的是忐忑不安。

警局內部有專業的資訊技術和資料分析部門，也有充足的人力資源，舒展顏卻偏偏要單獨安排他來處理，肯定是另有原因。

「他們負責從正規管道去調查，而你嘛……嘿嘿，你懂的。」

「姐，我可是奉公守法的好市民。」章之奇擦了擦額頭上並不存在的汗。

「我不管什麼奉公守法，我只想要一個結果，明白了嗎？」

「明白是明白，可是……」

「先這樣吧，我有電話。」舒展顏急匆匆地說完，直接掛斷了電話。

章之奇苦笑著自言自語，「唉，真是苦命人，看來得找個網咖之類的地方趕緊工作了。」

他重新回到黃萱萱的座位旁，對她說：「不好意思啊嫂子，我這裡情況有點變化，不能陪妳一起去T城了。」

黃萱萱低垂著頭，彷彿睡著了一樣，對章之奇的話充耳不聞。

「嫂子，快登機了。」章之奇輕輕地拍了拍黃萱萱的肩膀。

只是沒想到一拍之下，黃萱萱不但沒有醒過來，身體反而失去了平衡，歪歪斜斜地倒了下去。

「嫂子？」章之奇一把扶著黃萱萱，只覺得她四肢乏力，全身就像棉花一樣軟，整個人連坐也坐不穩了，直接倒在章之奇懷裡。

章之奇捧起她的臉一看，更是大驚失色，只見黃萱萱的雙目微微張開，眼神卻是彷徨而迷離的，目光失去了焦點。他再探了探她的鼻息，竟然是涼冰冰的，一點生氣都沒有了。

「不可能，這怎麼可能！」

一分鐘前還活生生的黃萱萱，就算是急病發作，又或者身中劇毒，也不至於就這樣無聲無息地瞬間死亡，連臉上的表情都保持著生前最後一刻的平靜。

這種殺人的手法，已經完全超出章之奇理解的範疇了。

一時之間，章之奇竟然不知道是該報警還是叫救護車，他又嘗試摸了摸黃萱萱的脈搏，再次確認她已經死亡。

章之奇隨之意識到一個更嚴重的問題，黃萱萱旁邊接連幾個座位都是空的，而在他走開打電話的短暫空檔，並沒有人靠近過她。因此如果警方封鎖案發現場進行調查，章之奇無疑是頭號嫌犯，甚至可以說是唯一一名嫌犯。

除非法醫到場後判斷黃萱萱是自然猝死，否則章之奇免不了在警察局裡面呆上好幾天，直到案情水落石出為止。

「該死的，這可怎麼辦？」章之奇將黃萱萱的屍身輕輕放下，讓她靠著椅背，保持坐姿，然後輕輕地替她闔上雙眼。也許是他的舉動看起來有點奇怪吧，一名坐在不遠處的中年男人頻頻將目光投向這邊，似乎想搞清楚這對男女到底在做什麼。

留下來接受調查，他倒是身正不怕影子斜，但舒展顏吩咐的任務就很難完成了。如果立即離開現場，他相信自己沒那麼容易被警方抓到，能夠爭取幾個小時的緩衝時間幫舒展顏調查「鯨魚」，不過事後遲早要被逮捕的，到時候想要解釋「為什麼逃跑」就大費周章了。

章之奇並不是那種會過度糾結的人，所以很快便做出了決定。

九月二十六日，晚上七點

T城郊區，楊桃村。

這附近是發展緩慢的城鄉交界地帶，以環境髒亂治安差而聞名。所謂的楊桃村，既沒有楊桃，也沒有村子，而是一大片雜亂無章的出租屋，密密麻麻地擠在一起，屋子之間的道路狹窄得只能勉強通過一輛汽車，但在「村口」就設有攔路的閘門，將所有機動車拒之於外。

陳諾蘭將一輛租來的國產小轎車停泊在楊桃村周邊，然後背著用帆布包起來的油畫，輕盈地跳下車。她已經換了一身打扮，防水衣外套、格子襯衫、牛仔褲、平底運動鞋，加上頭上的鴨舌帽和淡褐色的太陽眼鏡，儼然一副經驗豐富的背包客模樣。

接下來，陳諾蘭打開後車箱，拿出一台高級的折疊山地自行車，仔細檢查了一下輪胎和煞車，準備上路。從這裡出發，很快就可以進入一片總面積有上百平方公里的國家森林公園，同時也是本地越野和露營愛好者十分熱衷的景點之一，有八條大致成熟的越野探險路線和無數由愛好者自行發掘的冷門路線，其中既有比較安全，難度不大的短距離路線，也有動輒要花三五天，只有專業人士帶齊裝備才能嘗試的高難度路線。

而現在，陳諾蘭當然沒有閒情逸致去玩什麼高難度越野，她只想透過一條最簡單的自行車越野路線，抵達毗鄰T城的另外一座小城市，R城。R城沒有機場，甚至連高鐵站都沒有，卻擁有另一種T城並不具備的交通工具——內江航運。

由R城順流而下，可以抵達的大城市相當多，而且慢也有慢的優點，那就是警方一般會優先考慮機場和高鐵站，然後是高速公路、長途客運等，很少會重點排查慢吞吞的客運船，更何況陳諾蘭的出發地點並非T城，而是R城。

當然了，她之所以會選擇這個方案，最關鍵的原因還是她已經「看過」了未來，知道這條路線可以安全地出逃。只可惜如今莫名其妙地多了路天峰這個干擾因素，陳諾蘭預知未來的能力大打折扣，不是那麼駕輕就熟了，否則出逃時應該會更方便。

鑑於進入森林公園之後手機訊號可能不穩定，因此陳諾蘭在正式出發前，還是習慣性地上網瀏覽了一下自己近期關注的重點新聞。

沒想到第一條新聞就讓她無比震驚。

《嘉華盛世拍賣會再添重磅拍品　彭啟城名作首次亮相拍賣會場》。

這是一則更新於三分鐘前的新聞，也就是說，彭啟城在今晚拍賣會開場之前突然聯繫嘉華盛世拍賣行，要拍賣自己的作品。

通常來說，像嘉華盛世那麼大的拍賣行做事都很小心謹慎，拍賣品全部都是提前公布，讓買家做好心理準備和提前籌集資金，也會聘請鑑定師為拍賣品逐一鑑價，所以幾乎不會出現臨時增加拍賣品的情況。

而一旦出現這種情況，只有一種可能性，就是拍賣品本身太勁爆了，其影響力足以讓嘉華盛世為它打破慣例。

新聞內容並沒有提及拍賣品是什麼，只說會是今晚的壓軸拍品，而彭啟城名作雖多，但能夠到達這個等級的畫應該只有一幅。

那就是理應還在陳諾蘭手中的《傳說》。

陳諾蘭先是愣了一會兒，然後開始感到憤怒，因為這幅畫之前一直在方嘉筠手中，如果自己現在手裡拿著的是贗品，唯一的可能性就是方嘉筠欺騙了她。

不過陳諾蘭畢竟經歷過不少大風大浪，很快又再冷靜下來，細細思索其中的不對勁之處。方嘉筠對她應該從來沒有起過疑心，否則也不會那麼輕易就被殺死，照理說，方嘉筠應該不會在這幅畫上做手腳的。

但這則新聞又是怎麼回事？嘉華盛世不可能拿這種事情來開玩笑吧？

陳諾蘭做事一向乾脆俐落，可如今卻鮮見的躊躇起來。擺在她面前有兩條路，要不就不管三七二十一，帶著自己手中的這幅畫逃跑，賭一把這幅就是真品；要不就回去確認一下拍賣會上出現的畫到底是怎麼回事。

當然了，最安全妥當的辦法，肯定是頭也不回直接逃跑，畢竟陳諾蘭在之前那筆交易中也賺到了好幾千萬的差價。可是陳諾蘭並不是追求安逸的人，這則新聞就像一根刺一樣，插在她的心頭，讓她寢食難安。

自從學會了操控預知未來的能力後，陳諾蘭還是頭一次有如此強烈的挫敗感。

她不能接受自己帶著這種挫敗感離開，如果她現在走了，那麼她一直以來的超強自信心就被動搖了。

而她嘗試啟動自己的能力去窺探未來時，什麼都看不清了，只能看到一團混沌，比今天上午的感覺還要更加模糊，這可證明路天峰對這個世界的影響越來越大。

「我還以為大家能夠井水不犯河水呢，來自另外一個世界的你。」

如果只是看不清楚跟路天峰相關的未來，還算勉強能夠接受，但現在的她，已經幾乎什麼都看不見了。

她唯一的念頭，就是必需重返華龍國際大飯店，搞清楚《傳說》的真偽，另外順便解決掉那個惹了一大堆麻煩事的傢伙。

然而這樣一來，之前策劃好的行動方案就得全部作廢，如今的陳諾蘭幾乎等於失去了超能力，要單純依靠自己的智慧去解決問題了。

「但是，能夠讓自己真正動動腦子，也未嘗不是一件好事呢。」

陳諾蘭將自行車重新折疊起來，扔到汽車後車箱內，充滿自信地笑了起來。

是啊，越是困難的處境，越是要笑。

路天峰，我會解決你的。

因為我還有最後一張底牌。

九月二十六日，晚上七點十五分

T城，華龍國際大飯店，七樓，宴會廳休息間。

拍賣會即將展開，這裡被臨時作為拍賣行工作人員的辦公區域，其餘參與拍賣的收藏品也全放在這個房間內，有十餘名荷槍實彈的保全人員嚴陣以待。他們目不轉睛地盯著眼前那一個個深色的手提箱，生怕一眨眼箱子就會消失似的，畢竟箱子裡的拍賣品價格不菲，最便宜的一件也要好幾十萬。

跟周圍那些表情嚴肅的保全人員相比，坐在角落的路天峰就顯得格格不入了。他的神情有點頹廢，低垂著頭，右手攙扶著一幅小號的油畫，隨隨便便地擺放在腳邊，彷彿那東西根本不值幾個錢，但其實那好歹也是彭啟城閉關期間的作品，賣個一百幾十萬絕對沒問題。

然而路天峰的心思顯然不在價值過百萬的畫作之上，他只要一低下頭，就會想起A世界那個冰冷的實驗室倉庫，滿桌可怕的毒藥和炸彈，想起路天峰B接近失控邊緣的字跡。

他進而聯想到最近一次互換，路天峰B在重返自己的世界後，徹底崩潰大哭，所以他很擔心路天峰B再次被迫回到A世界之後，會做出更加瘋狂的舉動來。

「那可是我的世界，我的家啊……」路天峰用力搖搖頭，長歎一聲，同樣諷刺的是，他也搞不懂自己為何要那麼努力去追緝陳諾蘭，就算能夠抓住她，能夠救出依然失蹤的彭羽瓊，那又如何呢？

萬一，這種相互切換的狀態一直持續下去，那他還有勇氣繼續面對嗎？

萬一，路天峰B無法承受壓力，選擇在A世界自殺，自己又是不是會永遠留在B世界，和那些看似熟悉卻又全然陌生的人一起，生活一輩子？

有那麼一瞬間，路天峰的腦海內閃過了放棄的念頭。

「路天峰。」舒展顏急匆匆地走進來，一臉嚴肅地說：「有個壞消息要告訴你。」

「還是找不到陳諾蘭的蹤影？」

「不，是另外的消息……」舒展顏停頓了一下，「你先做好心理準備。」

聽了這句話，路天峰的心頭一緊，舒展顏絕對不會低估他的心理承受能力，但她還是採取了鄭重其事的語氣，證明這件事非同小可。

「說吧。」

「剛剛收到的消息，你的妻子不幸去世了……」

妻子？路天峰花了幾秒鐘才反應過來，舒展顏說的那個人是黃萱萱。

然而他心裡並沒有多少悲傷的感覺，反而背脊微微發涼，不知道為什麼，他覺得有某件可怕的事情已經發生了。

「她……怎麼回事？」

「還不清楚，黃萱萱倒在機場的候機室內，她身上沒有外傷，沒有中毒跡象，就像是突如其來的猝死，醫護人員趕到現場時，人已經沒氣了。」舒展顏一邊說，一邊留意觀察著路天峰的表情。

他太平靜了，平靜得不合常理。

「猝死？怎麼可能……」

「機場的監視器拍下了整個過程，黃萱萱好端端地坐在椅子上，沒有任何人接近她，她也沒有吃東西，沒有喝水，然後就突然倒下去了，連掙扎都沒有。」舒展顏皺起了眉頭，「就算是心肌梗塞或者腦溢血，也不至於瞬間死亡。」

「是啊……」路天峰一副呆若木雞的表情，他想到的是，萬一路天峰B再次切換回來，知道這個消息之後，那肯定是兩個路天峰一起完蛋了。

舒展顏以為路天峰只是受到太大打擊，一時之間連話都不太會說而已，於是輕輕拍了拍他的肩膀，說：「節哀順變。」

「我……沒事的……只是……接下來怎麼辦？」路天峰努力想捕捉住自己的思緒，剛才一閃而過那個可怕的念頭，到底是怎麼一回事？

這時候，童瑤也跑了進來，氣喘吁吁，連呼吸都來不及調整就開口說道：「舒主任……路天峰……

出事了……」

路天峰沒有應聲，而舒展顏說：「別著急，我已經跟他說過了。」

「說過……了？」童瑤輕撫著心口，慢慢理順呼吸。

「嗯，妳也想說黃萱萱的事情對吧？」舒展顏問。

「萱萱怎麼啦？」童瑤瞪大了眼睛，「不，我想說的是余勇生……」

「余勇生？」聽到這個名字時，路天峰又變得緊張起來，心頭那股不安和恐懼越發強烈。

「D城刑警隊的余勇生，在駕車前往T城增援的路上，發生車禍，不幸身亡。」童瑤說到這裡，深深吸了一口氣，眼角瞄向路天峰，「交警的現場報告顯示，余勇生的車子在高速公路的拐彎處以一百公里時速保持直線行駛，直接衝出了路面，車輛嚴重損毀，人也當場不治……」

路天峰的腦袋裡嗡地一聲，一陣頭暈目眩，原先只有一個模模糊糊的想法，如今卻清晰了許多。余勇生駕駛技術並不差，就算車子故障或身體不適，也不至於完全不減速就徑直衝出路面。唯一合理的解釋，就是余勇生在車禍前已經死亡，而且是導致瞬間斷氣的某種死因。

那不就和黃萱萱的情形一模一樣嗎？

余勇生和黃萱萱，他們兩個人的共同點，就是都是在A世界裡面不幸離世的人。

路天峰想起了陳諾蘭B的推測：兩個世界一旦交錯，就會相互影響，直到其中一個世界吞噬另外一個世界。

如今來自A世界的死神，已經開始在B世界收割那些本應死去的生命，那麼是不是意味著，A世界正在逐漸吞噬B世界？

如果說兩個世界之間的交錯是以路天峰的出現為正式開端，那麼他就是害死了黃萱萱B和余勇生B的罪魁禍首……不，其實當初黃萱萱A和余勇生A的死亡，也跟路天峰脫不了關係。

所以他實際上是在兩個世界，分別害死了他們兩次。

路天峰覺得這房間裡的空氣太壓抑了，讓他幾乎無法呼吸，他想站起身來走動一下，卻無意間鬆開了手裡的油畫。

油畫跌落在地，畫面上狂野而凌亂的色彩和線條，讓路天峰的頭暈目眩更嚴重了。

「路天峰，先將畫交給我保管，你去休息一下吧。」舒展顏用關切的語氣說。

「嗯。」路天峰嘴上應了一聲，身體卻一動不動。

舒展顏自然已經察覺到路天峰的不對勁，她稍稍提高音量，說道：「路天峰，馬上去休息，這是命令。」

「嗯。」路天峰還是坐在原地不動。

舒展顏無奈地向童瑤使了個眼色，兩人走到一旁，交頭接耳起來。

「舒主任，情況很不樂觀，我怕他的情緒又突然崩潰……」

「但他是我們之中唯一直接跟陳諾蘭打過交道的人。」舒展顏看了一眼路天峰，「也是這個計畫的制定者和執行者。」

「其實我很懷疑這個計畫是否有效，因為聽起來不合常理。」

「他之前說的事，有哪一件聽起來是合於常理的？但最終結果證明，他才是對的。」

童瑤沉默了，正如舒展顏所言，路天峰看似瘋瘋癲癲，毫無邏輯的做法，每一次卻都能正中靶心。之前專案組花了那麼長時間都無法鎖定「鯨魚」的身分，如果不是路天峰加入，他們也根本不可能發現陳諾蘭這個人。

「所以我們只能期望他在短時間內振作起來？要不然就算陳諾蘭出現在這裡，我們也未必能抓住她。」

舒展顏點了點頭，「是的，想盡一切辦法，讓他打起精神來。」

「那，麻煩主任告訴我，萱萱那邊出什麼事了？」

舒展顏神色黯然地說：「她去世了。」

童瑤的表情霎時間僵住了，她瞪大眼睛，看向那個頹廢得不行的男人，不知道說些什麼才好。

這種情況下，誰才能讓他重新振作起來呢？

九月二十六日，晚上七點二十五分

D城，市郊，專心摸魚網咖。

這家網咖地處D城郊區，外觀是一棟平平無奇的低層商業建築，店名「專心摸魚」更是充滿了黑色幽默，要是不明就裡的路人，可能會覺得只是一家極其普通的網咖。但其實這家網咖在小圈子內頗有名氣，因為地段不好，所以租金相對便宜，收費也不算高，而網咖所用的電腦設備卻一點也不含糊，各種頂級配備齊全，還會定期升級，甚至有人會專程坐一個多小時的地鐵來這裡，然後泡上一整天。

章之奇以前也來過這裡湊熱鬧，見識了傳說中的「土豪級」電腦配備，但今天他來只有一個原因——這是離機場最近的一家高級網咖，網路頻寬保證夠用，完全可以滿足他查找資料的需求。

章之奇考慮到可以公款報銷，於是直接開了一個VIP包廂，躲起來安裝好各種工具軟體，然後想辦法連接到B國的公民資料庫中，很快就翻出了Catherine Chan的登記資料。

Catherine Chan，沒有登記中文名字，但家庭情況、教育背景、工作經驗等資料詳盡，系統登記的職業是藝術家，還有正式的住家地址和工作室地址，看來不像有什麼問題，但章之奇可不會被這種表面現象蒙蔽。

住家地址和工作室地址驗證過了，是真實存在的，章之奇也不可能跑去B國現場查證，但他還是從這名女子的父母資料看出了破綻。資料顯示 Catherine Chan 是華裔，父親B國人，有個標準的外國名字，母親則是典型的中國式名字音譯為英文；於是章之奇從B國的婚姻登記系統裡找出了這兩人的結婚登記資料，發現系統裡那張結婚證件照竟然是經過影像處理軟體偽造的。

再繼續追查下去，會發現 Catherine Chan 父母的資訊殘缺不全，顯然是造假的。這也是很多人偽造假資料時的漏洞，一般只會將某個人的資料處理完善，卻不會將其相關關係人的各種資料都補齊。

確定了 Catherine Chan 是假身分後，工作就變得簡單了，要知道即使是假身分也不可能所有資訊都憑空捏造，否則B國政府機關也不是吃素的，不可能任由陳諾蘭胡來。這一大堆登記資訊裡，必定是真真假假地混雜在一起，如果能辨認出其中真實的部分，就很可能順藤摸瓜，找到某些有用的資訊。

這種資訊分析工作，不但需要足夠嫻熟的網路技術，也是講究直覺和經驗的，有些人就是能從錯綜複雜的成千上百則資訊當中，一眼看到最關鍵的部分，而經驗不足的人可能要花費十倍的時間才能發現同樣的問題。

而章之奇恰好就是屬於天賦異稟的那類人。大概只花了十五分鐘，就查出在嘉華盛世拍賣ＮＦＴ數位藝術品的那位匿名藝術家「ＣＮＮ」，其登記通訊位址離 Catherine Chan 的工作室只有一百公尺距離；而且ＣＮＮ和 Catherine Chan 使用同樣型號的手機、同樣品牌的電腦，時常在同一個ＩＰ位址上網。根據這些線索，基本上吻合了路天峰之前的猜想，ＣＮＮ、陳諾蘭和現在這位 Catherine Chan 就是同一個人。

章之奇點擊著滑鼠，口中嘖嘖稱奇，更加佩服今天早上一眼看穿ＣＮＮ身分的路天峰了。

「神乎其神，難以想像……」

章之奇將螢幕分割，左半是關於藝術家CNN的資料，右半則是和Catherine Chan相關的各種資訊，這樣一路比對下來，終於又發現另一個有價值的線索。

CNN和Catherine Chan兩人的作品曾經出現在同一個小型商業畫展上，而在這次畫展期間，兩人都有作品成交，購買者的名字簡略登記為Peng，讓人不得不聯想起彭家父女三人。章之奇於是轉移目標，跑到B國的出入境資料資料庫裡頭翻了翻，果不其然，在畫展期間，有其中一人的出入境記錄。

YuQiong Peng。

那個人是彭羽瓊。

「嗯？不是說小女兒一直記恨父親嗎？為什麼跑去B國的人是大女兒？」

章之奇趕緊把相關資料傳給舒展顏，而與此同時，T城又發生了另外一件他搞不懂的事情。

九月二十六日，晚上七點三十三分

T城，華龍國際大飯店，酒店大廳。

一輛鮮紅色的計程車停在大廳門外，門僮立即上前，替計程車後座的乘客打開車門。然而就在打開門的瞬間，門僮被嚇了一大跳。

因為車上坐著一名衣衫凌亂的年輕女子，身上的裙子看起來應該價格不菲，但如今卻髒得難以辨認出原本的顏色，還沾滿了血跡，裙子在腰部附近裂開了一大道口子，露出了雪白的肌膚。而她的臉部、手臂和膝蓋等裸露在外的皮膚，也是滿目斑駁的紅腫、瘀青和烏黑，好不狼狽。

「小姐，到了。」司機說話的語氣戰戰兢兢，想必一路上載著這樣一名乘客過來，讓他神經緊繃。

女乘客也不說話，扔下一張百元大鈔，緩緩地轉身，看了一眼門僮，那冷冰冰的目光和麻木不仁的表情，讓門僮不自覺地後退了一步。

乘客帶著呆滯的表情，動作緩慢地下車，踉踉蹌蹌走進酒店大門。按理來說，門僮應該上前攙扶或者協助一下行動不便的客人，但這位客人，實在是讓人敬而遠之。

於是她一路跌跌撞撞地走進酒店大廳，大廳經理是個四十多歲的中年男人，工作經驗豐富，一看那女子的神色就馬上意識到情況異常，連忙上前迎接。

「小姐，請問有什麼我可以幫到您的地方嗎？」大廳經理語氣很客氣，手裡卻按下了對講機的緊急呼叫按鈕，向保全中心發出警報。

「……」

女子依然一言不發，一步一步向前走，但大廳經理堅決攔住了她的去路。

「小姐，請留步，您可以到這邊來休息。」

大廳經理注意到這名女子看起來非常虛弱，於是判斷自己應該有足夠的能力將她帶到一旁，以免驚擾到其他客人。

所以他張開雙臂，想要阻止女子前進，然而沒想到的是，女子完全沒有停步或躲避的意思，一頭就撞進他的懷裡。

「嗚！好痛！」大廳經理倒退兩步，勉強站穩身子，而那名奇怪的女子則跌倒在地，一動不動，看來像是昏過去了。

「小姐，妳還好嗎？」

這時候，大廳內值班的保全已經趕過來了，同時行動的還有埋伏在附近的便衣警察，只不過他們不方便暴露身分，因此並沒有圍上來，只是遠遠觀望著這邊的異常狀況。

「……」

那女子臉色蒼白，眼皮一跳一跳的，嘴唇也在蠕動著，但卻什麼都說不出來。

大廳經理終於注意到，女子的左手還緊緊攥著什麼東西，他稍微用力扳開她的手指，拿出了一個被揉得面目全非的紙團。

攤開紙團後，發現那其實是一張常見的酒店名片，專門給擔心迷路的住客使用的，名片上用多國語言寫著：「請送我到華龍國際大飯店。」

「小姐，妳醒一醒？」

女子慢慢睜開了雙眼，但目光仍然是茫然的，沒有說話。

「報警吧……」大廳經理無奈地對身後的保全說。

「我們就是警察。」兩名便衣警察終於忍不住出手了，他們出示警察證件，走上前來查看那女子到底是怎麼一回事。

這一看，卻把他們嚇得不輕。

因為這張臉孔他們太熟悉了，眼前這名落魄的女子，正是他們這幾天來日夜找尋的綁架案受害人，彭羽瓊。

「趕緊聯繫舒主任。派醫護人員過來，替她檢查身體。」

兩名便衣忙碌起來，並請保全幫忙清場，讓大家不要在此圍觀。彭羽瓊的狀態依然是懵懵懂懂的，精神恍惚，也無法回答任何問題，他們只好將她帶到大廳經理的休息室，然後通知舒展顏盡快過來處理。

總算找到了其中一名失蹤者，而且她還活著，警察們都感覺鬆了一口氣，只不過隨之急匆匆趕來的舒展顏，卻依然愁眉緊鎖。

「怎麼回事？」舒展顏問正在看守著彭羽瓊的警察。

「不清楚，是一輛計程車把她送到酒店大門外的……」

「那個計程車司機呢？」

「他沒跑遠，被我們找回來了。」警察答道，並打了個手勢。

很快，一個皮膚黝黑，有點駝背的中年男人出現了，他一副擔驚受怕的樣子，畏畏縮縮地看著舒展顏。

「司機先生，你別緊張，我只是想瞭解一點基本情況。」

「好，好的……」司機結結巴巴，看起來更加緊張了。

「沒事的，你如實回答就好。」舒展顏微微放鬆身子，擺出一副閒聊的姿態，「那位奇怪的客人，是在什麼地方上車的？」

「楊……楊桃村……楓……楓葉路……」

楊桃村？舒展顏當然知道那片區域魚龍混雜，治安形勢嚴峻，基於一些歷史上的原因，周邊道路環境也極其複雜，屬於城市天眼監控系統覆蓋率比較低的地方。如果彭羽瓊是在那裡上車，很可能無法追查她上車前的行蹤。

「當時她一個人嗎？」

「是的，就一個人，站在路邊，伸出右手，也不知道是不是想要叫車。我當時就覺得很奇怪了……唉，只是急於攬客，沒考慮太多……」司機連連搖頭歎氣，心裡面似乎很後悔載了這個麻煩的乘客。

「她上車後說過話嗎？」

「沒有，她只給我看了這家酒店的名片，然後遞給我一張百元大鈔……從那邊坐計程車過來大概只要六、七十塊，我看這女孩子出手那麼闊綽，就硬著頭皮接客了……一路上她什麼都沒說，我從後視鏡觀察過好幾次，她的目光一直是呆滯地看著正前方，不知道到底在看什麼，讓我心裡發毛。」

「然後呢？」

「沒了，我後來都不敢看她的眼神了，猛踩油門，直到她在酒店門外下車，我才總算鬆了一口氣。」

舒展顏又追問了一些細節問題，但司機都答不上來了，他確實是沒怎麼認真觀察這名渾身上下散發出詭異氣息的女乘客。

「好了，感謝你的配合，你可以走了。」舒展顏說。

計程車司機唯唯諾諾地離開，旁邊的一名警察按捺不住問道：「舒主任，接下來我們該怎麼辦？」

「立即派人到楊桃村楓葉路附近，逐家逐戶排查，盡快找到彭羽瓊這幾天來被囚禁的具體地點。」

「那麼……拍賣會這邊的布署呢？」

舒展顏為難了，如果按照正常辦案流程來處理，彭羽瓊已經得救，彭羽瑤不幸身亡，兩名受害者都脫離了綁匪的控制範圍，彭啟城就不需要再付贖金了，那麼在華龍國際大飯店裡所有的布署，都失去了意義。

如今的當務之急，是盡快找出綁匪囚禁受害者的現場，採集相關物證，然後就是想辦法從彭羽瓊身上問出一些有用的情報來，徹底鎖定陳諾蘭的綁匪身分。另外對陳諾蘭的追緝工作當然也不能放鬆，只不過按照現在的形勢發展推測，既然陳諾蘭留了活口，那麼她一定已經逃出警方的包圍了……

這樣盤算下來就會發現，路天峰之前堅持的「引君入甕」計畫，就完全沒有任何意義了。

舒展顏的頭有點疼，畢竟不到一小時前，還是她力推路天峰的作戰計畫，並調動所有的資源去支援他，甚至緊急找了一幅彭啟城的油畫過來救場，萬萬沒想到那麼快就得把這個計畫全盤推翻。

可是她別無選擇，相較於路天峰那玄之又玄，難以自圓其說的計畫，根據已經掌握的證據，按部就班，順藤摸瓜的偵查工作才是警察應該做的。

她自嘲地笑了笑，真是的，只要案件破不了，就整個人都變得有點瘋瘋癲癲了，為什麼剛才她會那麼相信路天峰說的話呢？

事情結束後，還是替他預約一個比較好的精神科醫生吧……

九月二十六日，晚上七點四十三分

T城，華龍國際大飯店，七樓，宴會廳休息間。

薛叢樂有點忐忑不安。

拍賣會在晚上七點半準時開始，現場氣氛相當不錯，但其中一件臨時增加的拍賣品，讓薛叢樂有一種如鯁在喉的不痛快。

那就是警方強行要求他們發布新聞，宣布所謂的「彭啟城神祕作品參與拍賣」，一開始薛叢樂堅決反對，但來自上級的壓力太大，嘉華盛世作為一家需要各種人脈關係才能在當地立足的知名拍賣行，還是得給警方賣個面子。

只不過警方最初的提案是，這幅所謂的神祕作品根本不需要存在，只是個噱頭而已，然而這下子薛叢樂可絕對不能讓步了，要讓人家知道嘉華盛世隨便亂發這種新聞，是會嚴重影響口碑和公信力的。

結果也不知道那位舒警官用什麼辦法，硬是臨時徵調了一幅彭啟城的油畫作品送到現場，說在必要情況下，可以用這幅畫來頂替神祕作品。薛叢樂雖然還是不情願，但確實沒有更好的辦法了，只能接受這個提案。

然而幾分鐘前，他又收到了警方的電話，說他們準備撤場，那幅彭啟城的作品也得退出拍賣了。薛叢樂還沒來得及答覆，就被掛斷了電話，他只好立即飛奔到現場來，看看到底是怎麼回事。

幸好，警察雖然走得差不多了，但畫還在。那位之前見過的路警官神情萎靡，拿著油畫，低垂著頭坐在角落裡，他身邊還有一位女警官在跟他說話。

薛叢樂乾咳一聲，先引起了兩人的注意，再走上前，「兩位警官……」

童瑤抬起頭，目光投向薛叢樂，而路天峰仍然是一副半死不活的樣子，不知道低著頭想些什麼。

「呃，我想確認一下，這幅彭啟城的作品，到底是不是不參與拍賣了？」

「是的。」童瑤答。

「不是！」然而路天峰的聲音更響亮，兩人幾乎同時說道。

薛叢樂頭更痛了，心想，你們警方內部先協調好，再來跟我溝通啊！這不是在浪費我的時間嗎？不過他可不敢得罪警方，依然語氣柔和地說：「請兩位見諒，我們拍賣行的規矩是，登記了參與拍賣的藏品，不可以無故退出拍賣，否則要賠償等同於藏品起拍金額百分之五十的違約金……而這幅油畫的起拍價是八十萬……」

薛叢樂的潛台詞是，之前勸你們不要臨時硬塞這幅畫來拍賣，你們不聽，現在拍賣會開始了，你們又突然說要退出，要是每個人都這樣折騰，嘉華盛世早就倒閉了。

童瑤也有點尷尬，舒展顏去追蹤彭羽瓊的情況了，還把這裡的警力全部撤走，只留下她一個人照料著路天峰，而油畫退出拍賣一事，應該是舒展顏的決定，她不能左右。

現在的問題是，路天峰死死抓住這幅畫不願鬆開，她也不可能出手強搶啊。

「路天峰，還是算了吧，陳諾蘭不會再回來的了。」童瑤好言勸慰道：「如果她還想回來，一定不會釋放彭羽瓊，那是她最後的籌碼。」

「不，她會回來的，我絕對不能放下這幅畫。」路天峰斬釘截鐵地說：「要是我放下這幅畫，她就真的會逃之夭夭了。」

「但……你做出這個判斷的根據呢？」

「那是妳無法理解的原因。」路天峰的嘴角抽搐了一下，艱難地說。

童瑤徹底無語，看來路天峰的病情越來越嚴重，再也不能任由他亂來了。

「童瑤，妳為什麼不相信我呢？」路天峰彷彿看穿了童瑤的心思，開口說。

「對不起，有些事情我真的很難接受……也許因為我是個理性的人吧。」

「我也非常理性。」路天峰突然笑了，「妳仔細想一想，今天以來，我做過什麼不講道理的錯誤判斷嗎？」

童瑤一愣，細細回想一下，還真的沒有。

路天峰的行為舉止只是不符合邏輯而已，從結果來看，都是理性而正確的選擇。

「但我們是警察，我們必需服從上級的命令，撤離現場，歸還油畫，這是舒主任下達的指示。」

「別擔心，她只是讓我們離開，沒有讓我們馬上離開。」路天峰恢復了元氣，昂首挺胸地站起身來，「我會走的，等陳諾蘭來了之後，我也不得不走。」

「你到底憑什麼那麼肯定她會出現？」

「因為如果她不回來找我，就會輸掉整個世界。」

童瑤還在細細消化著這句話的含義，眼前突然變得一片黑暗。

屋內的燈霎時間全部熄滅了。

四周傳來子彈上膛的聲音，那些訓練有素，荷槍實彈的保全人員可不是花瓶，立刻做好了作戰準備。

「堅守崗位，注意箱子。」

在伸手不見五指的漆黑之中，裝有拍賣品的箱子散發出淡淡的藍光，這些箱子裡全都安裝了追蹤器，就算有人想趁著混亂偷走箱子，也逃不出酒店的範圍。

「有情況嗎？」

「暫時沒有，一切正常。」

「守住所有出入口！」

童瑤也下意識地摸向腰間的槍，她的第一反應是一定要保護好路天峰。

「別擔心，她不會來這裡的。」路天峰的聲音異常地冷靜，好像毫不驚訝。

「為什麼？」

「因為她唯一需要確認的，是手中那幅《傳說》的真偽。」

「哦？」

果然，不到一分鐘的時間，周邊的燈光逐漸亮起，所有箱子都好端端堆放在房間正中央，一切如常。

「到底是怎麼回事？」

「只是偶然停電嗎？」眾人竊竊私語起來。

這時候童瑤才終於注意到，路天峰所在的位置是監視器拍不到的死角，而且他一直都故意用自己的身體遮擋住放在地上的油畫。

「你不想讓她看見這幅畫？」童瑤恍然大悟。

路天峰點點頭：「沒錯，所以她得故意弄出一點動靜來，比如切斷這裡的電力供應。」

但即使斷電後引發了一場小規模騷亂，路天峰卻依然安坐不動，繼續把油畫遮擋得嚴嚴實實的，不讓任何人透過監視器分辨出這幅是什麼畫。

所以陳諾蘭還是無法得到她想要的資訊。

「好了，接下來我要去跟她好好談一下了，童瑤，這幅畫就交給妳啦。」說罷，路天峰將油畫正面朝下放倒在地，然後站起來，對著離自己最近的一個監視器鏡頭打了個手勢。

右手食指朝天，然後做了一個旋轉的動作。

「這是什麼意思？」童瑤問。

「她能看懂的。」路天峰一掃之前的頹態，完全恢復了鬥志。

因為他想通了，如果他在這裡選擇放棄，那麼將失去一切。

但如果選擇放手一搏，那麼也許還能夠爭取到某些最重要的東西。

路天峰不想再失去什麼了，因為他，或者說他們，已經失去得太多。

九月二十六日，晚上七點四十九分

T城，華龍國際大飯店，頂樓天台。

其實頂樓的天台不僅僅擁有四個供直升機起降用的停機坪，同時也是T城最為知名的登高觀光點之一，每當夜幕降臨，總有不少市民和遊客前來，居高臨下，鳥瞰這座城市流光溢彩的夜景。

今天的天氣不錯，能見度很高，天台上到處是三三兩兩的遊客，或是隨意散步，或是拍照留念，還有人自備望遠鏡，一飽眼福。

大部分的遊客都會聚集在靠近天台邊緣的位置，畢竟越往天台的中間走，觀看夜景的視野就越受到局限，當然了，還是有一些不想被打擾的人，比如卿卿我我的情侶們，會在靠近停機坪的地方散步，聊天。

但直接站在停機坪中央的大寫H字母處，而且久久不願離開的遊客，確實難得一見。

此刻，就有一名身穿黑色風衣，長髮迎風飄揚的女子站在那最顯眼的位置上，但整個人自然而然地與黑夜融為一體，並沒有受到太多遊客的注意。

另外一名男子登上天台後，徑直走向停機坪。

「你來啦，路警官。」陳諾蘭的聲音仍然是歡快雀躍的。

「妳好，陳小姐。」路天峰的聲音卻保持著冷靜低沉，「妳果然還是回來了。」

「討厭鬼，就不能讓我看一眼那幅畫嗎？」陳諾蘭嗔怪的語氣，就像在跟自己的男朋友撒嬌。

「抱歉，不可以。」

「那麼我猜，你手中的那幅畫並不是《傳說》，我拿到的才是真品。」

「哦？是嗎？」路天峰並沒有正面回答。

陳諾蘭似乎被路天峰的冷淡激怒了，語調變得尖銳起來，「路天峰，你到底想幹嘛？」

「原本我是想抓住妳的，但現在，我只想回家。」

「呵呵，你憑什麼抓我？有證據嗎？」陳諾蘭冷笑道。

「陳諾蘭，如果我被迫留在這個世界，我總會想到辦法逮捕妳的。」路天峰向前走了一步，拉近了兩人之間的距離，「所以妳得幫助我回到原來的世界。」

夜色中看不清陳諾蘭的表情，但她似乎在強忍著笑意。

「首先，只要你找不到所謂的犯罪證據，就拿我沒辦法，所以你想藉這件事來要脅我是很可笑的行為；其次，我也沒辦法讓你重回原先那個世界，也許那邊的陳諾蘭能做到這一點吧，但我確實做不到。」

路天峰慢慢地搖了搖頭，「不，妳能做到的，彭羽瓊就是最好的證明。」

「哦？什麼意思？」

路天峰一字一頓地說：「妳為什麼會放了彭羽瓊？」

「路警官，我不明白你說什麼，人又不是我綁架的，何來『放了她』一說？」

路天峰早就料到她會矢口否認，倒也懶得爭論，說：「那麼，就來聽我說一個故事吧。」

陳諾蘭攤開手掌，做了個「請說」的手勢。

「故事的最初，是一位女孩子偶然發現，自己竟然擁有預知未來的超能力——」

能夠看見未來，到底是幸福還是詛咒？

女孩並沒有找到答案，她曾經見過一些讓自己憧憬的未來，卻無法實現，也見過一些可怕的、不願面對的未來，最終卻無法逃避。

因為一段不願提及的往事，她失去了在國內平靜安逸的生活，被迫前往國外。

後來，一連串不為人知的變故發生了，女孩最終轉變為復仇女神。

她想要以自己的標準，去懲罰那些躲過法律制裁的「壞人」。

其中一個目標，就是近年來聲名大噪的油畫家彭啟城。彭啟城當年間接害死了自己的妻子范海英，卻沒有受到任何懲罰，甚至可以說因為這段經歷，他的畫家生涯更添傳奇色彩。彭啟城的畫被拍賣出天價，他也受到國內藝術界的加冕與追捧，可謂風光無限，但他死去的妻子呢？有人為她抱不平嗎？

於是她決定策劃一場復仇行動，要讓彭啟城也嘗嘗失去一切的滋味。當然，這裡面還有一個很重要的因素——她利用預知能力窺探過未來，知道這個行動成功的機率很高，而且還能為自己帶來豐厚的利潤，所以她才會真正地付諸行動。

這個行動謀劃的時間非常長，可能有半年以上，甚至一年以上……當然了，時間長短並不重要，復仇女神為了萬無一失，連自己高中時代的閨蜜都拖下水了，安排方嘉筠這位默默無聞卻有不錯技術功底的畫家，去臨摹彭啟城的代表作《傳說》。

不過臨摹一幅畫並非易事，《傳說》雖然時常參加公開展覽，但在畫展上能夠看到的細節有限，也不可能長時間的近距離觀察，為了完成這個目標，必須得到來自彭家內部的協助。這時候，復仇女神又盯上了彭啟城的兩個女兒，彭羽瓊和彭羽瑤。

兩名少女一直跟隨父親長大，照理來說關係應該非常親密，想要策反她們並不容易，可是復仇女神手上有一份當年范海英出事的內部資料，她斷章取義，故意曲解了內容，並把這份資料給了姐姐彭羽瓊。

沒錯，最開始收到消息的是彭羽瓊，但後來彭羽瑤也知道了此事，妹妹的性格並不如姐姐那般堅忍內斂，因此對父親的敵意漸漸流露出來。不過事態的發展並沒有影響復仇女神的計畫，父女之間的猜忌，更有助於計畫的完成。

彭家姊妹果然對復仇女神深信不疑，她們願意配合復仇女神的計畫，將《傳說》的所有細節全部用照相機拍下來，把上千張高清照片寄到指定電子信箱。這些照片全部成為方嘉筠臨摹的輔助工具，也幫助她製作出以假亂真的另外一幅《傳說》。

終於，當方嘉筠將臨摹的仿製品準備好，復仇女神覺得時機已經成熟，就連同彭家姊妹，四人上演了一出「綁架」好戲。

那天晚上，在Light & Magic西餐廳，彭家姊妹配合復仇女神，藏身於一台運送貨物的手推車裡，先是避開監視器，再輾轉離開了餐廳範圍。之所以會這樣猜想，是因為那地方根本不可能無聲無息地擄走兩名成年人，兩人一定是自願離去的。

接下來，復仇女神開始向彭啟城勒索，她知道彭啟城手頭上不可能有那麼多現金，而對於一位知名畫家而言，最簡單直接的套現方法無疑是賣畫。於是方嘉筠主動表示可以替彭啟城聯繫賣家，但在網路交易的那天，真正的賣家就是藏身於同一棟別墅內的復仇女神，她利用網路視訊通話吸引了彭啟城的注意力，然後趁機對調了真假兩幅油畫。

復仇女神以低價買下彭啟城的數幅作品，其實已經可以賺一大筆了，但她仍然不滿足，她要徹底摧毀彭啟城這個人。於是接下來，她開始誘導彭啟城前往T城，並準備透過一連串的指示，讓彭啟城陷入混亂和絕境當中，再命令他燒掉手中那幅假的《傳說》。

只可惜這個計畫還是出現了漏洞，一個意料之外的人打破了復仇女神的完美計畫，導致彭羽瑤的屍體提前被發現——是的，彭羽瑤的個性就是心裡藏不住祕密，她註定不可能活下來。

復仇女神連忙改變計畫，填補住漏洞，也順利地讓彭啟城燒掉了油畫。與此同時，方嘉筠帶著真的油畫，與復仇女神會合，結果也被滅口。原本彭羽瓊也是非死不可的，只是復仇女神的行動再次受到了干擾，某人逼著她重返被警方重重封鎖盯梢的現場，為了打破警方的嚴密監控，她只好放棄了殺人滅口計畫，讓彭羽瓊重新出現在警方的視線當中，引導警方前往追查綁匪，從而解除了對這家酒店的封鎖。

不知道事到如今，我們的復仇女神有沒有意識到，扭曲的正義並非正義，單純的仇恨也只會摧毀所有的善良與美好。

「妳覺得我說得對嗎？親愛的復仇女神，陳諾蘭小姐。彭羽瓊雖然看似平安歸來，但妳怎麼可能讓她說出事情的真相呢？妳應該早就準備好一切，讓彭羽瓊成為妳的代罪羔羊吧？」

路天峰一口氣說完，有種如釋重負的感覺。

但陳諾蘭只是默默地轉過身去，留給路天峰一個背影，然後他注意到她的肩膀微微顫抖起來。

不，不僅僅是肩膀，陳諾蘭的全身都不由自主地顫抖著。

她笑了，笑裡帶著哭腔。

「哈哈哈，路天峰，你是不是覺得自己很聰明？能從這麼一丁點蛛絲馬跡，推理出一大堆東西，是不是覺得自己很厲害？」

路天峰沒有答話，但他聽出了陳諾蘭聲音裡的瘋狂和淒涼。

「我告訴你，你什麼都不懂，什麼都不知道！」

路天峰並沒有辯解。

陳諾蘭緩緩地回頭，重新直視路天峰的眼睛，黑暗之中，她那雙明亮的眼眸之中，彷彿正在噴射出火焰。

「你完全不知道我為什麼做這種事情，復仇？多麼膚淺而可笑的動機。在我眼中，仇恨是世界上最沒有意義的情緒之一。」

路天峰能感受到陳諾蘭的執著和憤怒，情不自禁地後退了一小步。

而陳諾蘭立即就向前一小步，兩人之間的距離依然保持不變。

前一分鐘還是獵人的路天峰，頓時覺得自己成了獵物。

「路天峰，我再給你一次機會，猜猜我真正的動機到底是什麼？」

「我……不知道。」

「啊，很好，你終於承認了自己的無知。」陳諾蘭的語氣變得緩和了一些，「其實我之所以這樣做，是因為死亡對他們而言，是最好的結局。」

「什麼意思？」

「是的，要是讓胡昊明再活多十年，他將會糟蹋一百多個女孩子的清白，其中十六個最後選擇了自殺；蘇懷玉要是繼續活下去，她會在二十七歲時嫁給一名大毒梟，再過三年，她的丈夫會在毒販火拚中死去，然後她將成為全球緝毒警察的噩夢，讓無數個家庭家破人亡；而彭家姊妹——」

陳諾蘭在這裡突兀地停了下來。

「彭家姊妹會怎麼樣？」路天峰不禁發問。

「她們會因為搶奪遺產而反目成仇，最後在一場私人畫展上，彭羽瑤為了確保能夠殺死自己的姐姐，一口氣毒殺了幾十位國內知名的藝術家，對藝術界而言無疑是一場驚天浩劫。」

路天峰倒抽一口涼氣，按陳諾蘭這種說法，她的真正目的，竟然是想要避免尚未發生的嚴重犯罪？

「但是妳所說的這些事情，根本就無法證明！」

陳諾蘭淒然笑道：「這些都是尚未發生的事，如何證明？就像你說你在A世界會時不時經歷一天五次的迴圈，只有第五次才能成為真正的『現實』，那麼在前四次迴圈之中所發生的各種事件，又該如何證明其存在？」

路天峰啞口無言，其實就連他自己都不能確定，那些曾經發生了卻沒有留在時光裡的各種事件，到底算不算真正的「存在」？

「照妳的說法，妳雖然接二連三地犯下綁架案，但實際上卻是個大好人嗎？」

「每個人都有光明面和黑暗面，我也曾經只是為了洩憤而殺人……歐陽淼淼，我看過她的未來，工作、結婚、相夫教子、奔波勞碌，她就是一個普普通通的女人，因此殺死她之後，我只感到無盡的空虛。」陳諾蘭長歎一聲，「不過她的死，讓我明白了自己的責任和使命，我應該利用我的預知能力，去做一些更有意義的事情。」

路天峰想要說些什麼，但話到了嘴邊，又吞了回去。他無法站在道德的制高點，居高臨下地去批判陳諾蘭，他甚至無法分辨陳諾蘭所說的一切是真是假，是對是錯。

在某種意義上來說，他們是來自不同世界，卻又同病相憐的兩個人。也許將兩個世界徹底地分開，才是最好的選擇。

「我們一起合作，讓兩個世界都重回正軌，好嗎？」路天峰提議道。

「我倒是很想合作，但你得告訴我該怎麼做啊。」

「我想問一下，彭羽瓊為什麼變得渾渾噩噩，語無倫次了？是不是妳對她的大腦做了什麼手腳？」

陳諾蘭點了點頭，說：「是的，跟A世界的陳諾蘭一樣，我使用了一種能夠影響大腦皮層的電子儀器，然而這種儀器功能相當簡陋，只能摧毀某個人的記憶區域，無法做到像A世界那樣極其精準地控制有效範圍。」

「我想知道，如果妳把我洗腦了，兩個世界之間是否不會再產生交錯？」

「這種專業問題，你必需詢問另外一個我。」陳諾蘭無奈地聳聳肩，「話說，如果你因此失去了所有的記憶，那麼即使兩個世界不再交錯，你這個人也徹底廢掉了啊。」

「我……如果能夠拯救世界，我不在乎這一點。」路天峰遲疑了一下，說。

「拯救世界？」陳諾蘭忍俊不禁，「千萬不要太高估自己，你連自己都顧不了，還談什麼拯救世界？」

路天峰向前走了一小步，直直盯著陳諾蘭的眼睛說：「妳可能還不知道，這兩個世界正在慢慢融合，有些原本在A世界已經死去，卻在B世界好好活著的人，剛剛莫名其妙地斷氣了。」

「真的嗎？」

「是的，要是妳之前的推論沒錯，這證明A世界正在吞噬B世界。」路天峰向陳諾蘭伸出了右手，

「如果想保住妳的世界，那就和我合作吧。」

陳諾蘭想了想，最終還是不情不願地伸出了自己的右手。

兩人的手，第一次握在一起。

這也是兩個世界之間的第一次握手。

九月二十六日，晚上八點零二分

T城，華龍國際大飯店，一樓，員工休息室。

警方將這個房間臨時徵用為審訊室，而舒展顏更是親自到場，想要從倖存者彭羽瓊的口中問出一星半點關鍵情報來。

然而彭羽瓊卻像受驚的小鳥一樣，蜷縮著身子，一言不發，無論問她什麼問題，都是同樣的反應：茫然，搖頭，不知所措。

舒展顏打了個手勢，讓其餘警察暫時迴避，然後她動作非常輕地坐到彭羽瓊對面的位置上，也不催促她說話，只是倒了大半杯溫水，送到小女生的手裡。

「先喝點水吧。」

彭羽瓊接過杯子的動作很穩，只是舒展顏接觸到她的手指時，能察覺到指尖傳來的陣陣冰涼。

「這孩子反應是正常的，看起來不像是失去溝通能力了啊？」舒展顏默默地觀察著那張蒼白憔悴的臉龐，留意著每一個表情的細微變化。

彭羽瓊喝了一小口溫水，神色變得紅潤了些，但她的眼神依然很渙散，似乎完全無法聚焦於一處，眼珠總是快速地來回掃動。

她在看什麼呢？

舒展顏還是沒說話，也許不說話，才能更專注於彭羽瓊的表現。

一般而言，如果有兩個陌生人相對而坐，其中一個人一直一言不發地盯著另外一個人，被盯著的那個人會漸漸覺得不自在，目光和動作上都會開始迴避，並且假裝不在意；還有一種可能是被盯的那個人會提高警惕，用同樣的方式回敬對方，留意著對方的一舉一動。

但現在彭羽瓊的狀態並不屬於以上兩種，她只是好奇而迷茫地四處張望著，一下看看這裡，一下看看那裡，目光停留在每一處的時間都很短暫，完全不知道她到底想幹嘛。

「舒主任——」童瑤拿著一份資料，急匆匆地推門進來，但看到房間內有點尷尬的氣氛，又停住了腳步。

「沒關係，進來說吧。」舒展顏朝著門邊招了招手，她知道童瑤一定是來彙報案情的，剛好可以試探一下彭羽瓊在聽到關於案件的內容時，臉上的表情會不會產生變化。

「舒主任，根據鑑識科初步的分析結果，彭羽瓊身上的血跡，有百分之九十九的可能性是來自她的妹妹彭羽瑤——」童瑤說到這裡，自然而然望向了彭羽瓊，但彭羽瓊的目光依然四處游移，似乎完全沒聽見童瑤說的話。

舒展顏不動聲色地問：「然後呢？」

「然後在彭羽瑤死亡現場發現的部分衣物纖維組織，也與彭羽瓊身上這條裙子的材質成分高度吻合。」童瑤稍稍停頓了一下，繼續補充道：「另外，鑑識科也在疑似凶器的那把匕首刀柄處，採集到一枚彭羽瓊的指紋。」

舒展顏一邊聽著童瑤的彙報，一邊全神貫注地觀察彭羽瓊，不僅看她的眼神、表情，還留意著她的肌肉、呼吸、肢體的細微動作是否有變化，聽到一半時，乾脆還伸出手，輕輕搭在彭羽瓊的手腕上，感受她的脈搏跳動。

然而彭羽瓊還是完全沒有表露出任何情緒波動，她並不抗拒舒展顏觸碰自己，肢體語言和微表情上也看不出任何端倪。

難道這個女孩，真的受到了極其嚴重的精神刺激或腦部損傷？但是警方已經第一時間檢查過她的頭部了，沒有任何外傷的痕跡，如果真有什麼問題，可能得去醫院做更深入的檢查才行了。

舒展顏對童瑤說：「這樣看來，彭羽瓊確實有殺人嫌疑，但她目前的狀態妳也看到了，根本不可能進行偵訊，只能送到醫院檢查了。」

「明白，我立刻聯繫T城最好的腦科醫院。」

「咦？稍等。」舒展顏突然眉頭一皺，「腦科醫院……童瑤，妳覺得，彭羽瓊會不會是被人以某種高科技方法影響了大腦的思考和記憶能力？」

「舒主任指的是腦電波干涉儀之類的東西嗎？據我所知，這類設備應該還處於實驗室研究階段，離真正普及化還有相當長的一段距離。」幸虧童瑤平時也對科技方面的新聞有興趣，要不然這個問題她還真答不上來。

「倒也不需要普及化，實驗室裡頭有這種儀器也行……T城有做這類型研究的機構嗎？」

「我查查。」童瑤隨即拿出手機，這一查有意外驚喜，因為很快就找到了她們想要的結果。

腦部潛能與開發研究所，地址位於T城楓葉路二九二號，擁有國內領先的腦電波檢測、分析和研究技術，多個項目獲得國家科技基金的補助。

「楓葉路？彭羽瓊不就是在楓葉路附近上計程車的嗎？」

「我立刻派人去那裡看看。」童瑤說。

雖然這種科研機構不太可能與陳諾蘭狼狽為奸，但誰知道裡面有沒有哪位研究人員利慾薰心，公器私用，將研發中的高科技儀器用於犯罪呢？

案件的進展看見了一絲曙光，舒展顏也終於有空瞄一眼手機上積壓的幾百則未讀訊息了。於是她看到了章之奇早些發來的資訊，「驚天大發現，原來陳諾蘭和彭羽瓊兩個人早就認識了。」

舒展顏撇了撇嘴，自言自語道：「怎麼不早說？」

九月二十六日，晚上八點十分

T城，華龍國際大飯店，頂樓天台。

八點過後，城市中亮起外牆燈光的高樓大廈越來越多，夜景顯得更加絢麗迷人了，華龍國際大飯店的天台四周也亮起了一圈淡淡的幽藍色燈光，慕名前來欣賞夜景的遊客越來越多，幸好這棟建築物的天台面積足足有幾個足球場大小，就算人流量再翻一倍，也絲毫不會有擁擠的感覺。

路天峰和陳諾蘭就這樣靜靜地並肩站著，面朝同一個方向，默默看著那片泛著淡淡七彩斑斕的天空。

「真好看呢。」陳諾蘭輕輕地說。

路天峰解釋了一句，「確實，畢竟T城號稱燈火之城，燈飾是這座城市的重點支柱產業之一，所以每逢入夜，大家都會不遺餘力地展示自家大樓安裝的漂亮燈飾。」

「但事實上，這樣高密度的燈光設計也是人類對環境的一種破壞，光害。正因為城市裡的燈光太強，人們才看不清夜空中的星光。」

「聽陳小姐的語氣，似乎話中有話？」

陳諾蘭呼了一口氣，「人類不是崇尚和追求光明嗎？為什麼會出現光害這個概念呢？其實很多事情到底是對是錯，誰說了算？」

路天峰隱隱約約覺得這番話不對，但一時之間又想不出反駁的理由。

陳諾蘭轉了個話題，繼續說道：「對了，我們就這樣傻傻地乾等著，等你切換回原來的世界嗎？」

「是的……但恐怕已經太遲了。」

「太遲？」

路天峰說：「我大概計算了一下，如果把一天平均分為五段，每一段的時間應該是四小時四十八分鐘。也就是說，B世界的零點到凌晨四點四十八分，對應A世界的第一次迴圈；B世界的四點四十八分到九點三十六分，對應A世界的第二迴圈……可是我記得今天早上六點多時，我回到A世界，卻依然處於第一迴圈之中，因此這個具體的時間點可能有所波動，無法精確計算。」

陳諾蘭心算了片刻，說：「如果五等分的理論是正確的，A世界的第四迴圈已經在我們這邊的晚上七點十二分正式結束，現在即使你重返A世界，也已經是最後一次迴圈的最後幾個小時了。」

「所以我只能期望這裡面有誤差，或者，並非如此簡單劃分的五等分。」路天峰輕輕地歎了一口氣。

「說來也奇怪，這種事情不應該有誤差才對啊。」陳諾蘭說。

如果不存在誤差，那麼路天峰重返A世界之後，很多事情可能已經蓋棺定論，他甚至可能沒機會再見一次陳諾蘭。

萬一路天峰B的精神狀態在最為要命的最後一次迴圈之中崩潰，那麼當天所有發生的事情都會變成現實，無可挽回。

「我只能期待奇蹟發生了……」

話音未落，不遠處突然傳來一聲驚叫，兩人循聲看過去，只見一個黑影半跪在地上，不停地哭喊著，另外一個黑影躺在地上，一動不動。

「救命啊，快幫忙打急救電話！」這是一個非常年輕的女聲。

「哎，沒呼吸了。」另一個稍顯蒼老的聲音說。

「看看心肺復甦有沒有用？」

「這孩子應該是有心臟病吧……」

圍觀群眾議論紛紛，有人開始幫忙打電話，有人開始嘗試為倒地的人做心肺復甦，但只聽見女孩的哭聲越來越大，讓人難受。

「看，這很可能就是A世界吞噬B世界的現象。」路天峰不想走近查看，他相信這很可能跟黃萱萱、余勇生一樣，是一起莫名其妙的猝死事件。

「如果一個人在A世界死去，那麼B世界的這個人也不能倖免？」陳諾蘭打了個冷戰，她似乎在擔心A世界的自己。因為按照路天峰的說法，A世界的陳諾蘭正在研究時間技術，成為了某些人的眼中釘、肉中刺。

「我想，要是我們的世界不能盡快分離，這樣死去的人會越來越多……更可怕的是，其實我並不知道A世界會不會產生同樣的現象。」

「你是說，兩個世界相互吞噬？」

路天峰搖搖頭，這個問題已經完全超出他的理解範圍了，只能模模糊糊的猜想。

良久，他仰天長歎道：「其實，可能在我進入這個世界的那一刻，就已經造成了不可逆轉的影響。」

「所以我應該一見面就解決掉你？至少將影響降到最低。」

路天峰苦笑，「雖然我很不想承認，但可能這才是正確答案。」

陳諾蘭轉頭看著路天峰，一雙明晃晃的大眼睛，讓他想起了另外一個世界的她。

陳諾蘭微微一笑，用難得一見的溫柔語氣說：「路天峰，你知道我在有了預知未來的能力後，最大的感悟是什麼嗎？」

「不知道。」路天峰有點懵，不知道她為什麼突然切換了這個話題。

「那就是，所有的問題，都不可能僅有一個正確答案。」陳諾蘭拍了拍他的肩膀，「我們會找到另外一個正確答案的。」

「聽起來妳倒是信心滿滿啊。」

「只要你能保證不要突然之間發瘋，說要逮捕我或者殺死我之類話的就好。」

看著陳諾蘭那張熟悉的笑臉，路天峰難免有點心跳加速，他不得不一再提醒自己，眼前的這位並不是屬於他的陳諾蘭，而是一個滿手鮮血，犯案累累的女魔頭。

雖然他們說了那麼多，似乎聊得很開心，但路天峰到底能不能真正信任她，還是一個大大的問號。

數十公尺開外，那個女孩的哭聲漸漸低了下去，消失在夜幕之下。

就在這時候，路天峰一直期待的切換發生了。

第五章　永夜

A世界

九月二十六日，晚上八點二十分

未知地點。

路天峰知道自己回到了A世界，但他不清楚到底發生了什麼事。如今的他身處一個狹小的房間，四面牆壁都是冷冰冰的灰白色，房間內燈光昏暗，唯一的光源是桌上那盞泛著淡黃色光芒的檯燈，而他卻被手銬和腳鐐緊鎖著四肢，坐在一張硬邦邦的椅子上。正前方的牆壁上，掛著一個圓形的壁鐘，告訴他現在是八點二十分。

現在應該是晚上了。而他前一次重返A世界，已經是差不多兩個小時之前的事情了，那時候路天峰B還正在D城大學，準備安裝毒氣炸彈呢，怎麼兩個小時後就到這地方來了？

不，從渾身上下的肌肉痠痛和僵硬程度，以及手腕上被手銬磨出來的紅色印記來推斷，他坐在這個地方起碼有好幾個小時了。

所以，現在是第五迴圈了嗎？

路天峰的眼睛漸漸適應了光線，於是能分辨出更多周邊環境的細節，他注意到牆壁上其實是有一行標語的：依法辦案，為民解憂，公正嚴明，鐵面無私。

這裡竟然是警局的審訊室？

路天峰驚出一身冷汗，莫非是路天峰B做了什麼事，導致自己被警察抓起來了？是因為在D城大學裡做毒氣炸彈嗎？

但他覺得時間不吻合，要是傍晚六點多還躲在D城大學的實驗室倉庫裡頭，起碼七點多才會出門行動吧？那麼警察逮捕他的時間應該在八點左右，短短二十分鐘之內，手銬是不會在手腕上形成那麼明顯的勒痕的。

結論就是，現在已經進入第五迴圈的可能性相當之高，路天峰立即大喊起來：「來人啊，來人！我要招供了！」

他很清楚，警方審訊嫌犯時，是不可能將嫌犯晾在一旁，無人看管的。現在房間裡沒有其他警察，最大的可能性是他們已經審訊過一輪，沒問出什麼，才離開審訊室，暫時休息一會兒，順便將嫌犯獨自留在昏暗的審訊室裡頭，慢慢造成一種心理上的壓迫感。

就在審訊室之外，一定有人正透過監視器緊盯著他的一舉一動。

果然，就在路天峰大聲叫嚷後不到半分鐘，兩名身穿警服的男人就走了進來。其中一名看起來應該有四十多歲，五官線條分明，面無表情；另外一名稍為年輕一點，應該不到三十歲，手裡拿著一個資料夾，望向路天峰的眼神充滿著厭惡和鄙夷。

「怎麼，終於肯開口了嗎？」中年警察坐在路天峰對面，語氣硬邦邦的。

年輕警察也在中年警察的旁邊坐了下來，他的目光裡依然是帶著警戒和不屑，由此推斷，路天峰B應該是惹上了相當大的麻煩。

「兩位警官，請問你們想知道些什麼呢？」

兩人明顯愣了愣，對視了一眼，然後臉上浮現出怒容。

年輕的那位狠狠地拍了拍桌子，「你說話還敢那麼猖狂？死不悔改的傢伙！」

路天峰真覺得莫名其妙，他就認真問了一個問題，怎麼對方的反應那麼大？可是為了盡快搞清楚情況，他也只好繼續硬著頭皮反問。

「你們不說清楚一點，我怎麼知道你們對哪些資訊感興趣呢？」

中年警察從同伴的手中奪過資料夾，重重地砸在路天峰面前，然後打開：「很好，我想知道你為什麼要殺死這幾個人。」

首先映入眼簾的，是一個熟悉的房間，路天峰和陳諾蘭的臥室。

身穿睡衣的陳諾蘭仰面躺在床上，脖子上纏著一根皮帶，她的眼睛睜得大大的，無神地看著天花板。

路天峰只覺得腦袋裡嗡地一聲，眼前一花，差點暈厥過去。

「你為什麼要殺死自己的女朋友陳諾蘭？」中年警察的語氣依然平靜，又翻開另一頁。

照片中是一輛小轎車，路天峰能認得是章之奇平常開著到處跑的那一輛，而一個男人耷拉著腦袋，無力地坐著前排駕駛座上，胸前一片血污，副駕駛座上是一個滿臉鮮血，認不清相貌的女人，看那不自然的坐姿，應該也是死了。

「你為什麼要殺死你的朋友章之奇和童瑤？」中年警察的聲音開始顫抖。

檔案翻到了下一頁。

是一間畫室，房間中央擺放著一幅未完成的油畫，一個兩鬢灰白的男人，倒在油畫的正前方，很明顯已經死亡。

「你為什麼要殺死素不相識的畫家彭啟城？」

為什麼？

到底是為什麼？

路天峰根本不知道路天峰B在想些什麼，也回答不出這些問題。

他只知道，自己在這個世界的未來和希望，真的被徹底摧毀了。最愛的人、最親密的朋友都死於非命，而自己背負了殺人犯的罪名，同樣難逃一死。

路天峰B，還是選擇了自毀和放棄。

那麼，他是要繼續堅持，還是放棄呢？

「回答我的問題，路天峰！」中年警察怒喝一聲，音量提高了八度。

路天峰的嘴裡都是苦澀的味道，回答？他沒有辦法回答這些問題。

他連自己到底應該何去何從都說不上來。

即使還有另外一個平行世界，甚至還有無數個平行世界，對他而言都沒有任何意義了。

因為唯一一個屬於他的世界，唯一一個屬於他的愛人，已經不復存在。

路天峰覺得自己的身體像是被抽空了一樣，真的很累，很疲憊，疲憊得無法再多說一句話，更別說回答什麼問題了。

他只是拚命地支撐著，好讓自己不要突然倒下去。

他還想多看這個世界一眼，這個熟悉而陌生的世界——

B世界

九月二十六日，晚上八點二十五分

T城，華龍國際大飯店，頂樓天台。

路天峰依然覺得頭暈目眩，渾身乏力，而有人溫柔地擁抱著他，輕輕撫摸著他的頭。從鼻子聞到的幽香和身體感受到的觸感來推斷，擁抱他的人正是陳諾蘭。

路天峰如觸電一般，猛地一推，倒退幾步，掙脫了陳諾蘭的懷抱。這時候他才注意到，自己的臉上全是未乾的淚痕。

又哭了嗎？

陳諾蘭倒是若無其事地理了理衣服，用開玩笑的口吻說：「來自異世界的大偵探，你回來了嗎？」

「我……剛才說什麼了？」路天峰用衣袖擦了擦眼淚，有點尷尬，衣袖上還殘留著屬於陳諾蘭的淡淡香氣。

「也沒什麼，你只是抱著我哭，不停地說對不起。」

「對不起？」

「對不起，我並不想殺死妳……」陳諾蘭呢喃地重複著，「莫非在另外一個世界之中的陳諾蘭已經死了嗎？」

路天峰想起案發現場的照片，胃裡湧起一股酸氣，差點直接吐了出來。他彎下腰，緊緊捂著胃部，強行將噁心反胃的感覺壓下去。

「我……很抱歉，A世界已經進入了第五迴圈，也就是最後會成為現實的那一天。」路天峰的喉頭泛著苦澀，「而另外一個我，在那邊連續殺了好幾個人，包括另外一個妳。」

不遠處，那個五分鐘前倒下的遊客仍然在搶救中，但剛才在哭泣的女孩已經沒了聲息，也不知道是情緒穩定下來了，還是哭得暈了過去。這一幕情景提醒著路天峰，兩個世界之間的死亡已經互通了，隨著陳諾蘭A的死去，陳諾蘭B也隨時可能無緣無故地猝死。

然而陳諾蘭卻還是一副滿不在乎的樣子，說話的語氣輕鬆得很，「這下子不能指望另外一個我了，難道真的要把你變成白癡才行嗎？」

路天峰的心臟一陣絞痛，他努力調整著自己的呼吸，久久說不出話來。

「我……不在乎自己變成白癡……但我怕一切都來不及了……」

「別擔心……」陳諾蘭的話只說到一半，就化作一聲尖叫，「啊——」

一個黑影從旁邊突然猛地撲向她，路天峰甚至還能看到黑影手中的寒光。是利刃。

路天峰幾乎是出於本能地一個箭步衝上前，狠狠地撞向黑影。

「哎喲！」黑影被撞歪了，手中的利刃沒刺中陳諾蘭，踉踉蹌蹌地倒在一旁。但他馬上就掙扎著想爬起來，重新發動新一輪進攻。

路天峰怎麼可能讓他得逞，用擒拿法死鎖死住他的雙手，將他壓在身下。這時候，路天峰終於看清楚了那張略顯蒼老的臉孔。

是彭啟城，他的眼睛裡布滿了血絲，目光中散發出強烈的恨意。

「放開我，我要為我女兒報仇。」

「彭老師，你先冷靜一下。」路天峰雖然精神狀態大受打擊，但身體畢竟要比彭啟城好得多，只是單純比力氣，年過五十的油畫家哪裡比得過常年在一線作戰的刑警？

「放開我，放開……我……」彭啟城也知道自己根本不可能掙脫路天峰的雙手，慢慢地放棄了抵抗，看著掉落在地上那把水果刀，哭了起來。

「為什麼要阻止我……這個女人，是凶手，而你是警察……」

「警察辦案也是需要證據的，你放心，我們一定會將罪犯繩之以法。」

彭啟城卻只是撕心裂肺地抽泣著，一言不發。

兩公尺開外，風暴的中心焦點人物陳諾蘭仍然鎮定自若，似乎並沒有逃跑的打算，也不擔心彭啟城會再次發瘋，對她發動襲擊。

她低聲地問倒在地上的男人：「彭老師，您恨我嗎？」

「恨……」彭啟城的眼神失去了光芒。

「如果我告訴你，策劃這場行動的人並不是我，你會相信嗎？」

「不……我不信……」

「人啊，總是選擇性地相信自己想要相信的東西。」陳諾蘭搖頭歎氣道，「既然你不相信我所說的話，那我就不解釋太多了。」

「妳……妳這個女人……我遲早會抓住妳，殺死妳……」彭啟城試圖伸手去攻擊陳諾蘭，卻又被路天峰緊緊壓住。

「這傢伙怎麼處理？」陳諾蘭這句話問的是路天峰。

路天峰還真的陷入兩難，要是放開彭啟城，他肯定會繼續纏著陳諾蘭，要不然就是大喊大叫，吸引路人的注意力，讓陳諾蘭難以脫身；但如果不放開，除非路天峰以警察的身分逮捕他，那接下來的麻煩事也很多。

眼前的當務之急，還是得嘗試將兩個世界獨立切割開來，避免它們相互吞噬，造成更嚴重的不可逆後果。

陳諾蘭看路天峰好一會兒不吭聲，就笑了，「所以說，你們辦事就是瞻前顧後，效率低下。」說罷，她從口袋裡掏出一支針筒，上前一步，蹲下身子。

「等等，這是什麼？」

「麻醉劑而已。」陳諾蘭一邊說，一邊眼疾手快地往彭啟城的胳膊上扎了一針。

路天峰當然能夠出手制止她，但不知道為什麼，就在這一瞬間，他完全相信了她的話，眼睜睜地看著透明的液體全部注入彭啟城體內。

彭啟城含含糊糊地罵了兩句，身子就軟了下去，鼻子裡發出響亮的呼嚕聲。

「見效還真快。」路天峰說。

「畢竟是動物園裡給老虎注射用的，藥效不猛不行啊。」

「這……會不會對他的身體造成負面影響？」路天峰知道以前就有人因注射過量麻醉劑致死的案例，不由得有點擔心。

「放心吧，稀釋過的，我又不是殺人狂魔。」陳諾蘭收起針筒，說：「趕快吧，動作太慢我怕腦電波干涉儀都被查扣了。」

「妳把儀器放在哪裡了？」

「你猜。」陳諾蘭拋下這句話，頭也不回地走遠了。

九月二十六日，晚上八點三十六分

T城，楓葉路，腦部潛能與開發研究所。

研究所的大門外原本已經停了七、八輛警車，然後又一輛鳴著警笛的車子呼嘯而至，一記急煞車後，斜斜地停靠在馬路邊。

童瑤立即跳下車，這一路狂奔過來，在鬧市裡闖了好多個紅燈，想想還真有點刺激。

「情況怎麼樣？」

一名在大門外站崗的警察彙報道：「整個研究所都封鎖了，因為是下班時間，所裡也沒什麼人，只有兩個值班的保全在，所長已經從家裡趕了過來，接受我們的詢問。」

「那我去問問吧。」童瑤走進研究所大門，很快就看到了站在院子裡，向幾位警察指指點點介紹內部建築設施的那名中年男人，無疑就是所長了。

童瑤上前出示證件，說：「您好，請問您就是這裡的負責人嗎？」

中年男子留著平頭，戴著一副金邊眼鏡，用謹慎而禮貌的口吻答道：「警官您好，我是這個研究所的所長，田家鑫。」

「田所長您好，有幾個問題想請教您。」

「警官客氣了，您隨意問。」

童瑤發現這位田所長說話雖然客氣，但總是保持著某種距離感，似乎也不太容易打交道。

「時間緊迫，我就直接進入主題吧，不知道您這裡研發的最新設備和儀器，有沒有哪一種是能讓人失去記憶的呢？」

「失憶？」田家鑫皺起了眉頭，「當然沒有，我們是正規的研究所，怎麼可能做那麼危險的東西？即使我們從事腦部研究工作，但所有的實驗都是以百分百保障受試者安全為前提的啊。」

「嗯？」這個答案讓童瑤愣住了，「沒有那種可以洗腦，或者讓大腦格式化，變成一片空白的設備嗎？」

「呃……」田家鑫臉上露出了一種想笑但又怕得罪人的表情，於是他深深吸了一口氣才說：「其實人類的大腦有著極強的保護機制，一般只有強烈的撞擊才會引發部分失憶，所以即使真的存在所謂能夠洗腦的機器，那麼它在產生強大能量清除記憶的同時，應該也會烤熟了那個人的腦袋。」

「原來如此。」童瑤在心裡嘀咕著，看來科幻小說和電影的內容還是不能盡信。

「不過以我們目前的技術，已經能夠在一定程度上干預人類大腦的思維了，比如刺激腦部的某個區域，會讓人產生快樂、悲傷、憤怒、恐懼等情緒，儀器也能讀取到這些反應訊號。只不過人為干預情緒的有效時間極其短暫，最多持續幾秒鐘而已。」

童瑤越聽越納悶，如果說世界上並不存在洗腦儀器，彭羽瓊那渾渾噩噩的狀態又到底是怎麼回事呢？

「田所長，有人能夠完美地偽裝成失憶者嗎？」

「偽裝？短時間的偽裝是有可能的，但長期下來必定會露出馬腳。再說了，如果警方懷疑某人的失憶是偽裝的，大可以帶他來我們這裡做個腦部掃描，我們能檢測出一個人大腦的記憶區域是否正常運作。」田家鑫用十分肯定的語氣說道。

「明白了，那麼，麻煩田所長帶我去參觀一下你們開發的腦電波干涉儀，我擔心有人盜取了貴所的機密儀器，用於犯罪。」

田家鑫的表情有點不自然，但仍然點了點頭，說：「沒問題，請到這邊來。」

兩人一同來到研究所的三樓，走到走廊盡頭的一扇門處。童瑤本以為打開門之後應該看到的是各種先進儀器、乾淨整潔的實驗室，又或者是那種跟房間差不多大小，比人還高的大型設備，和一大排的操控面板、顯示螢幕……等等——結果卻什麼都沒有。

這裡就像是一個倉庫，兩列貨架上擺放著一排排的頭盔。這些頭盔跟常見的摩托車安全帽差不多大小，只是沒有什麼特殊的外觀設計，清一色的純黑色，也沒有遮擋臉部的擋風罩，頭盔的後方有一根黑色的線纜，也不知道是電源線還是傳輸資訊的線路。

「請問這是？」

「敝所量產的腦電波干涉儀，雖然還沒進入民用市場，但已經對國內外的科學研究機構賣出不少了哦。」

童瑤瞪大了眼睛，「這東西原來已經可以量產了嗎？我以為暫時只存在於科技新聞裡呢。」

田家鑫非常自豪地說：「我們是目前國內唯一具備該產品研發和生產能力的地方。」

「我想問一下，這設備去年的銷售量大概有多少台？」

田家鑫想了想，回答：「大概一千二百台左右吧，平均每個月一百台。」

「那麼追查起來還挺有難度的。」童瑤拿起其中一個頭盔，放在手中仔細觀察著，只見頭盔內部有上百個電極，密密麻麻地分布在頭頂和後腦附近，應該就是靠著這些電極的不同組合，給予大腦不同的刺激，「這東西真的無法消除記憶嗎？」

「我們生產的絕對不行，但如果某人買回去自己把零件全換掉，改裝成大功率高輸出型號的話，也不能完全排除這種可能。」田家鑫說話很重視邏輯的嚴謹性，「不過我的個人觀點還是不變，如果這頂頭盔改裝加入清除記憶功能，那麼它足以嚴重傷害使用者的大腦神經系統，甚至可以直接用來殺人了。」

童瑤心想，還是需要帶彭羽瓊去醫院，或者到這裡來檢查一下。

田所長站在一旁，有點拘謹地看著童瑤，他大概是在想，這位警官到底盤問完沒有，我這裡是惹上什麼麻煩事了嗎？

童瑤覺得也問得差不多了，剩下的調查工作可以交給其他同事慢慢處理，正想告辭離去之際，突然想起可以順便多問一個問題。

於是她掏出了陳諾蘭的照片，遞給田家鑫，問：「田所長，照片上的這個女人，你見過嗎？」

田家鑫接過照片，先是看了一眼，然後把眼鏡推上額頭，再湊近仔細看了看，驚訝萬分地說：「這人……不就是小陳嗎？」

「小陳是誰？」

「她半年前來我這裡實習過一段時間。」田家鑫茫然地看著童瑤，問：「我記得她人還挺好的啊，聰明伶俐，工作勤快，怎麼惹上麻煩了？」

童瑤越聽越不是滋味，看來陳諾蘭的布局，遠比她想像中的要更可怕。

本以為即將水落石出的案情，又蒙上了一層新的陰影。

九月二十六日，晚上八點四十分

T城，華龍國際大飯店，地下停車場。

兩人坐在汽車的前排，陳諾蘭轉身從後座拿過一個紙皮箱，遞給副駕駛座上的路天峰，「看，就是這個。」

紙皮箱裡，放著兩個黝黑的頭盔，和腦部潛能與開發研究所的那些是同樣款式。

「就那麼簡單？」路天峰端詳著手中的頭盔，在A世界之中，他雖然不懂具體的技術細節，但好歹曾全程陪伴陳諾蘭A一起進行研究工作，深知腦電波干涉儀本身原理並不複雜，難就難在於如何有效刺激大腦相應區域，而不造成負面影響。

所以陳諾蘭A在使用這類設備時，需要配合多種不同的儀器，還要自己編寫控制程式，精確地進行干涉操作，才能取得預期的效果。但陳諾蘭B提供的這兩頂頭盔，做工極其簡單，除了頭盔內部的一大堆電極之外，就只有一個簡易的控制器，能夠控制開關和選擇幾個不同的檔次，除此之外就沒有任何能夠精細調整的空間了。

如果要打個比方，陳諾蘭A就是在無影燈下用手術刀和最新醫學技術來替病人做開顱手術，而陳諾蘭B等同拿著石頭直接砸開病人的腦袋，也不知道是治人還是殺人。

「這東西也太不講究了吧？真的能用嗎？」路天峰有點擔心地說。

「能不能激發超能力、拯救世界就不知道，但這兩頂頭盔是我改造過的，能夠暫時遮罩大腦的記憶區域，而不影響思考區域。」

「暫時遮罩？」路天峰想起了彭羽瓊，也想起剛才在天台上陳諾蘭與彭啟城之間那段莫名其妙的對話，「彭羽瓊的記憶只是被暫時遮罩了，還能夠恢復？」

「嗯，是的，大概十天，最長一個月之後，她的記憶就會逐步恢復。」

路天峰心底一凜，隨即察覺到整件事情之中透露出來的詭異之處，「這樣說來，一個月之後彭羽瓊就會想起綁架案的種種細節，她就能夠提供第一手的證詞去指控妳。」

「不，你搞錯了，她會想起細節，但不會指控我。」

路天峰內心深處那股不祥的預感越發強烈了，「這難道是……你們計畫的一部分？」

「那當然了，親愛的路警官，你有沒有想過，這個世界上有那麼多人，我為什麼偏偏注意到彭家姊妹的未來？為什麼非得在彭家姊妹身上進行我的計畫？」

「因為有人提供妳相關資訊？」路天峰試探了一句。

陳諾蘭露出一個燦爛的笑容，「你很聰明，但說得還不夠準確。正確答案是，有人向我提出了委託。」

「委託……」路天峰斟酌著這兩個字的含義。

「彭羽瓊向我提出了委託之後，我看到了兩姊妹相互妒忌，自相殘殺會導致更為可怕的未來，於是我接受了這份委託，開始策劃一場完美的綁架殺人犯罪。為了這次行動，我製造了好幾個假身分，包括你已經知道的，數位插畫藝術家Catherine Chan，還有更多你不知道的身分，比如在T城腦部潛能與開發研究所參與實習的大學生陳白羽……」

「所以妳才弄到了這兩個東西，並進行了相應的改裝。」路天峰的眼神一亮，「彭羽瓊也是主謀之一，她要求妳對她使用腦電波干涉儀的真正目的，是希望能夠瞞過警方的調查！」

「啊，以路警官的智商和情商，只當一名小刑警實在是太浪費了，如果我們有機會合作，一定能輕鬆賺取到取之不盡的財富。」陳諾蘭毫不諱言地說：「沒錯，彭羽瓊這種渾渾噩噩的狀態，警方一定會帶她去檢查大腦，而檢查結果會顯示，她的大腦內部的記憶區域受損嚴重，為長期性或永久性失憶，於是警察就無法在她身上發掘出更多祕密了。」

「可是一個月後，她的記憶恢復了，醫生也查不出來嗎？」

陳諾蘭笑著說：「一個月後再去掃描檢查，確實會發現她大腦的記憶區域正在逐漸恢復活躍，但恢復了多少，能想起多少東西，就完全無法確認了。她只要一口咬定自己只記得案發後的種種細節，就誰都拿她沒辦法。」

「那麼喪心病狂的計畫和複雜的手法，到底是為什麼……」

陳諾蘭臉上的笑容消失了，「你可能很難明白，名為妒忌的魔鬼到底有多麼可怕。兩個女孩子從小就生活在一起，在她們的眼中，只有父親才能帶給她們愛和希望，而隨著年齡的增長，她們還發現功成名就的父親同樣意味著無盡的財富和名譽，是她們的一切——為什麼要跟另一個人分享這些呢？一個人獨佔不是更好嗎？」

「她們可是親姊妹啊……」路天峰難以置信地搖著頭。

「但她們的成長環境很奇特，彭啟城把她們封禁在一個小小的空間之內，除了學校，就只有家，兩個少女一直沒有太多的社交活動，直到高中才開始結交到為數不多的朋友。在人生中絕大部分的時間，她們的眼中就只有父親，和另一個跟自己一起分享父愛的人。」

「妳是說，彭啟城一家三口長達十餘年的半隱居生活，最終還是對兩個女兒造成了意料之外的心靈創傷？」

「是的，這就是悲劇的源頭。彭羽瓊和彭羽瑤，最終還是會迎來相互殺伐的那一天，我只不過是讓她們之間的仇恨提前爆發，也提前了結罷了。」

「但是，在這起案件裡面，你們還害死了方嘉筠。」

陳諾蘭面不改色地說：「若干年後，方嘉筠會參與一起盜賣國寶的大案，把國家的一批歷史瑰寶轉售到國外去，期間還害死了多名警察和博物館工作人員。」

路天峰心裡蔓延著陣陣無力感，陳諾蘭所說的一切，到底是真是假？只有她一個人能夠看得見的未來，根本無從辨別真偽。所以他只是默默地沉思著，沒有開口說話。

陳諾蘭調整著頭盔的線纜和控制器，淡淡地說：「路警官，我已經替你解答了許多疑問，相信你已經沒有什麼心願未了吧？現在可以安心上路，去拯救世界了嗎？」

「嗯，還有最後一個問題。」路天峰看著陳諾蘭的雙眼，認真地問道：「如果我失敗了，妳會怎麼辦？」

「我？該怎麼辦就怎麼辦，就算我們的世界因此被另外一個世界吞噬了，我也沒辦法啊。」陳諾蘭聳了聳肩，故作輕鬆地說：「又不是每個人都有資格做救世主。」

「妳會嘗試繼續努力嗎？」

「不會的，因為我不知道還有什麼辦法。」

路天峰長舒一口氣，又回頭看了看車窗外。偌大的停車場空蕩蕩的，陳諾蘭之前又故意把車子停在較為僻靜的角落，因此現在車外並沒有看到任何人。

「其實還有一個辦法，也是我剛剛靈機一動才想到的。」

「什麼——唔！」陳諾蘭的話被粗暴地打斷了，因為路天峰突然伸手掐住了她的脖子。

陳諾蘭拚命拍打著路天峰的手臂，想讓他鬆開手，但路天峰依然繼續用力，很快，陳諾蘭的臉色一陣青一陣紫，胡亂掙扎的雙手也無力地垂下了。

路天峰這才稍稍放緩了力度，讓陳諾蘭勉強恢復呼吸，不過被突襲的她仍然是昏昏沉沉的，失去了反抗能力。

這時候，路天峰從陳諾蘭的口袋裡翻出另一支麻醉劑，扎在她雪白的脖子上。針筒刺入的瞬間，痛疼讓陳諾蘭稍微清醒了一丁點，她艱難地說：「你瘋了嗎？」

「我沒有。」麻醉劑全部注入了陳諾蘭體內。

她動了動嘴唇，說不出話來，隨即閉上了眼睛。

路天峰拍了拍陳諾蘭的臉頰，又翻開她的眼皮，確認她已經深度昏迷，於是從副駕駛座下車，繞到車子的另一邊，打開駕駛座的車門，將陳諾蘭攙扶起來，抱到後座處平躺下去，然後自己坐到了駕駛座上。

「我不會放棄的，就算只有微乎其微的希望，我也會堅持到最後一刻。」

這句話彷彿是路天峰在為自己打氣，說完之後，他發動引擎，踩下油門，瀟灑地一甩方向盤，駕車離去。

九月二十六日，晚上九點零七分

T城，花花世界汽車旅館。

陳諾蘭睜開眼睛時，發現自己被五花大綁，坐在一張質地粗劣的木頭椅子上，四周牆壁全是褪色的灰白牆紙，空氣中還有一股淡淡的霉味。

路天峰站在幾公尺開外，專心致志地研究著手裡的腦電波干涉儀，似乎沒有注意到陳諾蘭已經醒轉。

陳諾蘭試圖挪動身子，或者活動一下手腕，卻發現路天峰的捆綁技術相當好，根本沒有任何掙脫的可能，於是只好清了清喉嚨，喊道：「喂，路天峰——」

「哦，不用喊那麼大聲，我能聽到。」路天峰只是平靜地答了一句。

「你又在發什麼神經啊，快點放開我。」雖然明知道路天峰不可能輕易放過自己，但她還是習慣性地說了這樣一句話。

「放心吧，陳小姐，我清醒得很。我只是想拯救我們兩人所在的兩個世界。」

陳諾蘭看著路天峰一本正經的樣子，心裡反而暗暗發毛，連忙說：「我也沒阻止你拯救世界啊，為什麼要把我綁起來？我們之間是不是有什麼誤會？」

「沒有誤會，只是妳沒真正搞清楚能夠拯救兩個世界的方法。」路天峰一臉嚴肅舉起手中的腦電波干涉儀，將頭盔往陳諾蘭的頭上套。

「喂，路天峰！你搞錯了，這東西對我沒有效果！是要你戴上它才行！」一貫冷靜自若的陳諾蘭也著急了，拚命扭動著身子掙扎，但完全無法阻止路天峰替她戴好頭盔。

「妳又沒試過，怎麼知道沒用呢？」路天峰輕輕的一句話，讓陳諾蘭呆若木雞。

難道是——

路天峰接著說下去：「妳告訴我，妳能夠看到未來的各種可能性，而我也想起了，我自己也曾經有過類似的經歷——那是在未來之光號郵輪上，當我遭遇了時間漩渦，陷入不斷迴圈的三十三分鐘之前，我看到了無數的過去和未來。」

陳諾蘭的臉色漸漸變得蒼白，聰明如她，已經大概猜到了路天峰想做什麼。

「那麼時間漩渦到底是如何產生的呢？它需要至少兩名具備時間感知能力的人，處於同一空間範圍內，並同時啟動自己的能力，由於兩股能力之間的相互衝突和影響，時間運行的軌跡就會發生異動，從而有一定的機率陷入時間漩渦。」

陳諾蘭不得不開口反駁，「你也只是經歷過一次這樣的事情罷了，對於時間漩渦的成因和其中的奧祕，你只不過有一些初步的模糊猜想，而無法嚴謹地去證明。」

路天峰一邊說，一邊戴上另一個腦電波干涉儀的頭盔，「我不需要去證明什麼，我只想再次啟動時間漩渦，將A世界的時間鎖死在無限迴圈之中。只要時間進入了無限迴圈，我就有足夠的時間和機會，去找出一個能夠同時解救兩個世界的辦法。」

「不，路天峰，你的方案太冒險了！沒有任何出錯的空間，如果我們兩個世界的時間線因此變得更加混亂了，那又怎麼辦？你要深思熟慮啊！」

「我不知道，但我不害怕，因為我已經沒有什麼可以失去了。」

路天峰戴好了自己的頭盔，開始調整控制台。在陳諾蘭A的指導之下，路天峰已經有一些關於腦電波干涉儀的基本知識了，但他知道自己所掌握的東西還很淺薄，根本不足以讓他想出一個有相當把握的方案。

但沒關係，他願意冒險去嘗試，如果一次不成功，就來第二次。

就算實驗過程中出現事故，自己真的被弄成了白癡，或者迷失在時間長河之中，他也就認命了。

「路天峰，放開我！我不要參與這種事情！這與我無關！」

「妳寧願眼睜睜看著兩個世界相互吞噬，也不願意賭一把嗎？」

「不願意！我不願意！」陳諾蘭的眼睛紅了，「我可以接受自己的失敗甚至死亡，但不願意被別人強迫做出這種抉擇。」

路天峰沉默了半晌，才說：「諾蘭，在不同的世界裡面，妳依然那麼棒。」

「路天峰……」

「很高興在時間的盡頭，我們仍然在一起，也很遺憾，妳不是我最愛的那個妳。」說完，路天峰按下了腦電波干涉儀的啟動按鈕。

後腦一陣灼熱，還有刺痛的感覺，但世界並未發生變化。

路天峰苦笑著，調整了一下控制台，又再次按下啟動鍵。

後腦仍然只有電流微微刺痛的觸電感，並不強烈，也沒有引發身體的不適。陳諾蘭似乎冷靜了不少，還笑了起來。

「路天峰，你看，拯救世界並沒有那麼容易。」

路天峰沒有搭理她，思索片刻後，又開始調整控制台。這台儀器的功能比陳諾蘭A開發那台簡陋太多了，他只好用最簡單粗暴的方法，將輸入功率調到最大。

「放棄吧，傻瓜！」

路天峰對陳諾蘭咒語一樣的反覆呢喃充耳不聞，第三次按下啟動按鈕。

這次電流明顯變得強烈了，刺痛的感覺讓他的腦袋快要炸開一樣難受，眼淚也情不自禁地流了出來，但眼前的世界依然沒有任何變化。

「看，又失敗了，哈哈哈，你不要再異想天開了！」

不，這是拯救諾蘭的唯一辦法，我是不會放棄的！

路天峰突然想到了一個關鍵點。

接觸。

兩個擁有時間感知能力的人，要是在啟動能力時相互接觸，他們的合力將會變得更強大。當初在未來之光號上，路天峰和陳諾蘭正是透過合二為一的親密接觸，打破了時間漩渦的宿命。

那麼如今，如果想要製造時間漩渦，來自A世界的路天峰和來自B世界的陳諾蘭，是否也能透過接觸的方式，提高成功率？

路天峰沒空細想其中的理論是否可行，反正行也好，不行也罷，嘗試一下總沒有任何損失。所以他伸出右手，握住了陳諾蘭的右手。

「妳的手真涼。」

「路天峰，你的手真暖。」陳諾蘭的臉色變得緋紅。

「得罪了。」路天峰說完，緊握陳諾蘭的右手，然後左手按下了啟動鍵。

眼前先是一片全黑，然後他看到了炫目的白光。

白光充斥了整片視野。

然後白色慢慢散去。

接下來，他看到的是——

A世界

九月二十六日，晚上九點十六分

路天峰坐在自己家中的書房。

這怎麼可能？他明明應該在警察局的審訊室裡頭才對，就算是警察盤問清楚之後將他釋放了，也不可能那麼快就回到家裡啊？

到底發生了什麼？

路天峰下意識地翻開了眼前的筆記本，果不其然，上面有路天峰B記錄下來的故事。

路天峰，另外一個我，你好

非常感謝你的努力

很奇怪的是，第五迴圈並非最終成為現實的迴圈。那一天，在晚上九點二十六分左右戛然而止，然後，我又回到了這一天的最初

所有人都還活著，也沒有之前的記憶，第六迴圈開始了

我相信，是你一直在努力，做了一些什麼，才導致世界的重生

所以我也想通了，我不會再自暴自棄，更不會將失望和憤怒發洩在其他人身上

我要想辦法配合你，找到真正的出路

我們的世界到底怎麼了？

第五迴圈的那一天，為什麼沒有結束，就跳回了最初的起點？

我把著這些問題與陳諾蘭認真討論了一次

她告訴我，應該是在另外一個世界的你，想辦法讓兩個世界的時間陷入時間漩渦之中了

陳諾蘭和你曾經經歷過一次時間漩渦，雖然她已經不記得當時的具體細節，但仍然向我複述了一個驚心動魄的故事

然而，我不知道我們這一次陷入的時間漩渦，將會如何運作

九月二十六日這一天，平平淡淡地過去了

天時會的人沒有再來找我們的麻煩

也許是因為，他們也感受到時間陷入了不斷閉環的漩渦之中吧

陳諾蘭說，這一次的時間漩渦涉及到兩個平行世界，如果想要解開無限迴圈，應該跟之前你們所經歷的那一次完全不一樣了

但到底要怎麼做，我們也不清楚

希望你還有機會回到這個世界，解答我們的疑問

否則的話，祝你在另外一個世界的奮戰能夠一路順風

我們一起努力，爭取回到彼此所在的世界吧！

路天峰整理了一下思路，按照路天峰B的說法，今天的第五迴圈沒有結束，就再次跳回零點，開始了新一輪的迴圈。那麼意味著本次時間漩渦的長度遠遠超過了之前在未來之光號上的經歷。

那一次的時間漩渦，時間總長度為三十三分鐘，而這一次，迴圈的時間段長達二十一小時二十六分鐘。

但路天峰返回A世界的時間點卻是二十一點十六分，這意味著在一次迴圈之中，只有最多十分鐘的時間是屬於他自己的。

得抓緊時間啊！

路天峰想到這裡，猛地站起來，正準備轉身離開房間，書房的門就被輕輕地推開了。陳諾蘭拿著一個盤子，盤子裡放著茶壺和茶杯，走進書房。這場景他曾經經歷過無數次，但唯有這一次，讓他感動得瞬間淚流滿面。

「諾蘭……」

「是你？」陳諾蘭的眼中，閃現出驚喜的淚光。

「是的，我回來了。」路天峰張開雙臂，好讓陳諾蘭放下盤子後飛撲到自己懷裡，「只可惜，似

乎最多只有十分鐘的時間。」

「峰……你回來了就好……我們似乎還有無限的時間……」

「另外一個我，妳覺得怎麼樣？」路天峰拍了拍陳諾蘭的頭，問：「妳和他能夠合作，找出打破時間迴圈，並讓兩個世界重新獨立運作的辦法嗎？」

「我會努力的！你在另外一邊，感覺還好嗎？有沒有遇上什麼解決不了的困難？」

「一言難盡，那邊的科技水準比不上這邊，所以破解困境的關鍵可能還是得放在妳身上，畢竟另外那個世界的妳，是個女魔頭。」

「女魔頭？」

「以後有機會再詳細說。」路天峰緊緊擁抱著她，不願鬆手。

「會有以後嗎？」

「會的，一定會。」

「那麼一言為定了。」陳諾蘭在路天峰懷裡仰起頭，閉上了眼睛。

時間的河流在兩人親吻的那一刻，斷開了。

A世界，第七迴圈

九月二十六日，晚上九點十六分

路天峰有點沒反應過來，他並沒有回到B世界，而是仍然停留在A世界之中，但時間已經回溯到晚上九點十六分了。

難道是新的一次迴圈嗎？

幸好他還在自己的書房中，所以可以立即翻看路天峰B留下來的筆記。

事情似乎比我們之前想像的要更複雜了

在上一迴圈的晚上九點十六分到九點二十六分之間，你應該回來了，而我應該同樣回到屬於我的世界

但並沒有

那十分鐘，在我的生命裡消失了

我重新回到了這個世界，這一天的零點

到底發生了什麼？我不知道

陳諾蘭說，有可能是另外一個世界的時間停止了，所以我沒法感受到

而我更擔心的是，另外一個世界已經不存在了

如果你在今天還能準時返回，請告訴我，我的世界到底怎麼了？

這一天記錄下來的內容明顯比較短，看來路天峰B的心情不太好。當然了，無論是誰，如果發現自己的世界可能消失了，那麼心情肯定好不起來。

書房的門被推開，陳諾蘭準時走了進來，看來她一直在等待著這十分鐘。

「峰，另外一個世界怎麼了？」

「我不知道，我根本沒有經歷那個世界的時間，一下子又重新回來了。對我而言，世界陷入了時長十分鐘的無限迴圈之中。」

「啊，那我們得告訴他……該死，好像並沒有辦法告訴他。」陳諾蘭懊惱地說。

是啊，一旦時間再次迴圈，一切又回歸到這一天的原點。在這種情形之下，路天峰A無法透過任

何方式跟路天峰B交流了，而路天峰B倒是可以透過筆記本或讓陳諾蘭帶話的方式，將資訊傳遞給路天峰A。

「只能靠另外一個我的努力了嗎？」路天峰頹然坐下，他實在沒想到，自己千辛萬苦所換來的無盡迴圈，竟然每天只有十分鐘的時間屬於他。

他還以為能夠透過這無窮無盡的時間，找到解決問題的方法，最起碼能將兩個世界的時間鎖定在今天，避免相互吞噬的現象越來越嚴重。

但現在，時間確實是鎖死了，他卻像是鼓足了力氣，一拳打在棉花上面一樣難受，有勁沒處使啊！

「別灰心，峰，至少有一點我可以肯定。」陳諾蘭將手搭在路天峰的肩膀上，「另外一個世界依然存在，只是時間靜止了。」

「真的嗎？妳是怎麼判斷的？」

陳諾蘭滿懷信心地點了點頭，「因為你們兩個人還在相互切換啊，當你們其中之一進入這個世界時，另外一個你就停留在另外一個世界，但因為那個世界的時間不再前進了，所以你們無法感知任何事物，更感知不到時間的流逝。」

「從這個角度來想，B世界就像是玩遊戲過程之中被『儲存』起來的進度，反而變得更安全了？」

「是的，現在你至少保護了其中一個世界，成功邁出了第一步，接下來再想辦法解決下一個問題就好。」陳諾蘭鼓勵道。

「可是我每次迴圈就只有十分鐘時間了……」

「還有我呢，你又不是孤軍奮戰。」

「諾蘭……謝謝妳。」路天峰感激地抓住了陳諾蘭的手，他突然想起了在B世界的最後一個瞬間，自己牽著陳諾蘭B的手的情景。

「我們一定會成功的，別擔心。」

路天峰不知道他們最終是否會取得成功，但他已經不再害怕失敗了。

A世界，第八迴圈

九月二十六日，晚上九點十六分

又回來了。

因為還是處於書房之中，路天峰恍惚間有種從未離開的錯覺。

而這一次，陳諾蘭早已坐在一旁，眼看路天峰的氣質神態發生了變化，就立即遞上筆記本。

筆記本上，是路天峰B那熟悉的字跡——

這已經是今天的第八次開始了

我不知道你到底能不能看到這些文字

也擔心是不是這一天只到晚上九點十六分為止

之後那十分鐘的時間，到底還存在嗎？

即使存在，我也無法收到你的資訊和回饋了

陳諾蘭和我一起分析了目前的狀況，她認為，今天最後的十分鐘是存在的

因為我清楚地記得，我在第五迴圈之中，曾經親眼目睹時間來到晚上九點二十六分

她認為，另外一個世界也依然存在，但只是那邊的時間被凍結了

但如何證明呢？
她想出了一個辦法，一個你也許不會同意的辦法
就是將她自己改造成為擁有時間感知能力的人
據說她在一段不復存在的時間之中，曾經做到過這一點
所以她很勇敢地進行了嘗試

我不知道這一番嘗試的結果是什麼
但如果你回來了，能再次見到她
請親口向她說一句鼓勵，再說一句感謝
因為她真的是一個很優秀的人
我羨慕你

路天峰看完這段留言後，感動地抬起頭，正好對上陳諾蘭的目光。

「唉，親手把這個遞給你看，總感覺怪難為情的。」陳諾蘭略帶羞澀地低著頭說。

「諾蘭，妳準備將自己轉化為感知者嗎？」

「嗯，嚴格來說不是準備，而是已經完成了。」陳諾蘭的目光變得堅定起來，「實驗完成了，但我還沒能驗證是否成功，不過等幾分鐘後我們就會知道答案了。」

「妳這是何苦……」路天峰惆悵地說。

「峰，這是讓兩個你之間搭起溝通橋樑的唯一辦法。」陳諾蘭伸出了她的右手，輕撫著路天峰的臉頰，「只有建立起溝通和交流的管道，我們才有可能破局。」

「對不起，諾蘭，讓妳受苦了。」路天峰緊緊抓住了陳諾蘭的手。

「這不算什麼受苦，我從小就期待自己能擁有某種超能力呢，真的。」陳諾蘭笑顏逐開，「這下子終於能滿足我的心願了。」

路天峰把她攬入懷裡，在她耳邊輕聲說著：「無論如何，我都會保護妳的。」

「嗯，我相信你。」陳諾蘭停頓了一下，又說：「峰，明天我們可以換個地點見面嗎？另外那個你堅持每晚都要回到書房，我想我已經對一成不變的約會地點有點膩了。」

路天峰失笑道：「怎麼膩了？在妳的記憶之中，明明每一次都是第一次。」

「來嘛，答應我的要求嘛！」

路天峰聽出了陳諾蘭話語中的堅持，於是點點頭，說：「好的，那麼就拜託妳給另外一個我帶話，讓他下一次別再呆在書房裡頭度過這最後的十分鐘了。」

陳諾蘭滿意地親了親路天峰的耳垂，「好的，一定完成任務。」

真的能完成任務嗎？

路天峰不知道自己的內心到底是期待著陳諾蘭成為感知者，擁有每次迴圈的記憶，從而建立起兩個路天峰之間的對話，還是期待著她依然一無所知，每一次都像在經歷著全新的一天，沒有任何負擔和壓力。

心裡面的千言萬語，最終化為簡簡單單的一句話：「諾蘭，謝謝妳。」

A世界，第九迴圈

九月二十六日，晚上九點十六分

D城，郵輪碼頭。

路天峰立即明白，陳諾蘭已經成為了感知者，並且將資訊傳遞給路天峰B了。他側過頭，迎上陳諾蘭殷切的目光。

「諾蘭，妳成功了。」

「是的，終於可以換個地方約會了。」兩人幾乎同時伸出手，牽在一起。

「為什麼選擇這地方呢？」

「因為這裡會讓我想起未來之光號的故事，那是我人生中最奇妙的旅程之一。」陳諾蘭微笑著回答。

路天峰既是欣慰，又是心酸地說：「而我最奇妙的旅程，是從遇見妳的那一天開始。」

陳諾蘭故意做了個誇張至極的顫抖動作，說道：「好了，時間有限，別說這些肉麻的東西了，猜猜我今天去了哪裡？」

「這個……猜不到。」路天峰撓撓頭。

「我去了D城大學，找天時會的首腦。」陳諾蘭的神色平靜如水，「其實出現了時間漩渦之後，讓我最意外的一件事情，就是天時會突然不再干涉我們的行動了，為什麼呢？」

路天峰想了想，答不上來，在他的認知之中，天時會以維護時間秩序為最高目的，任何破壞時間運轉規律的舉動，都被視為大逆不道，在兩個世界發生交錯之後，他們一直非常積極地想要消除干涉，甚至不惜殺人放火，堅壁清野，又怎麼會在轉眼之間就化解了對路天峰和陳諾蘭等人的敵意？

「那麼，妳找到答案了嗎？」

「你也許還不知道，天時會現任首腦其實是D城大學的一位退休老教授，曾經的國內腦科學研究第一人蔡煒顥，今年已經七十多歲了。我找上門時，他只是看著我，唉聲歎氣地說，天時會的任務已經結束，他們徹底失敗了。」

「這是……什麼意思？」

「我也追問了同樣的問題，但蔡教授只是搖頭歎氣，沒有回答。」陳諾蘭靜靜地看著路天峰，說：「他看起來情緒相當低落，一副失魂落魄的樣子，我也不便多說，就告辭離去了。峰，你覺得這是怎麼一回事？」

「他們都是相當固執的傢伙，如果連他們都變得垂頭喪氣，我只想到唯一一種可能性——天時會早就知道在兩個世界之間引發時間漩渦會造成什麼後果，而且他們很清楚答案就是無解。」

只有面對已經被證明絕對無解的問題，他們才會果斷選擇放棄。

陳諾蘭望向遠方難以辨認的海平線，歎氣道：「峰，你想得跟我一模一樣，如果連天時會都認命投降了，那麼這個世界上還有誰能改變這一切？」

路天峰想了片刻，才慎重回答：「天時會也不是萬能的，至少我們曾經戰勝過他們，那是不是可以證明，我們能夠做到某些他們做不到的事？」

陳諾蘭微笑著說：「希望如此吧，但現在我只想和你一起，安靜地享受幾分鐘海風。」

路天峰輕輕地從背後擁抱著陳諾蘭，下巴抵在她的頭頂處，不再說話。

因為他知道，未來一段時間內，陳諾蘭將會很苦，很累。

對於在時間無盡迴圈之中找尋答案的她而言，每一次迴圈的最後十分鐘，就是她難得的休閒時光，也是她所有付出和努力的動力所在。

A世界，第十三迴圈

九月二十六日，晚上九點十六分

這一次，路天峰發現他們來到了T城。

眼前正是他曾經在另外一個世界裡，與陳諾蘭B一起欣賞過的景色，站在華龍國際大飯店的天台處，看著這座燈火輝煌的城市。

當然了，此刻陪伴在他身邊的是陳諾蘭A。

「啊，原來傳說中的燈火之城是這樣子的。」陳諾蘭笑得很開心，就像一個小孩子。

「今天怎麼想跑到這裡來了？」路天峰問。

陳諾蘭吐了吐舌頭，「我不僅想來T城，以後還想去更遠的地方，甚至飛到國外去。我們已經擁有了無窮無盡的時間，何不用來好好感受一下這個世界？」

路天峰從來不過問研究的進度，他相信陳諾蘭自有分寸，而且每一次研究工作有突破進展，她都會主動彙報。

所以路天峰希望每天的這十分鐘是能讓陳諾蘭放鬆一下的，對他而言，就像一直和她進行著一場無止盡的甜蜜約會。

「諾蘭……」

「嗯？」

「我覺得，今天有點東西變得不一樣了。」路天峰小心翼翼地說：「是不是研究方面遇到了什麼困難或麻煩？」

「啊，不，正好相反，研究推進得極其順利，另外一個你也相當配合我的工作。」陳諾蘭挽著路天峰的手臂，用撒嬌的口吻說：「我只是想出門散散心而已，不要批評人家嘛。」

「我並沒有批評妳的意思呀。」路天峰苦笑道。

「那麼，就陪我到處走走吧。」陳諾蘭想了想，又補充了一句，「我不是說在這天台上四處閒逛，而是在接下來的日子裡，陪我去不同的地方，可以嗎？」

路天峰點了點頭，他知道陳諾蘭是不會無緣無故提出這種要求的。基於對她的瞭解，他推理出一個令人震驚的結論：短短幾天時間內，陳諾蘭已經想出打破時間漩渦的方法了，最起碼是已經有了初步成型的一個思路，但她還沒有告訴他。

其中一個可能，是她還需要進一步的研究和調查，去證實自己的猜想；而另外一個可能，則是這個方案風險極高，很可能造成無法挽回的結果，因此她不想輕易說出來。

但無論是哪一種情況，路天峰都不想催促她。

他相信她能夠做出正確的選擇。

「沒問題啊，那妳跟另外一個我商量一下就行了，如果要搭飛機，記得買頭等艙的票，反正錢花不掉。」

「哦，另外一個你啊，他只聽我的，我說什麼，他就做什麼，比你還乖。」

「我也一直乖乖聽從妳的指示啊！」路天峰抗議道。

陳諾蘭的臉上閃過一絲奇異的神色，然後她說：「那麼你要保證，以後也要那麼聽話哦！」

「嗯，我保證。」

路天峰意識到這並不是一句嬉笑打罵的情話，而是陳諾蘭需要他的承諾和支持。

即使不知道原因，但他還是毫不猶豫地答應了。

因為他們一直無條件地相互信任，相互支持。

「明天，我們去看雪山吧？」

A世界，第二十一迴圈

九月二十六日，B國時間，下午一點十六分

在這一天的第二十一次迴圈，路天峰終於再次看到了陽光。

他和陳諾蘭來到了B國首都，這裡跟D城有八個小時的時差。這座被人們稱為「迷霧之城」的古老城市，今天也許是為了歡迎兩位稀客光臨，露出了罕有的燦爛陽光。

兩人目前所處的位置，是B國首都近年來最為熱門的旅遊景點之一，時間塔的首層。這座九十九公尺高的建築物座落在市中心最繁華的核心地帶，臨江而建，塔頂部分是觀光台，觀光台往下則是四個朝著不同方向的，巨大的巴洛克風格時鐘。時間塔之所以叫這個名字，除了那四個搶眼的大鐘之外，還有另外一個原因，就是塔身內部用了上萬個大大小小，不同時代和風格特點的時鐘作為裝飾品，鑲嵌在牆身裡，看起來十分壯觀。

「這地方，有種時間終點的感覺啊。」陳諾蘭感歎道。

路天峰點頭附和，並問：「諾蘭，我們千辛萬苦飛到B國，就是為了看一眼這詭異的建築物嗎？」

「你這叫做坐享其成，時間一切換，人就在這裡了，辛苦的事情都是另外一個你承受的。」陳諾蘭故作嗔怪地說：「不過還好，我們買了兩張天價的頭等艙機票。」

「這裡有什麼特別的嗎？為什麼非來一趟不可呢？」

陳諾蘭回答：「因為我想看一下另一個我曾經生活過的地方，而這個景點又恰好與時間主題非常相關，所以我翻看旅遊指南時，一眼就選中了這裡。」

「原來如此……」

「峰，我真的很好奇，另外一個世界是怎樣的？」

路天峰摸了摸陳諾蘭的頭，說：「乍看是完全一樣的世界，但細節之處又有許多差異，我也很難形容那種感覺。」

「其實你有沒有考慮過一個問題，A世界和B世界，到底哪一個才更值得保留下來？」

「嗯？」路天峰愣了愣，「兩個世界原本應該是各自獨立發展的，都應該保留才對吧？」

「這裡其實有個悖論，如果兩個世界是完全平行，獨立發展的，那麼兩個世界的人事物就不會出現那麼多的重疊和相似之處。因為人類社會的發展充滿了偶然性，根本不可能形成兩個相似度如此高的平行世界。」

路天峰沉默了，這個問題超越了他之前的認知範圍。

陳諾蘭看著他，非常認真，一字一頓地說：「所以這兩個世界，其實有一個是冗餘的。」

「哪一個？」

「熵值更高的那一個，換句話來說，就是時間波動更為異常的那一個。」

路天峰聽明白了，他蠕動著雙唇，說出那個令自己心寒的答案：「也就是說會發生時間迴圈和時間倒流的那個世界，我們的A世界。」

「嗯，A世界是冗餘的。」陳諾蘭輕輕地歎了一口氣，哀怨地說：「我們都是冗餘的。」

A世界，第二十六迴圈

九月二十六日，晚上九點十六分

路天峰已經好一段時間沒有出現在自家的書房內了，這些天，或者說這些迴圈之中，他和陳諾蘭滿世界跑，就像在努力完成各自最後的心願似的。

雪山，流星，花海，深谷，激流，都市。

他們在不同的地方約會，見面，共用短暫而美好的十分鐘。

但這一次，他們終於留在了原點，他們的家裡。

「今天不想出門玩耍了嗎？」路天峰開門見山地問。

「有點累了，也怕你覺得膩了。」

「親愛的，妳是不是有什麼話想和我說呀？」

其實在時間塔內部的那場對話之後，陳諾蘭就再也沒提起過關於冗餘世界的事情，但路天峰已經隱隱約約猜到，想要消除兩個世界之間的時間漩渦，所付出的代價可能遠大於他最初的想像。

陳諾蘭點點頭，又搖了搖頭，雙手十指交錯，放在膝蓋上，一副坐立不安的樣子。

「峰，你那麼聰明，早就猜到了吧？」

「大概猜到了一點，但不確定。」路天峰抓起陳諾蘭的手，溫柔地說：「我還是希望由妳來告訴我，而不是自己胡思亂想。」

「就像我在時間塔跟你說的那樣，我們這個世界其實是冗餘的，嚴格意義來說，應該是B世界的副產品。如果我們一直不去干涉B世界，倒也能獨立運作下去，但一旦和B世界產生交錯，我們這個多餘的世界，就變成了B世界的負累。」

「所以，解決問題的方法到底是什麼？」

陳諾蘭的身子顫抖著，說：「只要讓我們的世界消失，時間漩渦也將不復存在，B世界的時間線就可以繼續向前推進。」

「整個世界嗎……」路天峰倒抽一口涼氣。其實他早就做好了犧牲自己的打算，只不過不知道哪種形式的犧牲才能實現目標，但真沒想到，最後的答案竟然是要犧牲整個世界。

犧牲這個世界裡所有他愛的，和愛他的人，比如陳諾蘭。

為了一個完全陌生的世界，為了那些跟自己素不相識，原本就毫無關係的人，犧牲那麼多，值得嗎？

如果選擇維持現狀，那麼路天峰和陳諾蘭相當於實現了某種意義上的永生，他們真真正正地可以永遠在一起了。

為什麼要拋棄自己愛的人，選擇毀滅這一切？

即使每天只有十分鐘的時間，但日積月累之下，仍然可以抵達永恆。

「峰，我知道你在想些什麼，你還有很多時間，可以慢慢考慮。」

「我……想知道另外一個我是怎麼看待這個問題的。」

陳諾蘭眼中綻放出一絲璀璨的光芒。

「他說他完全尊重我們的選擇。」陳諾蘭停頓了一下，又補充道，「因為這是我們的世界，我們的命運。」

「那他自己的觀點呢？」路天峰也不明白，自己為什麼如此執著地想知道路天峰B內心的真實想法。

「他說他想回去，但仍然交給我們兩人做最終決定。」

路天峰深深吸了一口氣。

他知道正確的答案是什麼，但又想起了陳諾蘭B對他說過的那句話。

所有的問題，都不可能僅有一個正確答案。

「諾蘭，讓我先想一下，再回答妳。」

「可以，我們有無窮無盡的時間。」

A世界，第四十七迴圈

九月二十六日，晚上九點十六分

「我決定了。」

迴圈的最開始，路天峰立即說道。

這一次，他們出現在D城大學的校園內，兩人站在荷花湖邊，欣賞著月光在湖水裡投下的倒影。

「真的決定了？」

「是的，諾蘭，我們不可以那麼自私。」路天峰用雙手鄭重其事地捧著陳諾蘭的雙手，擲地有聲地說：「我突然想到，在我每一天享受這十分鐘的快樂同時，另外一個我正在承受著無止境的折磨，而妳，也在忍受著無止境的寂寞。」

陳諾蘭咬了咬嘴唇，眼角紅了。

「跟我一模一樣的人，一直伴隨在你的身邊，但妳卻知道那不是我，這種感覺一定很難受吧？對不起，我一直忽略了妳的感受。」

「不，我不難受……我只是……想你而已……」一直堅強面對所有困難的陳諾蘭，如今終於撐不住了。

路天峰的話，觸及了她心底最柔軟的地方。

他將她攬入懷裡，輕撫著她的秀髮，親吻她的額頭，情深款款地說：「諾蘭，我答應過，要永遠和妳在一起，妳還記得嗎？」

「嗯，記得。」

「所謂永遠，到底有多遠呢？無盡的迴圈是永遠，時間的終點也是永遠。」

所有的問題，都不可能僅有一個正確答案。

路天峰終於明白了這句話的隱含意義。

他一直以為相互廝守，白頭偕老才是關於愛情的正確答案，但忽略了這個問題還有另外一個正確答案。

和陳諾蘭一起，走到世界的盡頭，迎接時間的終結。

這是他們的共同決定，也是他們最好的結局。

陳諾蘭和路天峰B一早就做出了選擇，他們只是很耐心地等待他，等待他心甘情願地做出這個決定而已。

他們不希望路天峰心中還有任何不捨和遺憾。

「峰……那麼下一個迴圈開始之前，我就準備好儀器，在晚上九點十六分前後，兩個世界的你切換的瞬間，我會啟動儀器，將你大腦之中負責時間感知的區域，完全遮罩掉。這樣兩個世界之間的關聯就切斷了，B世界將會繼續運作，而A世界的時間，永遠停留在那一刻——」

「等一會兒！」路天峰舉起手，打斷了陳諾蘭滔滔不絕的發言，「諾蘭，一旦聊到技術問題，妳就停不下來了，呵呵。不過我有言在先，我並不希望在下一迴圈就結束這一切。」

「啊？為什麼？」陳諾蘭一臉錯愕。

「再給我多一點的時間，明天準時在臥室裡等我，可以嗎？」路天峰又親了親她的額頭，「我們在第五十次迴圈，嗯，不，在第五十二次迴圈，正式結束一切吧。」

陳諾蘭滿臉緋紅，但也不解地問：「為什麼要選第五十二次？」

「520不就代表著網路用語的『我愛你』嗎？如果等五百二十次，也太難為另外一個我了，那麼我們將就一下，選個五十二吧。」

「傻瓜。」

「我愛妳。」

「我也愛你。」

兩個世界的命運，就在兩人的情話和玩笑之中被決定了。

世界A，第五十一迴圈

九月二十六日，晚上九點二十五分

「最後一分鐘了，諾蘭。」路天峰緊緊擁抱著陳諾蘭，手指在她光滑的背部上挪動著，一節一節地掃過她的脊骨。

「嗯，明天我會提前準備好一切，你不會再感覺到新的迴圈了。」陳諾蘭的腦袋埋在路天峰的胸前，低聲細語地說。

「謝謝妳為我做的一切，謝謝妳給我的美好回憶。」

陳諾蘭沒有抬頭，不想讓路天峰察覺到自己的眼裡全是淚水。她本想開口說些什麼，但又怕自己一開口就會哭出來。

她不希望路天峰在最後的回憶裡，有一個痛哭流涕的自己。

「什麼都別說了，聽一下我的心跳吧。」路天峰善解人意地輕撫著她的頭，讓她的耳朵貼在自己的心口處。

撲通，撲通，撲通——

陳諾蘭閉上眼睛，讓淚水順著臉頰流淌，滴落在路天峰的胸膛上。

這是他們最後的結局。

雖然不完美，但很幸福。

「我愛你——」

B世界

九月二十六日，下午九點二十六分

T城，花花世界汽車旅館。

路天峰有點恍惚，腦袋昏昏沉沉的，過了好一會兒他才確定，自己終於回到了原來的世界。是的，現在的路天峰，是路天峰B。

一切都結束了嗎？

陳諾蘭……那個世界的陳諾蘭和路天峰，他們犧牲了自己，拯救了這個世界。

而這個世界的陳諾蘭，卻用狠毒的目光盯著路天峰，就像恨不得一口把他吞下去似的。

「妳好啊，鯨魚小姐。」

陳諾蘭的臉色一變，說：「你們又交換了？」

「說來話長，而且我也不想告訴妳。」路天峰拿起床頭的電話，準備通知舒展顏過來這裡接人，但沒想到他還沒來得及撥號，房間的門突然就被撞開了，幾名持槍特警衝進來，轉眼之間就迅速控制住路天峰和陳諾蘭——當然，陳諾蘭被五花大綁，根本不用費功夫去控制她。

舒展顏滿臉怒容地走了進來，「路天峰，你怎麼老是給我添亂？幸虧我及時追查到這裡來，否則萬一讓『鯨魚』逃脫了，你擔當得起嗎？」

「舒主任，請息怒，我……」路天峰發現自己一下子接不上話了，之前跟舒展顏打交道的主要是路天峰A，如今讓他再說什麼好呢？

「不過你也有點大意了，居然用真名來預訂房間。」舒展顏對他眨了眨眼，似乎在提示著什麼。為什麼要對我使眼色？提示？提示什麼呢？

「啊，舒主任，這是我故意留下的線索。」路天峰覺得在經歷了那一段無比奇幻的冒險之旅後，自己的腦袋似乎變得靈活了許多，「我只是迫於無奈，才不得已用這種辦法將嫌犯控制住罷了。」

「好了，把她帶走。」舒展顏揮揮手，特警們就把陳諾蘭押了出去，而她離開之前，依然用怨恨的眼神盯著路天峰。

「幹嘛一直盯著我？」

「我看到了未來……」

「哦？」

但陳諾蘭已經被拖走了，路天峰也沒有興趣知道，她看到的未來到底是什麼。

舒展顏又擺了擺手，原本壓住路天峰的兩位特警就鬆開了手，讓他恢復了人身自由。路天峰聳聳肩，活動一下手臂關節，笑著問：「舒主任，事情總算是解決了吧？」

舒展顏看著他，卻皺起了眉頭，「你笑了？」

「呃……這有什麼問題嗎？」

「這是今天晚上，我第一次看到你發自內心的笑。」

「畢竟案件解決了嘛。」雖然不太清楚是怎麼解決的，另外一個自己對這裡發生的事情總是避而不談。

舒展顏的眉頭緊鎖，似乎在觀察著路天峰的表情，最終還是長歎一聲，輕輕拍了拍他的肩膀，「負面情緒不要憋在心裡頭，釋放出來好一點。」

「是的，長官。」路天峰有點搞不懂舒展顏為什麼要這樣說。

「節哀順變，好好休息吧。」舒展顏說完，帶著特警部隊離開了，只留下路天峰一個人，呆呆地站在原地。

他當然知道，接下來自己也要回警局，好好地錄一份口供。舒展顏沒有派人把他押走，表示了對他的信任，不過最後拋下的這句話是什麼意思呢？

好好休息是客套話，但節哀順變是什麼意思呢？

路天峰的心裡突然變得空蕩蕩的，他發現這個世界變得陌生起來了。

陳諾蘭A的方案真的生效了嗎？路天峰A的犧牲真的有意義嗎？

我到底是回到了原來的世界，還是到了一個跟原先幾乎完全一樣，卻又有不同之處的平行世界C？

我是誰，我現在在哪，該往哪去？

順著時間的河流往下走，到底又會遇到什麼？

路天峰雖然感到有點迷茫，但仍然步伐堅定地走出門外。

他相信，這個世界無論發生了什麼，自己仍然好端端地活著，時間之河仍然川流不息地向前奔湧，就是最大的幸福。

「放心吧，陳諾蘭，路天峰，我不會放棄的。」路天峰走出汽車旅館，抬頭看著月朗星稀的夜幕，喃喃自語地說著，「因為，這是我的世界啊。」

尾聲

十一月十三日，上午十點

D城，張小貓工作室。

漸漸走出了喪妻之痛的路天峰，今天應章之奇的邀約，來到這裡跟一位號稱是小說家的人見面。

上週路天峰跟章之奇一起吃宵夜，喝酒聊天，喝多了之後不小心酒後吐真言，把關於兩個世界的故事告訴了章之奇，章之奇卻只是嗤之以鼻，完全不相信路天峰所說的話，還說要介紹一位專門寫這類型奇奇怪怪文章的人給路天峰認識。

「你這故事雖然老套，但說不定找一個適合的人加工一下，會變成暢銷小說哦。」章之奇是這樣說的。

路天峰雖然心裡有點抗拒，但不知道為什麼，最後卻鬼使神差地答應了章之奇，於是才有了今天的這次會面。

如今他和章之奇兩人坐在這小小的工作室裡頭，看著兩旁從地面一直堆放到比人還高的一疊疊書本，真擔心這些書會不小心全部掉下來，直接把人砸死。

張小貓還沒出現，他說昨晚通宵寫稿，所以睡過頭了，現在正在路上，請路天峰和章之奇從大門外的地毯下面自取鑰匙，先進門坐一下。

「奇哥，這是哪門子的作家啊，我沒聽說過他的名字啊？」路天峰忐忑不安地問。

「人家還沒出名，要是出名的大作家，還會願意坐在這裡聽你瞎扯嗎？」

「哦，這所謂工作室……也挺寒酸的，就一間小套房而已。」

章之奇不以為然地說：「陋室銘聽說過吧，山不在高，有龍則靈。」

「這……似乎背錯了，奇哥。」

章之奇拍了拍腦袋，意識到自己句子果然是接錯了，於是打著哈哈站起來，假裝隨意地瀏覽著工作室裡的各種書籍。

「咦，這本書封面的人物剪影，看起來有點像你啊？」章之奇發現角落裡有一本小說，不知道為何孤零零地被遺忘在地板上，撿起來一看，卻發現封面上的人物剪影看起來跟路天峰有七八成相似。

「什麼書啊？嗯？沒印名字？」路天峰好奇地把封面和封底都看了一遍，卻沒有看到書名。

「可能是私人印刷的吧，就是自己花錢，印著玩，給自己看的那種。」

「哦，讀書人的愛好就是比較特別。」

彷彿有一股神奇的力量，驅使著路天峰把書頁翻開。

扉頁上沒有印刷的文字，而是一行行手寫的字體。

各位讀者，當你翻開這本書，看到這段文字時，證明我們的世界已經不存在了；

但我們的故事不應該就此埋沒在時間的長河之中；

總有一些人，負責聯結著一個個彼此獨立，永不交錯的平行世界；

將一個又一個動人的故事記錄下來，分享出去；

我們把這些穿梭於無數世界之間，記錄故事的人，稱為「說書人」；

如果沒有說書人，就不會有這個故事的存在；

而如果沒有這個故事的存在，就不會有正在讀這段文字的你和我；

那麼到底是先有故事，還是先有你和我呢？

這個問題，並不僅僅有唯一一個正確答案。

最後，歡迎進入《逆時偵查》的世界；

你好，路天峰。

再見，親愛的讀者朋友。

「這裝神弄鬼的留言是什麼意思？裡面怎麼會有我的名字？」路天峰難以置信地大喊起來。

「也許這意味著，命中註定要讓我來記錄你的故事。」有人推開門，走了進來。

「你是……」

「你好，路天峰，我是這個世界的說書人，張小貓。」

（全系列完結）

逆時偵查4：錯位時空的終結

作　　者　張小貓
封面設計　高偉哲
行銷企畫　林瑀、陳慧敏
行銷統籌　駱漢琪
業務發行　邱紹溢
營運顧問　郭其彬
責任編輯　李世翎、吳佳珍
總 編 輯　李亞南
出　　版　漫遊者文化事業股份有限公司
地　　址　台北市105松山區復興北路331號4樓
電　　話　（02）27152022
傳　　真　（02）27152021
服務信箱　service@azothbooks.com
營運統籌　大雁文化事業股份有限公司
地　　址　台北市105松山區復興北路333號11樓之4
劃撥帳號　50022001
戶　　名　漫遊者文化事業股份有限公司
初版一刷　2022 年 7 月
定　　價　新台幣350元

ISBN　978-986-489-656-1

國家圖書館出版品預行編目(CIP)資料

逆時偵查. 4, 錯位時空的終結/張小貓著. -- 初版. -- 臺北市：漫遊者文化事業股份有限公司, 2022.07
320面；14.8X21公分
ISBN 978-986-489-656-1(平裝)
857.7　　111009030